CAPÍTULO 41

O barulho dos saltinhos da botina ecoam nos pisos de um dos vários corredores do suntuoso palacete enquanto Katerina se dirige até o pátio. Está hospedada junto com Harry em Dubai, na Índia, há dois dias, a negócios. E não, ele não parou de trabalhar... Assim que o susto passou, já estava ele outra vez metido em problemas, cheio de segredos.

Faz um ano desde que o "acidente" aconteceu e hoje é um dos dias mais tristes desde então... Voltou a menstruar. Mais um mês não conseguiu engravidar, isso só comprova provavelmente que "aquela mulher" estava certa, pairando como um fantasma em sua mente, gargalhando de sua tristeza.

Caminha cabisbaixa, para no final do corredor que dá acesso ao pátio, ali há várias criança brincando, jogando peão ou empinando pipa. Harry está no meio, se divertindo entre eles, o anfitrião o acompanha, dois homens feitos mais parecem duas crianças com a mesma idade e mentalidade das demais na brincadeira.

Observa príncipe Malik, que veste uma roupa leve e branca, os cabelos penteados para trás, alguns fios caem displicentes na testa. Ele sorri divertido observando o amigo gigante no meio daquelas crianças que mal alcançam seus quadris... Então vira e a olha com seus belos e penetrantes olhos castanhos... Desvia o olhar timidamente... Trocou com ele no máximo duas palavras, fora os cumprimentos formais diários. Ele sempre mantém certa distância apesar de já ter se mostrado um cavalheiro.

Ouve a risada gostosa de Harry, o observa agachado enquanto uma das meninas o abraça, como não estava esperando, perdeu o equilíbrio e caiu no chão. Assiste a cena encantada... Ele será um ótimo pai! Mas não poderá lhe dar um filho. Como ele irá se sentir quando perceber que a única chance de ser pai se foi com aquela mulher?

Harry nunca fala dela, nunca fala sobre o filho que perdeu quando ela morreu... Não sabe se fica preocupada ou aliviada.

Observa Harry encher a menininha de beijos, sente lágrimas nos olhos, vira e volta pelo corredor as pressas, não quer encontrar ninguém... O que é quase impossível, afinal, muitas pessoas de uma mesma familia moram no palacete, Pais, avós, tios, primos, todos da família do Príncipe Malik.

Katerina entra em uma sala vazia, coloca as mãos nos rosto se forçando a segurar o choro, respira fundo, levanta a cabeça e volta a andar, escondendo os próprios sentimentos em uma máscara de calma e contentamento.

Harry volta a se sentar ao lado do amigo, fica observando as crianças pulando pelo pátio, correndo dando seus gritinhos entusiasmados, sorri contente... Um dia serão seus filhos correndo e dando gritinhos excitados.

Malik olha para o amigo:

__Já está tudo pronto para essa noite, tens certeza que irá comigo?

__Vou, agora que estou dentro quero estar a par de tudo o que está acontecendo.

__Segundo o telegrama, Hoggan disse que piorou muito, contrabando voltou a afetar a política do país, tanto Inglaterra como França, até mesmo na América.

Harry nega com a cabeça:

__Isso devia ter diminuído, as leis estão mais firmes!

__Sim, mas os contrabandistas sempre dão um jeito de se safarem. E o pior, tem muitos barcos contrabandeando escravos.

__Absurdo!

__Estão raptando mulheres e crianças para prostituição.

Harry passa a mão nos cabelos irritado, respira fundo, olha para as crianças ali... Quantas estão sofrendo mundo afora, sendo tratadas igual animais? As vezes os próprios pais as vendem em troca de alimentos ou algumas pedras de ouro.

Os dois levantam e voltam pelo pátio, ao entrarem na sala, mudam de assunto.

Ninguém da família sabe o que Malik é, e que trabalha para a coroa inglesa. Seu pai se apaixonou por uma Inglesa e se casou com ela, por esse motivo, têm ligações com a corôa britânica.

Essa noite, vão até um local obscuro onde alguns piratas e corsários contrabandistas fazem negócios, vão se infiltrar tentando ouvir alguma informação que ajude de alguma forma a desvendar qual a ligação entre as facções.

Se separam, Harry se dirige ao seus aposentos, sobe as escadarias e para de frente com a porta aberta, vê Katerina sentada, costurando alguns botões de sua camisa, ela levanta o olhar e sorri. Também sorri, displicente, entra no quarto e senta ao lado dela, beijando-a no pescoço.

Katerina tenta manter um sorriso no rosto, sente beija-la no pescoço, causando cócegas, se encolhe e o encara:

__Pare, alguém pode passar na frente do quarto e nos ver!

__E dai?

__E dai que não é decente.

__Kat, eles me conhecem, sabem que não sou uma pessoa muito decente.

__E não te envergonhas disso!

__Não.

__Eles são uma família muito séria.

__Eu também sou muito sério!_ Harry força a seriedade, Kat ri baixinho.

__Nossa! Que seriedade! Ninguém imagina que estavas rolando naquele pátio junto com aquelas crianças minutos atrás.

__Ora, estavas me espionando?

__Não, só fui dar uma espiadinha.

__E porque não foi brincar conosco?

__Porque Principe Malik estava lá, seria vergonhoso eu me meter no meio.

Harry a olha intenso, Kat para de costurar e corresponde o olhar, ele se abaixa e a beija... Corresponde carinhosa, suspiram enlevados.

Harry acaricia o rosto delicado:

__Essa noite vou sair com Malik...

__Para onde? Fazer o que?

__Vamos em uma missão...

Katerina sente o coração fechar, o encara:

__Para que? Para que queres te meter nisso?

__ Já estou metido

__Não, Harry, não é tua missão, tinhas apenas que entregar uma mensagem! Já fizeste teus negócios, partiremos dentro de alguns dias, não quero te ver em perigo!

__Eu não vou estar em perigo, carinõ, irei andar por lá igual uma sombra, ninguém ira notar.

__Eu não quero desmerecer teu trabalho, mas como um homem do teu tamanho pode ser como uma sombra?

__Kat...

__Não, não aceito. Não irás!

Harry sorri:

__Muito bem, ficaste uma gracinha mandona desse jeito, mas não te dei o direito de dizer o que devo ou não fazer.

Katerina deixa a costura de lado, segura uma mão dele:

__Harry, não vá por favor, não estou com um bom pressentimento!

__Não vai acontecer nada, estás um pouco assustada, é normal.

__Não!

__Sim! Fique calma, amanhã quando clarear, estarei deitado ao teu lado, como todas as manhãs.

__Harry, por favor!

__Não seja teimosa!

__ Tu és teimoso! Que coisa, não podes me ouvir uma única vez?

__ Eu sempre te ouço, carinõ... Mas dessa vez eu vou ajudar um amigo. Fique descansada, não vai acontecer nada.

Katerina permanece preocupada, Harry se aproxima para beijá-la outra vez, ela se esquiva e levanta da cama, caminha até a janela:

__Se alguma coisa acontecer contigo, nunca vou te perdoar!

Harry ri divertido, levanta e a segue, abraçando-a pelas costas:

__Não vai acontecer, confie em mim.

Kat vira, olhando-o pelos ombros:

__ Promete? Promete que vai voltar para mim?

__Eu sempre vou voltar para ti. Sempre.

Kat vira de frente com ele, o acaricia no rosto, Harry se inclina, encostando a testa na dela, fecham os olhos e ficam assim por alguns minutos... São interrompido pela bela Aliyha, que fica um pouco envergonhada, mas mesmo assim dá o recado:

__Venham jantar, a mesa já está posta.

__Claro_ Harry sorri, segura na mão de Katerina.

A seguem, indo em direção ao grande salão onde as refeições são servidas.

*****

Já é quase de madrugada, todos do palacete já se recolheram, Katerina observa o marido terminar de arrumar um turbante na cabeça, tenta se manter firme mas quase grita de desespero, o coração muito angustiado. Ele vem, inclina e a beija com paixão, corresponde abraçando-o como se não quisesse deixá- lo ir.

Harry também a abraça, a acaricia nos cabelos:

__Daqui a pouco estou de volta.

Kat afirma com a cabeça, alguém bate na porta.

Harry abre.

Kat vê um homem todo coberto, também de preto, o turbante cobre o rosto, somente os belos olhos castanhos ficam aparentes.

Principe Malik olha para a jovem ninfa com cabelos de fogo, acena com a cabeça, ela corresponde, acenando com uma mão.

Harry a olha e cobre o rosto, deixando somente os olhos visíveis, a olha outra e vez e sai pela porta, fechando-a.

Katerina fica encarando a porta por um bom tempo, sem reagir.

Na manhã seguinte:

Katerina acorda de um pulo, senta na cama... Seu lado continua intocado, nada de Harry.

O sol já está alto, levanta correndo, mal se lembra das formalidades, sai do quarto ainda descalça, correndo e desce as escadas, atravessa o pátio, os cabelos soltos sendo levados pela brisa da manhã...

Avista Malik, vestido com roupas simples, no rosto uma aparência cansada. Ele dispensa o criado e vira, olhando-a sem reação.

Malik dá as ultimas ordens para o mordomo Alayn, o dispensa, vira e vê a jovem esposa de seu amigo vindo apressada pelo corredor, o rosto lindo demonstrando preocupação. Provavelmente ela não se deu conta de que está descalça e com uma camisola, que apesar de ser discreta, é muito delicada marcando as curvas femininas... Definitivamente é de uma beleza estonteante! Seu amigo é um homem de sorte! Se prepara para dar a noticia, não sabe como falar...

Katerina para de frente com o moreno, tentando não parecer muito desesperada:

__Bom dia.

__Bom dia_ Malik responde em um Inglês perfeito.

__Meu marido? Onde está?

Malik passa uma mão no cabelo, demonstrando nervosismo:

__Lady Katerina...

Kat coloca uma mão no peito, Malik acha o movimento muito gracioso, respira fundo:

__Eu sinto muito, mas nós tivemos problemas...

__Não...

__Harry foi pego.

__Não!

__Não se preocupe, nós vamos fazer tudo em nosso alcance para resgata-lo...

__Não! Não!_ Katerina repete como se isso pudesse fazer tudo se tornar uma mentira, lágrimas quentes caem por seu rosto, olha para o príncipe:

__É culpa tua! Devias tê-lo deixado fora disso, é culpa tua!_ Avança e soca o peitoral.

Malik se enche de compaixão ao vê-la chorar tomada pela dor. A abraça sem palavras.

Katerina se entrega vulnerável:

__Eu sabia! Eu sabia...

*****

Harry abre os olhos, o corpo inteiro dói, o frio congelando seus ossos, um tremor incontrolável... Há dois dias sofre sessões de torturas psicológicas horrendas, piores do que qualquer tortura física que já sofreu. Mesmo sendo treinado para isso, a falta de alimentação adequada já começa a deixá-lo enfraquecido, sem preparação física já que esteve fora do batente por quase sete meses... Mas mesmo assim tem ciência de que jamais irá entregar o nome dos seus companheiros, em hipótese nenhuma.

Respira fundo, os pulmões doloridos. No dia anterior passou horas e horas sendo quase afogado, engoliu muita água... Os homens enfiavam sua cabeça em um grande barril com agua, deixando-o lá até se debater, foram horas e horas de sofrimento até que eles mesmos desistiram porque estavam com fome.

Sabe que o lugar onde foi aprisionado fica próximo ao cais, sente o cheiro da maresia... Se conseguisse fugir não seria difícil encontrar um local para se esconder, o problema é conseguir, sabe que é muito bem vigiado vinte e quatro horas por dia.

A única peça de roupa que veste é a calça, eles lhe retiraram tudo, deixando-o mais vulnerável possível sem capacidade de esconder alguma arma. Não são amadores, são homens bem treinados para torturarem e conseguir respostas.

Terá que aguardar e aguentar até que Malik venha e o liberte.

Se alonga, o frio pode lhe dar câimbras e não está disposto a enfrentar isso, move os músculos querendo se aquecer... Como em um lugar tão quente como a Índia, eles encontraram um local tão congelante para colocar um prisioneiro?

Anda pela sala minúscula e toda úmida, tem lodo em alguns lugares, talvez por isso fosse gelado. Pelos vãos da porta entra alguma claridade, muito pouca, provavelmente produzida por uma lamparina acesa do lado de fora. Levanta o olhar para o pequeno buraco no canto do teto por onde entra alguma ventilação, ouve vozes do lado de fora, o fato de não entender o que eles falam é o que mais o incomoda. Ouve eles abrirem uma portinhola da porta de ferro, colocam o prato de comida e um copo com alguma bebida... Agacha, segura... Eles fecham a portinhola.

Observa o alimento... Não sabe se deve comer... Mas eles não tentariam envená-lo, é uma fonte de informação importante.

Senta no chão e se alimenta, a comida é quase incosmestível mas é a única coisa que tem, não pode correr o risco de enfraquecer mais ainda.

CAPÍTULO 42

Malik olha para a jovem de cabelos de fogo a sua frente, ela mantém os braços cruzados em uma atitude teimosa, o queixo orgulhoso levantado, olhar direto. Sabe que ela não irá desistir até ter uma resposta sobre os últimos acontecimentos.

Katerina quebrou todos os protocolos e lhe procurou em seu quarto, já que não conseguia encontrá-lo a sós em outro lugar da casa. Não sabe se ri ou se fica ofendido por tal atrevimento, nem mesmo suas irmãs entravam em seus aposentos ou se dirigiam a ele sem sua permissão.

Sabe que as maneiras ocidentais são diferentes, convivia muito com o ocidente, mas também sabe que uma moça nunca invadia o quarto de um homem, muito menos sendo casada.

__Estou esperando... E não pense que vou desistir, o senhor esteve fora por dois dias, quase o dia todo, não acredito que ainda não tenha nenhuma informação sobre Harry!

__Lady kat...

__Não me venha com meias palavras eu exijo...

__Milady saiba que isso lhe custaria sua cabeça na lei do meu país? Ninguém fala assim com um príncipe.

__Pouco me importa a lei do seu país, meu senhor, eu quero respostas_ Katerina gesticula com a mão desdenhando, irritada, seu genio ruim explodindo pelos poros.

Malik a encara divertido, surpreso por ela e Harry conseguirem viver juntos, não quer nem imaginar como é uma discussão desse casal.

__Veja bem, Milady...

__Seja direto!

Malik suspira, desistindo de argumentar:

__Muito bem. Ainda não temos nenhuma notícia mas meus homens estão trabalhando nisso.

__Meu Deus! Harry desapareceu há dois dias e ninguém tem notícias! Eu não posso suportar a ideia de...

__Ele está bem, Harry é uma fonte de informação, eles não vão fazer nada contra a vida dele enquanto ele não falar nada... E acredite, ele não vai falar.

__E o senhor acha que isso vai me acalmar?

__Eu sei que não. Eu acho que milady precisa de um pouco de ar puro, vamos dar uma volta? Espairecer, sim? Eu vou levá-la para conhecer alguns lugares assim quem sabe milady para de pensar nisso.

Katerina olha para o belo moreno, incrédula:

__O senhor acha mesmo que vou conseguir "espairecer"?

__Não sei, mas vale a pena tentar, milady está muito estressada, isso não faz bem, não quero que quando Harry voltar, te encontre tendo um ataque de nervos.

katerina o encara... A barba bem aparada e a postura altiva o deixa aparentando muito mais do que seus 28 anos. Desvia o olhar:

__Está bem, vamos. Ficar trancada aqui não vai me ajudar em nada.

__Ótimo, vou mandar preparar a charrete.

__Não, vamos á cavalo, estou precisando montar um pouco.

__Claro.

__Vou vestir uma roupa de montaria.

__Está bem, estou lhe esperando no pátio.

Katerina afirma com a cabeça, sai do quarto e anda pelo longo corredor virando a esquerda e entra em outro corredor. Seu quarto fica na terceira porta, Entra e fecha a porta atrás de si.

*****

Katerina e Príncipe Malik cavalgam pela cidade, passando por vários lugares... Aquilo é uma loucura, uma bagunça de gente de um lado para o outro, barracas, charretes, pessoas a pé, triciclos, vozes, gritos. Katerina acompanha o movimento de todos os lados sem saber para onde olhar, Malik percebe a agitação da jovem e segura as rédeas do cavalo, guiando para não correr o risco dela perder a direção e machucar alguém.

Katerina olha para ele e sorri de leve, agradecida, volta a observar todos os cantos, curiosa... Depois de muito cavalgarem, desmontam em frente um local para tomar um chá.

Malik se distrai por um minuto, conversando com o rapaz que vai guardar os cavalos, apesar da rua muito movimentada, ninguém presta atenção em ninguém. Quando vira, não vê Katerina, olha ao redor, anda mais para frente, procurando-a, olhando para todos os lados, começa a perguntar para algumas pessoas, mas ninguém viu uma jovem ruiva com veste de montaria bege... Começa a se desesperar, desconfiando que estavam sendo seguidos e alguém conseguiu capturá-la.

katerina acorda dentro de uma carruagem, olha ao redor, sua ultima lembrança é de estar observando o princípe conversar com um homem quando viu uma vaca no meio da rua, deu dois passos para observar melhor e sentiu uma mão em seu rosto com um pano fedorento, tudo ficou escuro.

A carruagem anda ainda alguns minutos, sacolejando-a, o condutor parece ter muita pressa. Tenta se levantar, mas o estomago embrulha, sente as pernas fracas, a carruagem para... Fica tensa, percebe que já escureceu.

A porta abre e um homem barbudo a segura sem delicadeza puxando-a para fora, não tem escolha a não ser ir com ele. Vê outros dois homens conversarem, não entende uma só palavra mas se mantém atenta.

(Homens Indianos conversando)

__Tens certeza que é ela?

__Eu acho que sim, eu vi os dois desembarcando juntos. Quando capturamos o capitão eu disse que o tinha visto desembarcando no porto, o reconheci depois de ver a tatuagem de ancora, ele estava acompanhado de uma moça que tem cabelo de fogo...

__Mas existem outras mulheres inglesas por essa cidade, há outras com cabelos assim... Se tu estiver errado...!

__Eu não sei, vamos mostrar para ele, se for a moça certa, ele vai demonstrar algum sinal.

__Então vamos mostrar, se for, conseguiremos nossas respostas através do sofrimento que vamos infringir a ela. O capitão não irá aguentar escutar tudo e ficar calado.

__Eu acredito que não, segundo alguns dos marujos, o capitão é completamente enamorado dessa jovem.

__Veremos.

Katerina sente outro puxão no braço, olha para o homem com um turbante enorme na cabeça e que fede a óleo e corpo sujo, a barba lhe causa ânsias. Vai com ele, percebe que estão a beira do deserto próximo ao mar, está muito frio, o vento congelante que a brisa do mar e do deserto causa lhe arrepia. Descem uma escadaria sem fim parando em um calabouço fétido e úmido, andam até uma porta. Katerina enxerga através da claridade da lamparina um fio de água escorrer pelas paredes, água podre. Torce o nariz com nojo, observa a porta abrir, a sombra de uma pessoa levantando aparece... Sente o coração vir a boca reconhecendo os ombros largos... Abaixa o olhar... Se continuar olhando, acabará se entregando.

Harry ouve passos e vozes, uma delas já reconhece... Está exausto, acabou de sofrer mais uma sessão de tortura. Deixaram-no nu e completamente ensopado numa sacada recebendo toda a ventania que vem do horizonte.

Não fizeram mais perguntas, somente queriam ter a satisfação de humilhá-lo e vê-lo tremendo de frio no meio do nada.

Depois de quase três horas de sofrimento, o colocaram para dentro e mandaram se vestir, levando-o de volta a cela... Seu estomago reclama faminto.

Ouve eles abrirem a porta, o som de várias travas soa pelo ambiente obscuro, fecha os olhos quando a claridade da lamparina invade a cela, se põe de pé tentando enxergar através da forte luz, desacostumado com a claridade... Sente o estômago comprimir de pavor ao reconhecer a figura pequena e delicada de Katerina entre eles... É preciso de todo seu auto controle para não entregar qualquer reação, tenta fazer uma expressão indiferente... Não irá cometer o mesmo erro de demonstrar o quanto ela é importante, irão usá-la contra ele e sabe que a isso não resistiria.

O homem barbudo entra empurrando-a sala adentro, Katerina mantém a cabeça baixa. O homem olha para Harry:

__Olha só quem encontramos_ Fala em um péssimo inglês.

Katerina se mantém concentrada tentando entendê-lo.

Harry olha para o homem fingindo confusão:

__Quem é essa bela jovem, meu caro?_Sua voz soa irônica, forte.

O homem observa o jovem prisioneiro, atento:

__Seria sua bela esposa... Ou estou enganado?

Harry ri debochado:

__Minha esposa está em um lugar seguro, rodeada por seguranças, seria impossível terem acesso a ela.

__Montira, um dos meus homens esteve te seguindo e te viu desembarcar. Ele viu a jovem.

__Há milhares de jovens por ai...

__Não muitas com os cabelos dessa aparência.

__Bem, eu sinto lhe desapontar mas essa jovem não é minha esposa.

__Veremos se continuarás assim quando estivermos usando-a.

__Façam bom proveito, pouco me importo com essa mulher. Onde a encontrou? No meio da rua? Acha que eu deixaria minha esposa assim, desprotegida? Essa pode ser uma criada das famílias inglesas que vivem visitando esse país.

O homem olha para o prisioneiro, meio confuso, afinal, faz sentido. Olha para seu comparsa e pergunta na lingua materna:

__Como você a capturou?

__Eu estava andando pelas ruas e a vi caminhando...

__Sozinha?

__A..apa...rente...men..mente s..ss...sim.

__ Acha que uma senhora de alta classe vai caminhar pelas ruas sozinha, Malahad?

__E..e..eu...

O homem olha para jovem magricela, que não levanta o olhar nenhum segundo, a segura pelo braço, agressivo, e sai, fechando a porta.

Harry se encosta na parede, apóia a nuca fechando os olhos, desesperado sem saber o que fazer. Passa as mãos nos cabelos, querendo gritar por causa da sensação de impotência.

katerina é levada para o andar de cima, há dois cômodos, um quarto e uma sala que aparentemente também serve de cozinha. O homem entra com ela no quarto, a olha demoradamente... Dá um passo para trás já imaginando quanta força teria que usar para mordê-lo, como conseguiria enfiar os dedos nos olhos dele caso tentasse algo contra ela. O homem segura a porta:

__ És muito bonita, moça, tenho planos para ti. Deves valer muito, és jovem, um homem pagaria muito caro para tê-la em sua cama. Me responda uma coisa para me deixar ainda mais satisfeito. És virgem?

Katerina encara o homem barbudo, ofendida. Que tipo de pergunta é essa? Mas ao mesmo tempo, raciocina consigo mesma... Se fingir ser virgem será ainda mais valiosa, ele não irá tocá-la para ganhar ainda mais dinheiro e isso a manterá a salvo até que Malik venha resgata-los. Afirma com a cabeça.

O homem sorri, mostrando vários dentes podres:

__Muito bem, muito bem, ganharei um bom dinheiro contigo moça, não foi de todo tempo perdido_ O homem sai do quarto e tranca a grande porta de ferro.

Katerina engole a seco, olha para o local escuro, somente a lua ilumina o ambiente. O vento faz um zumbido estranho na janela. Caminha até a cama e senta, o colchão velho e de palha não afunda... Terá que aguardar e aguardar, Harry está bem, não aparenta estar ferido, isso é o que importa.

Na manhã seguinte Harry acorda com o barulho dos trincos da porta sendo abertos, quatro homens entram e carregam correntes e grilhões, o prendem pelo tornoselo, depois ordenam que levante e o empurram em direção a porta. Obedece, subindo as escadas e caminhando até a saida. Reconhece o homem barbudo em cima de um cavalo:

__Meu amigo... Vamos entregá-lo aos nossos amigos franceses, tenho certeza que eles nos darão uma boa recompensa por capturarmos um dos espiões ingleses.

Harry engole a seco... Se fosse entregue aos franceses, a possibilidade deles descobrirem que é blackghost é fortíssima! Um homem amarra seus pulsos no cavalo do barbudo, que observa com desdém_ És marrudo, meu jovem, mesmo depois de tudo mantém essa postura arrogante... Mas não tem problema, as próximas semanas irão lhe ensinar um pouco de submissão.

Harry olha para o homem com expressão de nojo, cospe no chão provocando-o, o homem sorri divertido:

__Tragam a jovem.

Harry mantém a expressao indiferente, vê um dos comparsas aparecer com Katerina. Ela não está amarrada, a olha rapidamente só para constatar se está bem.

Katerina evita levantar o olhar, o homem que a trouxe a agarra pela cintura e praticamente a joga dentro da carruagem. Começam a andar.

Harry trava os dentes, ciente de que seus pés descalços estarão em carne viva quando chegarem ao local onde os contrabandistas se reúnem.

katerina senta no canto da carruagem que mais parece uma jaula, sem bancos para sentar, só uma janela pequena no canto esquerdo. Já devem estar viajando por quase uma hora, não sabe onde estão indo mas o cheiro de maresia só aumenta.

A carruagem para de sacolejar, agradece mentalmente, seu pescoço e costas doem de tanto se manter firme para não ficar pulando igual um saco de batatas. Os homens abrem a porta, levanta e se vê puxada igual uma boneca, seus olhos caem direto em Harry completamente suado, as costas bastante tensas, ele se mantém ereto, mas percebe-se que tem alguma dificuldade... Trava os dentes agoniada ao ver o chão sujo do sangue que sai das solas dos pés, desvia o olhar para não cair em prantos e acabar entregando-os.

Harry a ignora, mantém o olhar reto fitando o nada.

O homem barbudo a acompanha até o capitão do barco francês, conversam por alguns minutos. O capitão imediatamente se mostra interessado em Katerina pois conhece vários bordéis que pagariam caríssimo para terem alguém jovem e ainda virgem em suas instalações. O homem barbudo também mostra Harry, sorri ambicioso, os dois fazem negócios combinando ficar com meio a meio do que o governo Francês pagar pela captura do espião inglês.

Depois dos negócios todos resolvidos, Katerina é obrigada a embarcar. O capitão francês lhe diz que terá um tratamento de hóspede pois não correrá o risco de machucá-la e diminuir seu valor.

Já Harry é levado para dentro junto com outros prisioneiros, ladrões, traficantes, assassinos, todos trabalhando para pagar sua dívida com a sociedade.

Depois de algumas horas, todos trabalham com habilidade e garra, o barco vai se afastando da costa com destino a França...

Minutos depois, Malik chega com vários homens para tentar resgatá-los, mas é tarde demais... A única esperança é saber que no barco há outro espião infiltrado, o que será de grande ajuda. Observa com a lupa, o barco afastando cada vez mais no mar... Se culpa por não chegar a tempo... Imediatamente dá a ordem para os homens prepararem um barco de aluguel, decidido a seguir o contrabandista, mesmo sabendo o quanto seu organismo rejeita o alto mar. Precisa ajudar de alguma maneira, não abandonará o amigo.

CAPÍTULO 43

Passar o restante do dia trancada na cabine minúscula é como uma tortura, o fato de não saber o que fizeram com Harry é desesperador. O capitão francês deu ordens para não sair a não ser que ele permita.

Quando o sol começa a se por, alguém bate na porta, Katerina abre e vê um jovem muito bonito de olhos acinzentados e cabelos castanho-claro. Ele sorri e estende uma bandeja:

__Senhorita, seu alimento. Sinto muito não poder oferecer nada melhor, a ração no alto mar é muito escassa.

__Não se preocupe, está ótimo, obrigada.

katerina olha para o rapaz, curiosa... O inglês impecável e o fato dele parecer ser muito limpo e bem educado a deixa ligeiramente desconfiada. É um contraste com os muitos marujos grossos e rudes que viu ao embarcar... Nos olhos dele há algo que lhe passa confiança:

__Não se preocupe, vai dar tudo certo.

__Eu sei. Eu tenho fé.

__Ótimo.

Katerina o observa virar para sair, a olha e fala alto, o inglês de repente carregado de um sotaque francês, os modos completamente diferentes do que mostrou há segundos atrás...

__ Milady pode urinar nos fundos do barco, se precisar eu lhe acompanho.

katerina sente o rosto queimar de vergonha... Agora o rapaz parece um bárbaro escandaloso e a mudança de comportamento deixa claro que é um impostor e provavelmente, a favor da coroa britânica. Ouve o capitão gritar bravo:

__ Grease, não fale assim com uma dama, sua mãe não lhe ensinou boas maneiras?

O rapaz por nome Grease responde na lingua francesa, impecável:

__Perdão capitão, mas o que o senhor quer que eu diga, todos nós fazemos isso.

__Arranje uma bacia velha para a senhorita se aliviar e não dirija mais a palavra a ela com essas maneiras.

__Desculpe capitão!

Katerina vê o jovem olhar para dentro da cabine e lhe piscar de leve, ele fecha a porta e sai. Respira fundo e se alimenta com muito esforço, sente a necessidade de um banho, seu período está no quarto dia, não quer nem imaginar como está a toalhinha que usa na virilha... Deve estar horrível!

De repente, lembra do pé de Harry e o sofrimento e dor que provavelmente ele está sentindo nesse momento, fecha os olhos rezando para não infeccionar. Precisa ser limpo e fazer curativos... Decide chamar o capitão.

Harry olha o céu estrelado, sentado no chão do convés junto com todos os outros prisioneiros. Aparentemente o barco só tem três cabines, onde dormem o capitão, o primeiro imediato e os chefes de navegação, e a que Katerina está hospedada... Fecha os olhos exausto, seu corpo arde por causa das queimaduras do sol quente, o capitão lhe ofereceu uma camisa no final da tarde mas o mal já estava feito. Arde demais! E os pés em carne viva parecem dilacerar de tanta dor!

Mesmo com os cortes, arranhões, se manteve em pé o dia todo, andando pelo convés trabalhando igual a um escravo... Já percebeu que o tratamento ali é o mesmo usado com escravos, até chicote o imediato tem para manter os prisioneiros na linha.

Abre os olhos e volta a olhar o céu... Precisa ignorar a dor para poder dormir um pouco, precisa descansar!

Katerina ouve o capitão abrir a porta, olha para ele fingindo ser um anjo casto e inocente

__Boa noite, sir.

__Boa noite menina, o que desejas?

__Eu observei o prisioneiro que veio comigo, ele tem muitos ferimentos nos pés. Quando estávamos indo em direção ao cais, ouvi dizer que ele é muito valioso então pensei comigo que, se aqueles pés infeccionarem e a infecção chegar no sangue, ele não irá sobreviver. Então acho que o senhor deve mandar alguém fazer um curativo nele.

__Nem se eu quisesse, jovem, nesse barco não temos médico, o máximo que temos é o cozinheiro, um carniceiro.

__Se o senhor me permitir, eu tenho alguns conhecimentos, posso cuidar. Eu nem me preocuparia, mas sou cristã e nós cristãos, somos ensinados a cuidar do próximo mesmo ele não merecendo.

__Ora, fico surpreso com sua devoção, minha jovem! Só espero que não tenhas o sonho de se tornar freira, seu destino é completamente contrário a isso.

katerina levanta a mão e cobre na boca em um movimento muito delicado, fingindo estar assustada e contrita:

__Por favor, senhor, não me lembre de algo que me faz tão infeliz.

O homem a olha com quase compaixão:

__Não vou ter empatia pela senhorita, é muito dinheiro em jogo.

__Eu não quero falar sobre isso, sir, mas creio em um milagre. Posso cuidar daquele bandido?

__Está bem, vou trazê-lo aqui, o convés está lotado de homens dormindo e homens nessas horas tem certos costumes. Não vem ao caso. Vou mandar trazê-lo aqui, junto com a maleta com faixas e pomadas.

__Obrigada, fazer esse bem será uma chance de ganhar um pontinho lá no céu_ Katerina sorri, meiga.

__Senhorita, pouco me importo com o céu e todas essas bobagens, mas estás certa, não vou correr o risco de perder a recompensa que meus compatriotas me pagarão por causa daquele indivíduo.

Katerina observa o capitão virar e sair, se pergunta se aqueles homens não tinham por costume tomar banho... Os ingleses são mais asseados!

Harry observa dois homens se aproximarem, seguram seus braços, cada um em um lado, fazendo-o andar pelo convés. Trava os dentes mancando, sentindo que os pés sangrando, ciente d que provavelmente está indo para mais uma seção de tortura...

Para sua surpresa, eles param de frente com uma cabine pequena, Katerina aguarda sentada na cama, os cabelos presos em um coque, tem uma cadeira de frente com ela, é obrigado a entrar, observa os panos e alguns líquidos e pomadas.

Levanta o olhar, é sentado na cadeira com brutalidade, os homens saem do local ficando na frente da entrada da porta, já que é impossível ficar todo mundo expremido ali dentro.

Katerina segura o líquido:

__Isso vai doer, sir.

__Já está doendo_ Harry responde baixinho.

Trocam olhares... Kat sabe que ele não se refere aos ferimentos... Também doi em si mesma manter distância e fingir que não se conhecem.

Coloca um pé ferido em seu colo e começa a limpar pacientemente, Harry trava os dentes, engole a seco aguentando a dor física, a observa... Só queria abraçá-la e beijá-la.

Katerina acaricia o pé dele com o polegar, disfarçando para os homens não perceberem, levanta o olhar rapidamente, quando termina de limpar minuciosamente, passa álcool.

Harry respira fundo, quase gemendo de dor, observa ela aplicar uma pomada e enrolar uma faixa, fazendo o mesmo com o outro pé. Quando termina, os olhos castanhos o encaram, preocupados:

__Amanhã farei novos curativos.

__Muito obrigado senhorita.

__Disponha.

Os dois se olham outra vez, Katerina observa o rosto queimado pelo sol, a pele do pescoço muito vermelha, ele lhe ensaia um sorriso mas percebe que não pode demonstrar afeto, levanta e segue os homens, seus grilhões fazendo um barulho que a deixa entristecida. Guarda os conteúdos de primeiros socorros e enfia embaixo da cama, deita e respira fundo... Irá dar tudo certo. Tudo acabará bem.

No dia seguinte.

O sol está começando a nascer quando Katerina ouve alguém bater em sua porta... Levanta da cama sentindo o braço direito doer por ter dormido por cima, de mal jeito. Dois passos e abre a porta, reconhece o rapaz de olhos azuis marcantes chamado Grease.

Ele sorri de leve, mas logo fica sério:

__O capitão me mandou te buscar, um dos prisioneiros adoeceu e ele pediu para avisá-la.

Kat afirma com a cabeça:

__Me dê um minuto para me arrumar.

__Está bem.

__Licença, eu vou fechar a porta.

__Claro!

Katerina fecha a porta segura a jarra, joga um pouco de água na caneca, faz a higiene matinal, prende os cabelos rebeldes em uma trança, alisa a roupa amarrotada... O corpo tem necessidade de um banho mas sabe que isso é um luxo no alto mar, vai falar com o capitão mais tarde e perguntar se é possível. Abre a porta, o rapaz a olha. Sai e o segue.

Caminham pelo convés... Para sua surpresa, o enfermo é Harry... Está deitado no chão coberto com um cobertor rustico, o rosto muito vermelho por causa das queimaduras solares. Se abaixa tentando não demonstrar tanta preocupação, encosta a mão na testa... Está pelando! Tira o cobertor e olha para o corpo, que estremece de frio, levanta:

__Tragam-no para minha cabine_ Oha para o capitão_ Pegue um pouco de água fresca, preciso banhá-lo para diminuir essa temperatura.

Os homens suspendem Harry, um segura os braços outro os pés, é preciso três homens, afinal ele é enorme e pesado. Levam-no até a cabine, o deixam na cama estreita, Kat olha para o capitão, que os acompanhou em silêncio:

__Poderia, por favor, tirar esses grilhões do tornoselo dele? Incomoda e eu tenho certeza que ele não irá fugir pelo mar.

O capitão a olha por alguns segundos, se aproxima e pega as chaves, abre e retira os grilhões. Katerina fica agoniada ao ver a pele em carne viva, não consegue imaginar a dor que Harry tem suportado... Lágrimas sobem aos seus olhos, pisca pesado, reprimindo-as.

Os homens entram com um balde de água, Katerina pede toalhas limpas e macias, se possível.

Capitão Lewis Dechamps manda trazer duas toalhas de sua cabine mesmo contra sua vontade. Não pretende contrariar a moçinha e não irá correr o risco de perder a recompensa gorda que receberá entregando o espião.

Katerina segura as duas toalhas:

__Muito agradecida. Agora me deixem sozinha, essa aglomeração só piora a situação do enfermo_ Olha para Grease_ Somente tu fique, por favor, vou precisar de sua ajuda para despí-lo.

Os homens saem, o capitão vai logo em seguida.

Quando não há ninguém por perto, George Grease olha para a jovem Lady:

__Ele está muito mal? Podo falecer?

__Não sei. Não quero pensar nisso.

__Sei quem são...

Katerina levanta o olhar, temerosa, ele sorri querendo passar confiança, fala quase sussurrando:

____Meu nome é George, estou aqui para ajudar.

__Já percebi que és inglês, disfarças muito bem_ Katerina responde no mesmo tom, começa a abrir os botões da camisa de Harry.

__Eu sei que esse rapaz é o blackghost.

Katerina levanta o olhar... Ele fala como se fosse muito mais velho que Harry, quando na verdade aparenta ser mais novo.

George continua:

__Recebi a descrição dele um dia antes de ambos chegarem, todos sabem que ele foi pego e que precisa ser resgatado a qualquer custo. Tenho certeza que estamos sendos seguidos, a ajuda vai chegar logo. Não vou falar mais nada, não quero correr o risco de ser descoberto.

Katerina afirma com a cabeça, tira a camisa de Harry, geme baixinho agoniada com as queimaduras de sol. Está muito feio!

George tem uma expressão preocupada:

__Ele provavelmente está com insolação, precisa ser muito bem hidratado.

__Eu sei, e também a água fresca vai aliviar essas queimaduras.

__Eu sinto muito.

__Eu também.

George a olha compassivo, a ajuda a despir completamente o enfermo, vira e sai da cabine, fecha a porta, Katerina observa os ferimentos, contrita, segura o tecido macio e molha, começa a banhá-lo tentando diminuir a temperatura, assistindo-o estremecer muito, falando coisas desconexas... Não consegue mais reprimir as lagrimas, o coraçao apertado, passa as costas da mão no rosto secando as lágrimas enquanto outra e mais outra caem... Reprime o pranto doloroso, quase não suportando vê-lo daquele jeito, continua banhando-o incansavelmente...

Harry não recupera a consciência quase o dia todo, Katerina não consegue comer, preocupada em mantê-lo hidratado sempre, levantando-o pela cabeça, fazendo-o beber água sempre que ele reage de alguma maneira, nem que seja em alguma alucinação.

No meio do dia pede ajuda a George para virá-lo, precisa molhar as costas que pegam fogo. Conseguem com certa dificuldade.

Katerina umidece o pano e espalha a água pela costa larga, aliviando as queimaduras, repete o procedimento várias vezes, nem percebe o dia anoitecer, só se dá conta quando George vem ajudá-la a virá-lo de barriga para cima.

Então algo inusitado e um tanto assustador acontece... Em meio a uma alucinação, Harry o ataca.

George se defende como pode enquanto o enfermo o agarra pelo pescoço, imobilizando-o. Tenta se soltar, o ar faltando, porém, mesmo débil, o gigante é muito forte!

Vira de lado, tentando se livrar, blackghost continua estrangulando-o, os olhos verdes abertos e desfocados...

Katerina sobe por cima do marido, o segura no rosto, acariciando-o, falando com voz suave, numa tentativa de acalmá-lo. Já leu uma vez que o subconsciente reconhece a voz pacifica:

__Harry, amor, não. Solte-o, ele não é uma ameaça. Solte-o. Sou eu, carinõ, solta ele.

Uma dor aguda na cabeça, Harry tem um pico de consciência, afrouxa um pouco o adversário que esteve enfrentando, a olha, por um segundo encontrando a paz:

__Kat?_ Vai soltando aos poucos.

__Carinõ, estou aqui_ Katerina o beija na fronte sussurrando palavras acolhedoras...

De repente, o desespero o sufoca:

__ Vá embora. Vão te machucar. Corra, meu amor! Corre!_ Harry balbucia...

Katerina se inclina e o beija nos lábios de leve, abraçando-o, apoia a cabeça ardente junto aos seios, acariciando os cabelos suados.

Harry suspira, se permite ficar nos braços macios, vulnerável.

George observa o casal... Seria uma cena bonita de se ver se não fossem as circunstâncias. O enfermo volta a adormecer, é possível sentir a testa suar, ainda não se sabe se é bom ou ruim todo esse suor, afinal, a febre pode diminuir mas ele corre riscos de ficar ainda mais desidratado. Se aproxima outra vez, mais atento, a ajuda a ajeita-lo na cama.

Katerina suspira, exausta:

__Muito obrigada.

__Não há de que. Vou ficar de guarda essa noite, qualquer coisa e só chamar.

__Está bem.

George anda até a porta, abre e sai.

Katerina levanta, uma sensaçao ruim na pele, precisava de um banho urgente! Suas regras acabaram e sabe que não está cheirando bem, isso é horrível!

Tranca a porta e volta para a cama, segura o pano e umidece, pressiona a testa delicadamente, sente a pele dos ombros, está bem menos ardente... Senta na cadeira e apóia o braço no encosto, deita a cabeca em cima, fechando os olhos... Apaga.

Harry se vê na sala outra vez, olha para o barril cheio... Até quando aguentará aquela tortura? Mãos crueis lhe agarram os cabelos e afundam sua cabeça, seus braços estão presos para trás, deixando-o indefeso. Prende a respiração até sentir que seus pulmões vão explodir, não aguenta, água invade suas narinas, se debate desesperado, lhe puxam para fora... Tosse muito procurando o ar.

Eles repetem a pergunta outra vez, trava os dentes ignorando-os. Sua respiração mal normaliza, outra vez lhe enfiam a cabeça no barril, se debate tentando soltar...

Katerina acorda com Harry se debatendo na cama, levanta de um pulo da cadeira:

__Harry!_ Assiste os movimentos desconexos que ele faz com os braços, tenta acalmá-lo, ele não grita mas é como se lutasse contra algo silenciosamente. O segura pelo pulso, a mão forte a empurra, praticamente voa, dando passos três passos para trás... O baque da costa contra a parede lhe deixa sem ar por alguns segundos... Levanta o olhar, ele vira de lado, levantando o rosto e puxando o ar com dificuldade... De repente, fica imóvel na cama, voltando ao sono profundo.

Se aproxima com cuidado, abaixa e pega a toalhinha que caiu no chão, levanta e volta a testar a temperatura, com cuidado... Continua muito quente! Volta a molhar no balde e banhá-lo ignorando o desconforto em sua coluna. O dia amanhece antes que a chama da lamparina se apague completamente.

George bate na porta da cabine segurando na outra mão uma bandeja com biscoito e suco para o café da manhã de milady.

Katerina abre a porta, segura e agradece:

__ Obrigada. Eu queria saber se eu poderia me banhar?

__Não sei, milady, a água é muito escassa. Vou falar com o capitão.

__Eu preciso com urgência!

__Eu entendo. Nós sempre nos banhamos com a água da chuva, então se chover, milady não saia da cabine, os homens estarão todos desnudos nos convés se banhando.

__Oh! Obrigada por me avisar!

__Por nada. Bom apetite... Ah mais uma coisa. Daqui em diante só falarei com milady com sotaque francês, acho melhor começarmos a prevenir.

__Está bem.

__Me perdoe se tiver que ser rude de alguma maneira.

__Não tem problema. Eu entendo francês.

__Jesus Cristo, então tens entendido todos os absurdos que esses homens dizem.

__Na verdade nem tenho prestado atenção_ Katerina sorri de leve. George corresponde:

Bem, se precisar de ajuda,já sabe.

__Esta bem, obrigada.

Os dois percebem o capitão se aproximar, George vira e sai.

Dechamps a encara:

__Ele estava lhe incomodando?

__Não, eu só pedi que trouxesse água para me banhar e ele disse que não sabia se era possível.

__Se chover hoje mando colocarem um balde para encher de água e a senhorita se banhar, já estamos desperdiçando água demais com esse prisioneiro.

Katerina suspira.

Dechamps olha para a cama, observando o prisioneiro dormir pesadamente:

__Como ele está?

__Ainda tem febre mas parece que diminuiu.

__Uhm.

katerina olha para a própria bandeja, Dechamps percebe:

__Vá tomar teu desjejum_ Se afasta.

Katerina respira fundo, aliviada. O capitão cheira muito mal! Senta na cadeira e apóia a bandeja no joelho, come silenciosa. O biscoito é feito com polvilho e sal, nada requintado, mas comestível. Bebe o suco que mais parece agua com açúcar, respira fundo, pensativa... A vida de muitas pessoas em barcos não é nada boa, Harry é um ótimo capitão, sempre faz de tudo para a viagem não ser tão ruim para todos à bordo.

O observa deitado na cama, calmo, sereno, estende a mão e toca a testa febril, não lembra em nada a quentura do dia anterior. Segura a toalhinha e molha outra vez, passa no peitoral, se assusta ao ser presa pelo pulso, a mão parece um grilhão de ferro, levanta o olhar assustada, com medo de ser outra vez uma alucinação, porém os olhos verdes a olham atentos e relaxam imediatamente ao reconhecê-la:

__ Perdão_ Harry percebe que a assustou, a solta.

__Não foi nada_ Katerina fala baixinho_ Finalmente despertou_ O acaricia no rosto.

Harry vira e a beija na palma da mão, fecha os olhos, fraco:

__Estou com muita sede!

Kat levanta e segura a jarra de barro no canto da cabine, enche a caneca, volta e oferece.

Harry ajeita a cabeça e leva a caneca aos lábios, as mãos um pouco trêmulas de fraqueza.

Kat não solta, firmando, ele bebe até o final, levanta o olhar:

__O que houve?_Harry mexe as pernas livres, suspira de alívio.

__Te adoentaste, de insolação_ Katerina segura-o pelos pés e começar a tirar as faixas. No dia anterior ficou tão preocupada com a temperatura dele que nem olhou o curativo. Ainda estão bem machucados mas já dão sinais de cicatrização. Pega a caixa de debaixo da cama, senta na cadeira e volta a limpar os ferimentos, refazendo os curativos, já aproveita e faz os curativos do tornozelo.

Harry a observa carinhoso, olha para a porta fechada, não sabe se há alguém lá fora vigiando-os, tudo o que quer é abraça-la. Ela aparenta exaustão, o rosto delicado mais emagrecido e com olheiras profundas, um pouco pálida. Olha para a porta e sussurra:

__Tem alguém vigiando?_Continua observando-a.

__ Não_ Kat termina e guarda as coisas.

Harry estende os braços:

__Vem aqui.

__Não. E... eu estou... Fedendo.

__Kat, não seja boba.

__Não estou sendo, amor, estás fresquinho, eu te lavei. Agora eu estou horrível, não tomo banho há dias!

__Venha aqui, estou mandando mulher!

__Não mandas em mim!

__Mando sim, venha cá!_ Harry sorri cativante.

Katerina o encara altiva, querendo sorrir, se aproxima timidamente, sente os braços envolve-la pela cintura, puxando-a para a cama, senta. Se abraçam, ela com muito cuidado para não tocar nas queimaduras, o que é quase impossível já que estão por todo o corpo. Se olham:

__Sabe que talvez não teremos mais essa chance por um bom tempo depois desse momento não é?_ Harry sussurra.

__Sei.

__Eu quero deixar algo muito claro. Eu te amo. E independente do que vejas eu fazer daqui para frente, continuo o mesmo, nada muda quem eu sou, me entendes?

__Mais ou menos...

__Talvez eu tenha que tomar algumas atitudes um tanto... Violentas, mas não se assuste, só estou nos defendendo.

__Eu sei, Harry, não sou mais criança!

__Eu só não quero que te assustes caso seja obrigada a me ver em ação. Nem sempre é algo agradável de se ver. Na verdade nunca é.

Katerina afirma com a cabeça, Harry a beija na testa:

__Estou faminto.

__Vou pedir para trazerem algum alimento para ti.

__Preciso me aliviar.

__ Estás fraco, não irás conseguir andar sozinho.

__Consigo sim.

__Não seja orgulhoso.

__Kat, já enfrentei coisas piores do que insolação, e não é a primeira vez que passo por isso.

katerina o observa levantar com certa dificuldade, ele se apóia na parede, vai onde deixa o urinol vazio.

Katerina levanta e abre a porta, sai, dando a ele alguma privacidade. Fecha e se encosta, olhando para uma parte do convés que aparece de longe procurando George com o olhar, o encontra, faz sinal para que venha. Ele deixa o balde e o rodo de lado e vem em sua direção.

Harry termina de fazer sua higiene, pensativo... Aparentemente Katerina está sendo bem tratada, ali tem tudo o que uma moça poderia precisar em tais circunstâncias. Termina de bochechar a água na boca lavando o restante de espuma, abre a porta devagar para cuspir, a encontra conversando com um jovem bem apessoado, os dois se olham com simpatia... Olha para Kat depois para o rapaz, cospe a água fora, com expressão de poucos amigos, o rapaz o encara:

__Vou buscar seu alimento.

Harry se irrita com a postura arrogante... Sabe que não está em seu barco, sabe que é só um escravo ali, mas era capitão e não irá deixar um moleque se achar superior a ele. O encara com igual arrogância.

Katerina suspira ao perceber a tensão entre os dois homens, apoia a mão no peitoral do marido, meio que o empurrando para dentro da cabine, olha para George:

__Obrigada_ Entra, sentindo o olhar inquisitivo de Harry, o ignora_ Vista-se Harold, daqui a pouco o capitão aparece, George vai buscar a refeição e...

__George?

__...Ele vai perceber que já estás de pé..._ Katerina sussurra_ Sim, o nome dele e George e ele é um aliado.

__Um aliado_ Harry sussurra.

__Sim.

Harry a segue com o olhar enquanto ela segura a calça e lhe entrega. Coloca a mão nos quadris a observando com escrutínio.

Katerina não entende:

__O que foi?

__Eu doente e tu aproveitas para fazer amizades?

Katerina sorri e arruma a camisa, estende para ele, que se mantém imóvel, encarando-a sério, se aproxima e o segura no maxilar, beijando-o na boca rapidamente:

__Pare e vista-se.

__Me explique.

__Tenho medo de ficar falando e alguém escutar_ katerina murmura.

__O que?

__Ele é inglês, está infiltrado. Estamos sendo seguidos e logo a ajuda vai chegar.

Harry estreita o olhar. Katerina segura a camisa:

__Vista-se.

Harry a observa demoradamente, olha para a porta, a envolve na cintura e puxa contra si beijando-a, possessivo. Katerina fecha os olhos, entregue, mas logo cai em si, se afasta:

__Pare, vão acabar nos flagrando.

__Estou enciumado.

__Pois não fique.

__Não tenho motivos?

__Não. Eu sou tua. Meu corpo, meu coração lhe pertencem.

__Bom_ Harry a olha intensamente, Kate sorri divertida:

__Vista se.

Harry se veste com a ajuda dela, tentando nao machucar as queimaduras, logo a porta abre, o capitão aparece acompanhando George, que entra com a bandeja.

Dechamps olha para o prisioneira, parece estar muito melhor!que

__Vejo que estás melhor.

__Sim_ Harry mantém o olhar fixo, sem desviar.

__Ótimo, voltarás ao trabalho imediatamente.

__Sir... Esse senhor está fraco ainda..._ Katerina começa.

__Ele acordou, não receberá tratamento diferenciado dos demais porque a senhorita se afeiçoou a ele.

Katerina encara o capitão surpresa, acha melhor se manter em silêncio, não quer ficar mal com o homem e depois não ser atendida caso precise de algo mais.

__Venha, chega de enrolação. Grease, devolva esses alimentos a cozinha, ele vai se alimentar com a ração dos prisioneiros.

__Sim capitão_ Grease vira e sai.

Katerina observa Harry levantar um pouco mais lento do que o normal, ele mantém as costas eretas, orgulhoso, e segue o capitão cabine afora. Ainda ouve o homem dizer:

"Não vou voltar a colocar os grilhões, os demais prisioneiros não estão usando, mas qualquer movimento estranho, qualquer desconfiança minha pagarás muito caro!"

Harry não responde.

Senta na cama desanimada, a brisa gelada que entra pela porta avisa a chuva se aproximando... Só espera que não seja nenhuma tempestade. Apesar que, se tivesse o perigo de alguma tempestade, o movimento dos homens lá fora estaria muito mais agitado...

CAPÍTULO 44

katerina anda pela cabine ansiosa, esperando por seu único momento de liberdade naquele barco maldito. O capitão tem permitido que todo final de tarde saia para banho de sol por 30 minutos. 30 minutos. Esse é o tempo que tem para ver o céu, sentir a brisa do mar e o mais importante, ver Harry.

Já se passaram duas semanas navegando e nem sinal da ajuda, o que a fez lembrar do livro sobre embarcações que leu, onde falava sobre construções de barco e como eram rápidos, o que faz um barco ser rápidos em alto mar... Provavelmente esse barco é um dos mais velozes, afinal, precisa ser veloz em um momento de fuga, e também porque a ajuda nunca alcança, nunca chega.

Não está sendo facil, não aguenta mais tanta espera, principalmente por ter que ficar aprisionada naquela cabine 23 horas por dia, tirando alguns minutos que sai escondido só para respirar um pouco.

Mas isso não é o pior. O sofrimento de Harry naquele lugar... Sabe que os prisioneiros são tratados igual animais, mas com Harry é horrível demais! Ele se nega a se submeter ao capitão, não se humilha de jeito nenhum, só naquela semana já apanhou duas vezes por causa da "rebeldia". Resta a si mesma tratar dos ferimentos que as chibatadas causaram. Harry está com cicatrizes feias, ficará marcado para sempre.

E como é dificil ouvir os castigos, e no momento do curativo, manter a expressão fria e disfarçar a vontade de gritar de ódio, de arrancar os dedos de Dechamps um por um!

Alguém dá uma batidinha na porta, deve ser o capitão... Katerina abre, não tem ninguém, algo cai do vão da porta, se inclina e segura... Um origami de rosa... O coração começa a bater forte, olha rapidamente em direção ao convés, porém Harry já sumiu. Segura o origami e sorri encantada, é a terceira vez que ele faz isso, não sabe com quem consegue essas folha de papel, com George, talvez?

Volta a fechar a porta e encosta na madeira, fecha os olhos, sofrida... Não aguenta mais de saudade! Ele está ali, há alguns metros mas está longe como se fossem separados por uma imensidão.

Harry volta ao seu posto como se não tivesse saido. Falou que precisava se aliviar para o capataz, nos fundos do barco era o local onde os homens faziam suas necessidades fisiológicas, o capataz nem desconfiou que tinha saido para fazer uma travessura. Volta a passar o piche no chão tentando reprimir o sorriso bobo em seus lábios. Ela já deve ter pego o presente, fica imaginando o rosto delicado sorrindo encantado... Está quase no horário dela ir tomar banho de sol, todos os dias espera por esses momentos ansioso, o único momento que pode admirá-la, mesmo tendo que disfarçar.

Katerina ouve outra batida na porta, dessa vez mais forte, abre, o capitão a olha sério:

__Vim buscá-la para seu passeio, senhorita.

__Ótimo, não suporto mais ficar trancafiada aqui..._ Kat sai da cabine, se lembra da postura meiga e recatada que precisa manter_ A propósito, terminei de ler o livro, o senhor teria mais algum para eu ler?

__A senhorita já leu todos. Quer reler?

__ Sim, me empreste, por favor.

__Claro, depois mando Grease trazer e pegar os que estão contigo.

__Obrigada, capitão.

__Por nada menina.

Os dois chegam na lateral do barco na parte de cima de onde se tem uma visão ampla do convés, é possível ver todos os homens lá embaixo, o movimento fluindo enquanto cada um faz sua tarefa sob o olhos dos capatazes.

Katerina deixa os olhos correrem procurando afoitos o homem que é dono de sua vida, o encontra em pé no inicio do convés, sem camisa, que esta amarrada em sua cabeça igual um lenço, um legítimo pirata. Reprime o sorrisinho... Sua mãe teria uma síncope de visse o genro desnudo e com um ar selvagem daquela maneira.

Harry segura o pincel com o piche, levanta o olhar e a vê no local onde ela sempre fica quando vai tomar banho de sol. Está linda, os cabelos feito um coque delicado algumas cachos rebeldes caem delineando o rosto, veste um vestido roxo um tanto extravagante, provavelmente cedido pelo capitão, que deve ter guardado consigo... As vezes é natural ter roupas femininas deixadas no barco por algumas mulheres, se percebe que o vestido não é muito decente mesmo Katerina tentando mantê-lo o mais decente possível.

Seus olhares se encontram por questão de segundos, Kat se apóia na bancada e levanta a mão levando a rosa de papel até os lábios, dando um beijinho discreto.

Harry se sente beijado, não quer desviar o olhar mas não pode chamar a atenção, vira e volta a fazer sua tarefa.

Katerina também disfarça, abaixando a cabeça, depois fixa o olhar no horizonte, a tristeza volta a tomá-la... Olha novamente para o convés, George aparece do nada, pendurado em uma corda como um macaco, deslizando para o chão.

__ Tudo limpo, capitão, quem vai tomar meu lugar?_George fala em francês.

__Mande Fredney.

__Sim senhor_ George anda apressado até outro rapaz para passar a ordem.

Katerina o observa descer em direção a cozinha, volta a olhar para o horizonte, ficando perdida em seus pensamentos.

O tempo passa voando, o capitão a manda entrar, Kat se vira para obedecer mas antes, uma ultima vez por hoje, procura Harry, ele também a olha. Continua caminhando de volta para sua cabine.

Depois de alguns minutos na cabine, George aparece com dois livros na mao:

__O capitão mandou trazer.

__Ah sim, muito obrigada_Katerina pega os outro quatro livros que leu nos ultimos dias e entrega.

George olha para a porta e diminui a tonalidade da voz:

__Essa noite não tranque a porta, vou dar um jeito de milorde vir visitá-la.

__Não! É perigoso, e se ele for pego?

__Nós seremos discretos, essa noite serão poucos de guarda, o mar está calmo e os prisioneiros aparentam conformidade, não vão querer fazer uma rebelião pois não tem chance de ganhar. Eu vou dar um jeito.

__Não, eu temo por ele, por mim, por ti.

__Não se preocupe.

Katerina o encara, preocupada, ele sai da cabine, suspira quase em desespero... E se algo der errado? Harry não tem juízo?!

Nessa mesma tarde o tempo muda um pouco, como se tudo conspirace a favor do plano, começa a cair uma garoa fina porém forte. Katerina se prepara para o caso de Harry ir mesmo visitá-la, tem que estar ao menos apresentável. Segura a bacia e coloca para fora para que encha de água para seu banho. Depois de cheio, pega o sabão que tem na maletinha e se banha da melhor forma possível.

Harry observa o céu ficar cinzento. Apesar do mar estar calmo, a garoa está aumentando, muitos homens nus nos convés aproveitam para se banhar, outros menos asseados nem se importam. Se despe e se lava criteriosamente... Essa noite, se tudo der certo e conseguir falar Katerina, não quer estar cheirando igual a um gambá. Agradece ao tal de São Pedro por ter mandando aquela garoa fraquinha para que pudesse tirar a sujeira acumulada do corpo.

Os capatazes cortaram um sabão em vários pedaços, e distribuiram entre os prisioneiros, Harry ficou até surpreso por o capitão ceder a eles esse luxo. Lava os cabelos esfregando com vigor, depois o corpo todo até ver a pele avermelhada, quando termina o banho, segura a própria roupa imunda com uma careta. É uma pena ter que vesti-la nesse estado mas não tem escolha, não irá desperdiçar o sabão.

Depois de vestido, come sua "ração", que consiste em um copo de água e uma espécie de biscoito salgado duro igual uma pedra, a água ajuda a descer guela abaixo, e ao terminar, deita no local onde sempre dorme, fica aguardando... Demora um bom tempo até que George Grease tenha a oportunidade de vir chamá-lo.

Estão se entendendo de certa forma, o rapaz aparenta ser muito simpático apesar do jeito arrogante, começa a simpatizar com ele...Ao chegar a hora certa, Grease passa por ele no convés fazendo um sinal positivo com a mão, Harry levanta e o segue, os dois andam pelas sombras para não serem vistos.

Kat termina de desembaraçar os cabelos com os dedos... Vestiu sua roupa de montaria na qual foi sequestrada, somente a saia e a camisa sem colocar o casaquinho, felizmente conseguiu lavá-la há cinco dias, quando choveu o suficiente para poder encher um balde.

Sabe que já é inicio de madrugada, nota-se o barco todo em silêncio com exceçao de algumas vozes sussurradas. Ouve uma batidinha na porta, levanta e passa as mãos na saia e abre, George sorri, Harry aparece logo atrás e entra rapidamente na cabine, se abraçam apertado, cheios de saudade, nem mesmo notam a porta fechar.

Kat solta o abraço e tranca a porta, Harry a puxa de volta para seus braços beijando-a apaixonado, trocando carícias com urgência, quase desespero, s segura no rosto, testas unidas, os olhos fechados, recuperando a respiração, ofegantes...

Katerina o acaricia nos biceps:

__Amor, isso é tão perigoso! Se alguém descobre, se alguém nos flagra...

__ Grease está vigiando_ Harry responde beijando-a na face. Sussurram, preocupados caso alguém passe em frente da porta...

__Mesmo assim, ele corre o risco de ser descoberto...

__Eu sei, eu sei. Mas não aguentava mais de saudades, duas semanas longe de ti sabendo que estás tão perto!

__Eu estou morrendo com isso, não aguento mais!_ Katerina o abraça outra vez.

Harry corresponde, apertando o corpo delicado contra o seu:

__Eu também, carinõ, eu também...

Ficam colados por um tempo, não querendo romper o contato. Harry a beija no pescoço:

__ Grease viu um barco ontem se aproximando quando estava de guarda, comentou comigo discretamente, ninguém percebeu porque ele estava de vigia no mastro e não deu o alerta. Não dá pra saber se é o barco que vai nos resgatar.

Katerina levanta o olhar:

__E tu, como estás? Tuas costas ainda doem? Vi os ferimentos hoje.

__Estou bem, quase não sinto mais dor. Vamos esquecer isso, amor, vamos aproveitar esses poucos minutos, eu preciso tanto de ti! _Harry volta à beija-la com urgência.

Kat enfia as mãos nos cachos macios, agarrando-os, ele estreita ainda mais o abraço fazendo-a ficar nas pontinhas dos pés, se acariciam com sofreguidão.

Deitam na cama, ele desabotoa os botões da camisa delicadinha observando os seios deslumbrado, Katerina passa a mão nos cabelos castanhos, no rosto, sentindo a barba um tanto crescida, ele observa a pele macia e branquinha surgir por baixo do tecido, desliza a mão pelo ventre reto. Kat se deleita ao ver o desejo estampado nos olhos verdes, ele beija seus seios com carinho, logo se torna uma carícia cheia de volúpia, fecha os olhos ofegante, os lábios macios deslizam por sua pele abocanhando o mamilo entumescido, a lingua provocante a estimula. Agarra lhe os cabelos, sentindo as mãos dele deslizando pela saia até a fita que mantém segura em seu quadril, solta e puxa para baixo, o ajuda a se despir, se olham intensamente, os lábios voltam a se unir.

E lá está a consciência avisando-a de que se alguém bater na porta não tem como Harry se esconder, ignoram completamente, a única coisa que importa no momento é sentir as carícias, matar a saudade, fazer amor.

Os dois mergulham um no olhar de outro, Harry a observa já completamente nua, despe a própria camisa enquanto ela lhe beija no peito, em cada uma de suas tatuagens, a língua desliza pelos detalhes em sua pele. Fecha os olhos excitado, leva as mãos na calça, retirando junto com a roupa íntima.

Katerina deixa os olhos deslizarem pelo corpo dele, está mais magro mas ainda assim atraente. O abraça, adorando o calor do contato de suas peles delirantes de tesão, voltam a se beijar, languidamente, Harry desliza a mão direita entre as coxas tocando-a na intimidade, acariciando-a atrevido, Katerina geme baixinho, se abre para ele, os olhos presos no dele, desliza as mãos pelos braços tatuados sentindo a ondulação dos músculos, encontra a mão que lhe dá prazer, ele retira, fazendo-a tocar a si mesma. Kat fecha os olhos, a nova descoberta a surpreende, sente a boca dele acariciando seu colo, descendo para os seios, delineando suas curvas...

Harry se excita assistindo-a tocar o próprio corpo e estremecer de prazer, não consegue evitar o gemido que sai de sua garganta ao ver a cena tão sensual, procura-a, entrelaçando seus dedos ao mesmo tempo que segura o outro pulso delicado, obrigando-a a parar de se dar prazer, se posiciona entre as pernas, os olhares apaixonados... Pressiona-a pelo pulso contra a cama e começa a penetrá-la.

Katerina franze o cenho, fecha os olhos, o rosto se torna expressivo, morde o lábio inferior reprimindo o gemido. Harry a beija, aperta os olhos enlouquecido ao senti-la recebê-lo tão estreita e umida, a pele macia envolvendo seu membro ereto enquanto a invade e retrai vezes seguidas, a sensação de êxtase aumentando mais e mais. Se abraçam possessivos, carentes, ele a suga no pescoço de leve, seu corpo urge em chegar no ápice.

Katerina se entrega completamente ao momento, se olham perdidos de paixão, ele tensiona por segundos mas não consegue segurar, explode dentro dela grunhindo contra a curva do pescoço, tentando esconder a loucura do próprio orgasmo.

katerina esconde o rosto no ombro dele tentando reprimir os próprios gemidos, ele a segura no rosto e a beija, terminam trêmulos, ofegantes... Ficam abraçados ainda por alguns segundos.

Harry deita na cama, puxando-a para perto de si, não querendo quebrar o contato, Kat se aconchega, apoiando a cabeça no ombro esquerdo, esconde o rosto na curva do pescoço dele, carente, os olhos fechados, estreitando o abraço, ficam em silêncio esperando a respiração de ambos voltar ao normal.

Katerina levanta a cabeça e apóia o queixo no peito de Harry:

__Amor... Não podes ficar aqui.

__Me sinto dispensado_ Harry brinca, fingindo mágoa.

katerina ri baixinho:

__Bobo.

Harry sorri:

__Eu já vou, deixa eu aproveitar minha mulher em meus braços mais um pouquinho.

__Essa foi a maior loucura que já cometemos.

Harry a olha, acaricia seus cabelos:

__Se for possível, vou cometer várias vezes.

__Não, é tão perigoso! Eu não sei o que pode acontecer se o capitão nos descobrir, para todos os efeitos eu ainda sou donzela... Se ele descobrir que menti... Não quero nem pensar!

Harry a olha com carinho:

__Eu não vou perder a oportunidade de vê-la.

__Estamos colocando a vida de George em perigo também, não podemos ser tão egoistas!

__Eu sei. Eu só não aguentava mais te ver de longe por alguns minutos.

__Eu também, mas não podemos ser irresponsáveis, tem muita coisa em jogo. Não é só sobre nós dois.

__Eu sei. Não me dê um sermão, eu normalmente sou muito responsável. Me fazes agir igual um maluco desmiolado.

Katerina sorri, Harry se aproxima e a beija, levanta:

__ Bem, estás certa, é melhor não brincar com a sorte.

Katerina se enrola no lençol, o observa vestir as roupas gastas, as costas com marcas do chicote estão cicatrizando, os pés também já melhoraram.

Harry termina de colocar a calça, veste a camisa e se aproxima da cama, senta e se inclina dando nela um selinho:

__Fique alerta para o caso de entrarmos em confronto.

__Está bem.

Katerina suspira e senta, Harry se aproxima e a beija outra vez:

__Já vou.

__Tome cuidado.

__Está bem.

Harry acaricia o rosto delicado: __Te amo.

__Também te amo muito.

Se abraçam por um tempo como se não fossem se soltar nunca mais, mas a separação é inevitável.

Harry levanta e vai até a porta, abre e olha para os dois lados...

Katerina levanta da cama e chega por trás...

Harry avista George de longe, que dá sinal de que pode sair, se vira e a presenteia com um ultimo selinho, sorriem... Vai em direção ao convés, apressado. Passa pelos outros homens dormindo e deita em seu lugar.

George volta a olhar o horizonte atento. Não está no mastro mas sabe que ali, em meio a escuridão a ajuda pode estar bem próxima...

Katerina fecha a porta e tranca, volta para a cama e deita, fica pensativa, se lembrando dos toques em sua pele, ainda sensível por causa dos momentos de paixão... Fecha os olhos fazendo uma prece, pedindo que o resgate não demore tanto a chegar.

CAPÍTULO 45

Fazem três dias desde que George Grease viu o barco, e nessa manhã, a primeira boa notícia foi dada pelo próprio capitão, que avistou uma embarcação com uma bandeira branca no mastro, em sinal de paz. A tripulação inteira trabalham juntos, reduzindo a velocidade e preparando-se para um possível confronto, Harry puxa as cordas das velas com habilidade, sendo ajudado pelos outros prisioneiros, olha para o horizonte, já está entardecendo... Suas esperanças estão todas depositadas no barco que se aproxima, mesmo não tendo certeza se é o resgate ou não. Não vai demorar nada até que os alcancem.

Katerina sai no convés para seu banho de sol, os homens estão a polvorosa, correndo para deixar tudo pronto para uma possível batalha tanto para defesa como ataque. Olha para Harry, que se mantém concentrado em sua tarefa, os cabelos presos em um coque, as mangas da camisa gasta arregaçadas, parece sentir seu olhar pois levanta a cabeça rapidamente, porém desvia, disfarçando.

Seu coração pula no peito, ansioso, sabe que pode ser a ajuda chegando, procura George com o olhar mas não o encontra, talvez esteja de vigia no mastro.

O barco se aproxima depois de mais ou menos 30 minutos, o capitão ordena que entre na cabine pois "é mais seguro", quase o confronta, afinal, não quer perder os detalhes do que há por vir, mas se vê obrigada a obedecer. Antes de entrar, dá uma última olhada em Harry, pela primeira vez ele mantém o olhar, tentando passar alguma segurança.

Sente os olhos encherem de lágrimas... De amor. De medo. Vira e segue em direção a cabine.

Quando os barcos se encontram, Harry reconhece Malik vestido como um sultão, o amigo se mantém altivo, distante, conversa com Dechamps em sua lingua nativa, um rapaz ao lado dele traduz para o francês.

Uma prancha é colocada entre os dois barcos, Malik transpassa e aparentemente começam a fazer negócios.

Capitão Dechamps acompanha o "cliente" para ver vários produtos contrabandeados, Malik finge interesse por alguns.

Harry engole a seco, ansioso... Tudo o que quer é que levem Katerina dali para um local seguro. Observa os homens armados prontos para qualquer sinal estranho, olha para Grease, que desceu do mastro e observa toda a movimentação atento, seu coração quase vem a boca quando Malik cita o fato de estar procurando mais mulheres para seu harém.

Dechamps imediatamente se mostra interessado a fazer negócios, percebendo que o cliente é podre de rico e pagará bem por uma jovem inglesa e virgem.

Harry ouve o capitão mandar buscar Katerina. Grease obedece.

katerina anda pela cabine ansiosa, olha para a porta desalentada... O que será que está acontecendo lá fora? Ouve as vozes mas a brisa não tráz as palavras em sua direção, portanto não consegue entender a conversa direito. Senta na cama e esconde o rosto com as mãos... Lá fora não há sinais de luta portanto não deve ser o barco com a ajuda.

Sente vontade de chorar de desespero... Até quando mais serão obrigados a enfrentar essa situação?

Ouve alguém bater na porta, levanta de imediato e abre, George a encara preocupado:

__Venha.

Katerina obedece, o segue pelo corredor, sai no convés. Suas pernas amolecem ao reconhecer Malik, o olhar misterioso demonstra interesse, tem que fazer muito esforço para ignorar Harry, que está a pouca distância, e entregar a todos.

Ouve o capitão falar sobre preços, Malik responde em sua lingua nativa, sendo traduzido com a ajuda de seu empregado, percebe que estão negociando. Engole a seco.

Malik se aproxima da jovem ruiva, a segura pelo maxilar, observando "o produto" como qualquer cliente faria... O medo nos olhos castanhos desperta o desejo de protegê-la, abraça-la ali mesmo. É necessário muito autocontrole para manter o olhar frio e distante. Vira e continua negociando, até que chegam a um acordo. Caminham em direção a cabine do capitão.

Capitão Dechamps não disfarça o sorriso satisfeito ao segurar o pacote pesado com notas de dinheiro e moedas, abre e confere, sob o olhar atento do cliente. Em seguida, saem de volta ao convés.

Katerina observa Malik falar alguma coisa para seus homens, um deles a segura pelo braço, olha para capitão Dechamps:

__Não...Eu... Não podes...Não era esse o combinado..._ Seu desespero em deixar Harry para trás é infinito.

__Bem, eu iria fazer negócios oferecendo-a á um amigo, dono de um bordel, mas já achei algo bem vantajoso. Boa sorte senhorita.

__Não!_ Katerina não resiste e olha para Harry, seu corpo chega a ficar dolorido por não poder se jogar nos braços dele. Quer gritar para todos os cantos que não irá sem ele!

Harry baixa a guarda por um momento, o carinho transborda pelos olhos verdes...

Malik a segura nos braços sem muita delicadeza:

__Vá!

katerina encara os olhos castanhos, há preocupação neles. Está ciente de que qualquer atitude sua pode colocar todos em perigo. Abaixa a cabeça e vai com o homem.

Malik aperta a mão de Dechamps e segue para seu barco, junto com seus outros homens que carregam outros produtos que acabou de adquirir.

Katerina olha para trás tentando ver seu amor uma ultima vez, não consegue, só vê parte de sua cabeça, vira e se entrega as lágrimas, impotente.

Harry observa aliviado os homens levarem Katerina... Malik, como sempre, foi inteligente. É extremamente perigoso um confronto com ela presente. Agora a levará pra casa e a deixará em segurança... Bem, pelo menos é o que faria, pois sabe que será liberto assim que chegar na França, Grease irá procurar ajuda, a equipe jamais deixaria blackghost nas mãos dos inimigos.

Observa o barco afastar, suspira aliviado... Agora poderá cuidar de si mesmo sem se preocupar com a possibilidade de Katerina ser tragada em toda essa loucura.

katerina caminha pela enorme cabine, muito confortável por sinal, explodindo de tanta fúria! Ouve a porta abrir, vira abruptamente, deparando-se com Malik:

__O que estavas pensando? Porque me resgatou mas não levantou um dedo para fazer nada por Harry? O que tens nessa cabeça?

__Acalme-se, milady.

__ME ACALMAR? COMO QUERES QUE ME ACALME? MEU MARIDO FICOU NAQUELE BARCO! EU NÃO SEI O QUE PODE ACONTECER COM ELE, JESUS! O QUE VAI SER DELE AGORA?

__Milady...

__TIVESTE A OPORTUNIDADE DE ATACAR E NÃO FIZESTE NADA! NADA!

__Eu precisava ter certeza que estavas em segurança.

__QUE SEGURANCA? EU SEI ME CUIDAR MUITO BEM, NÃO ME VENHA COM ESSA DESCULPA, TINHAS QUE RESGATÁ-LO! MEU DEUS, MEU DEUS, E AGORA?

__Milady, acalme-s...

__ME POUPE DE SUAS MANEIRAS CALMAS OU SUAS PALAVRAS CALMAS, EU NÃO VOU ME ACALMAR, NÃO VOU! A OPORTUNIDADE ESTAVA EM TUA FRENTE E NÃO FOSTE INTELIGENTE O SUFICIENTE PARA...

__ Lady Katerina!_ Malik se aproxima travando o maxilar, a segura no antebraço, olhando-a firme, os olhos castanhos ainda mais negros por causa da fúria. Tenta manter a calma_ Se não entende, não palpite moça!

katerina sente o coração acelerar, engole a seco, esquiva o braço de supetão:

__AH, POR FAVOR, NÃO DESMEREÇA MINHA INTELIGÊNCIA!

__E MILADY NÃO DESMEREÇA A MINHA!_ Malik perde a paciência, alterando a voz pela primeira vez.

Permanecem se encarando, Malik a solta e dá um passo atras:

__ Eu não podia correr o risco de algo ruim acontecer com milady caso houvesse um confronto por Harold. Ele nunca me perdoaria.

__ E EU NUNCA TE PERDOAREI SE ALGO ACONTECER COM ELE!

__ EU POSSO CONVIVER COM TEU ÓDIO, MINHA SENHORA, MAS NÃO COM O DE MEU AMIGO.

Katerina e Malik se medem, olho no olho, uma batalha de egos e personalidades, kat vira e cobre o rosto com as mãos passando para os cabelos, Malik suspira, arranca o turbante se afastando um pouco, ouve ela chorar baixinho, a olha cheio de compaixão, se aproxima:

__ Milady...

Katerina não da atenção, o coraçao pequeno... Não suporta imaginar Harry naquele barco sozinho sem ninguém para cuidar dele caso seja castigado outra vez, não consegue se imaginar longe, sabe-se lá por quanto tempo.

Malik se aproxima, a observa com certo carinho:

__Katerina...

katerina passa as mãos no rosto, levanta o olhar, ele levanta a mão em um momento de impulso e acaricia o rosto delicado com as costas dos dedos, enxugando as lágrimas, seus olhos percorrem pela face avermelhada, se dando conta do quanto ela o encanta... Deixa o braço cair ao lado do corpo. Ela é mulher de seu amigo, não pode se entregar a esse tipo de sentimentos. Volta as formalidades:

__Eu sinto muito, milady, mas eu não podia arriscar.

__Por favor, volte lá! Vamos resgatá-lo, por favor!

__Sim, eu vou voltar. Desde o início foi essa a intenção, deixei um recado com Grease, um dos meus homens deu uma carta à ele discretamente, iremos atacar assim que possível, quando todos estiverem despreparados. Para isso precisamos de uma ocasião propícia a uma abordagem surpresa.

__Oh! Obrigada! Obrigada! Eu não sei o que dizer.

__Não precisa dizer nada, só lhe peço uma coisa, fique aqui dentro, mantenha essa cabine trancada, não sei como vai ser esse confronto, mas imagino que será muito violento.Tem o perigo dos marujos e dos prisioneiros, não podemos correr o risco de deixa-la exposta para nenhum deles.

__Mas eu posso ajudar, sei lutar, sei me defender! Até já matei um homem!

Malik reprime a risada... Essa mocinha magricela matando um homem?!

__Não, milady vai ficar aqui, em segurança.

katerina levanta o queixo orgulhosa:

__Não sei porque os homens acham que uma mulher é incapaz de se defender sozinha, não me olhe com condescendência, sir, sou capaz de alvejá-lo sem nem ao menos perceber!

__ Claro que é!_ Malik debocha_ Mas agora não é hora para me provar seus talentos na arte da guerra, só faça o que eu mandei.

__"Só faça o que eu mandei". Odeio homens com esse autoritarismo. Urgh!

Malik sorri com a lingua entre os dentes, divertido com os trejeitos rebeldes da jovem em sua frente.

Kat se vê tentada a tirar a bota e dar-lhe na cabeça.

__Humpf!_ Cruza os braços e anda até o meio da cabine, deixando claro que a discussão foi encerrada, observa Malik fazer menção de se retirar_ Poderia ao menos me disponibilizar uma arma? Para o caso de eu precisar?

__Não. Seu marido já me contou que milady não é das mais obedientes, portanto não darei oportunidade para que faças algo por minhas costas. Faça o que eu te disse e se mantenha a salvo_ Abre a porta da cabine...

Katerina revira os olhos e apoia as duas mãos na cintura:

__Ao menos poderia arrumar água para eu me banhar? Preciso com urgência.

__Sim, vou mandar alguém trazer. E também roupas, milady está parecendo uma garçonete de boteco com esse vestido.

Katerina o encara ofendida. Sabe que o vestido é escandaloso, mas na manhã quando acabou derrubando o chá em sua roupa de montaria, não viu outra opção a não ser vesti-lo outra vez. Olha para si mesma, os seios saltam para fora do vestido e os ombros a mostra deixam-na ainda mais sensual. Levanta o queixo ao ouvir a porta fechar, cruza os braços irritada:

__Grosso!

Respira fundo, ansiosa que lhe tragam a água para que possa tomar um bom banho.

Pouco tempo depois, deita na cama da cabine, arruma a cabeça no travesseiro... Seu pensamento volta para Harry, torcendo que ele esteja bem... Fecha os olhos e se abraça fantasiando sentir os braços dele em volta de sua cintura, o corpo quente junto ao seu, respira fundo reprimindo as lágrimas. Chorar não adiantará de nada, não quer se sentir fraca, inútil, precisa ser forte por ele, logo estarão juntos, seus braços abertos para recebê-lo e aconchegá-lo em um abraço caloroso... Pode até imaginar o sorriso lindo que ele vai dar quando isso acontecer.

Adormece com a imagem dele, sorrindo, os cabelos ao vento, as covinhas charmosas, os olhos verdes brilhando divertidos... Poderia ficar olhando aquela imagem para sempre...

*****

Harry come uma parte de sua refeiçao diaria sentado no chão, apesar de aparentar estar relaxado, nunca esteve tão alerta. Grease já lhe entregou a carta, mas se pudesse decidir, Malik não voltaria... Katerina estar segura é muito mais importante do que seu resgate.

O céu parece um breu, unica iluminação próxima é de uma pequena lamparina presa em um mastro próximo ao corredor que dá acesso as cabines. Está se sentindo um pouco enfraquecido, a má alimentação e as horas de trabalho intermináveis estão começando a lhe afetar a saúde, a falta de energia corre por suas veias.

Fecha os olhos e encosta a cabeça na lateral do barco, ouve o zumbido da brisa do mar, o batido das ondas nos cascos, sente falta de Spirit... Onde estariam seus amigos? Será que sabem que foi sequestrado? Seran deve saber que algo ruim aconteceu já que é o único que sabe profundamente sobre blackghost e até ajudou algumas vezes... Seu maior erro foi não ter falado claramente para onde iria, tinha se despedido no cais e ido levar a mensagem para Malik, avisando que voltaria dentro de quatro ou cinco dias.

Ouve um barulho estranho, abre os olhos e levanta do local que está sentado, observa os demais homens dormindo no convés, olha para o horizonte procurando enxergar alguma coisa... Não há nada.

Volta a sentar tentando deixar a ansiedade de lado, afinal, se um barco se aproximar será fácil de se notar, portanto tem quase certeza que não será essa noite que virão resgatá-lo. Volta a fechar os olhos tentando dormir.

Sua mente o leva para os braços de Katerina, a pele macia, branquinha, algumas sardinhas no ombro, muito pequenas, quase imperceptíveis, os cabelos cacheados avermelhados tão lindos, o sorriso meigo, os olhos brilhantes, os beijos apaixonados, a maneira que fazem amor... Seu coração aperta de saudado. Tem medo que as coisas não saíam como o esperado e não volte a vê-la, porque, por um acaso, se fosse entregue nas mãos dos franceses, eles descobririam que é blackghost então voltaria a ser torturado, talvez nem sobrevivesse... Engole a seco, essa possibilidade o assusta. Não quer aceitar que esse seja seu destino.

Agora entende o porque de pedirem para os espiões serem pessoas sem ligações amorosas, sem família. Qualquer ligaçao os deixa vulneráveis. Espiões não podem ter nada a perder, e agora tem algo a perder, algo que lhe é o mais importante em sua vida. Katerina.

Sente a consciência ir embora, o corpo se rendendo ao cansaço, porém em sua mente uma frase se mantém firme, repetitiva. Precisa voltar para ela.

.CAPÍTULO 46

De madrugada Katerina acorda com movimentos violentos do barco. Levanta assustada, anda com dificuldade até a porta, abre e vê a movimentação dos homens, uma tormenta se aproxima, os raios no céu assustam assim como as ondas altas e ameaçadoras. Respira fundo se preparando para a difícil situação, sai pelo convés procurando Malik, o encontra no meio dos homens, seguindo ordens do capitão. Ele está um pouco pálido, deixando evidente o estomago fraco para alto mar, porém ajuda como pode.

Katerina se oferece para ajudar mas o capitão é curto e grosso, ordenando-a a se trancar na cabine, e mesmo não aceitando, o homem é tão impaciente que acaba por vencê-la. O pior é o capitão não falar inglês nem francês, gritando em uma lingua estranha enquanto gesticula com violência.

Malik a segura pelo braço e a leva para a cabine em meio a uma pequena discussão, acaba tendo que correr até a lateral do barco e colocar para fora o que já não tem no estômago, passando muito mal.

Nas próximas horas Katerina se ocupa do príncipe, um tanto preocupada com a o tom esverdeado da pele de Malik, acaba ficando na cabine enquanto lá fora os homens enfrentam a fúria da tempestade lutando pela sobrevivência.

O dia amanhece cinzento, as horas vão passando e a tormenta vai diminuindo, quando é o meio dia, a calmaria se instala, restando somente uma garoa fina.

Malik começa a sentir-se melhor, consegue tomar uma sopa acompanhada de uma fatia de pão, Katerina caminha pelo início do convés, os homens consertam as avarias do barco, que não foram poucas, pois a tempestade foi muito forte.

Depois de algumas horas, Katerina está na cabine, observando Malik, que despertou um pouco melhor e está agora sentado na cama, vestindo os sapatos. Continua atenta, preocupada:

__E então? Como estás?

__Melhor...Obrigada pela ajuda.

__Não há de que...

Um homem aparece na porta e fala algo para o príncipe, Katerina não entende, mas o tom da voz é de temor. Se levantam e andam em direção ao convés, quando chegam, veem o mar calmo, a garoa já foi embora, Katerina olha várias partes de um barco destruído na água, um naufrágio aconteceu ali. Seu coração começa a bater forte, sua mente se nega a pensar na possibilidade... Reconhece um mastro, as velas emboladas. Velas do barco do capitão Dechamps. Não há sinal de sobreviventes, percebe-se poucos corpos boiando no mar.

Katerina abafa com a mão o grito de dor, corre pela lateral do barco procurando algum sinal de Harry, entregue ao pranto dolorido pela perda.

Malik engole a seco, se aproxima e abraça o corpo delicado, trêmulo por causa do choro, ela se deixa abraçar, perdida, a leva para a cabine e a deita na cama. Não tem palavras para consolá-la, não consegue acalmá-la, a única coisa que pode fazer é ficar ali, apoiando-a... Também tem o coração em pedaços, não acredita que perdeu o amigo de maneira tão abrupta.

Não há palavras que possam expressar tanta dor... O coração parece sangrar e as lágrimas deslizam sem parar até não aguentar, implorando por despertar daquele pesadelo... Katerina adormece horas depois, de puro cansaço.

Malik permanece ali ainda um tempo observando-a compassivo, então levanta e vai para o convés, distribui ordens para mudarem a rota para Inglaterra. Cumprirá a promessa que fez a Harry... A levará para casa.

36 horas depois.

(A claridade incomoda, o corpo doi, e esse sol bate forte em meu rosto... Meus olhos que parecem estarem grudados por uma placa, ardem como fogo, tento abri-los... A sensação da areia em minha face causa coceiras desagradáveis. Com muita dificuldade, levanto a cabeça e olho ao redor, minha vista começa a acostumar...)

Harry franze o cenho ao ver algumas pessoas ali ao lado...

(Mortos? Adormecidos talvez?)

__Finalmente acordou, meu amigo! Venha se alimentar e fique bem disposto, temos uma longa viajem pela frente.

Harry levanta o olhar, vê George em farrapos com algumas frutas na mão, tem o rosto um pouco ferido e escoriações pelo braço direito e no joelho esquerdo. Senta na areia olhando novamente para os corpos.

__Estão mortos_ George afirma.

__Como viemos parar aqui?_ Harry fala, sua garganta reclama de tão seca, a sensação que andou engolindo muita água salgada.

__Não te lembras de nada?

__Não muito bem... Me lembro da tempestade, do barco sendo levado a deriva e praticamente se partindo ao meio ao bater em uma rocha.

__Pois é... Somos náufragos.

Harry passa a mão nos cabelos grudentos pelo sal e areia, senta de frente com George e segura o coco, bebe a água com sofreguidão morto de sede, depois abre o coco e raspa por dentro, comendo a polpa, come algumas frutas silvestres.

__ Acredito que estamos em algum lugar na costa da França. Logo nos cituaremos, o que importa é encontrar uma estrada transitável e pedir ajuda.

Harry afirma com a cabeça, termina de se alimentar e levanta. George o imita e ambos caminham manquejantes em direção a mata.

******

Semanas depois, Katerina e Malik desembarcam em Londres e seguem diretamente para Yorkshire. Ao ser recebida nos braços de seu pai, desabafa sobre parte do que aconteceu, sem lágrimas, mergulhada em seu luto, seu coração tornou-se um buraco escuro e profundo. Sofre calada, como se estivesse morta.

Não é possivel perceber a expressão satisfeita de lady Mullingar ao ver o sofrimento da enteada, se deleita com a situação... Sabia que em algum momento a justiça iria ser feita, agora e só comemorar o sofrimento daquela garota odiosa.

Depois de algumas horas com sua família, Katerina se despede e prepara para seguir viagem até Milward House. Saber que será ela a dar a má notícia por lá, seu coração fica ainda mais picotado.

Antes de continuar seu caminho, Malik se despede alegando que resolverá alguns compromissos. O agradece por toda a ajuda, se abraçam apertado... Se tornaram bons amigos nos ultimos dias.

Não passa desbercebido para Lady Mullingar o interesse do rapaz por Katerina, ele a olha como se ela fosse a jóia mais rara do mundo e isso a enche de inveja... Se pergunta o que tem nessa menina para despertar esse tipo de sentimento nos homens? Não é de uma beleza deslumbrante, perto de tantas outras moças é só mais uma, porque então os rapazes tinham que olhá-la com tal adoração? Percebe também que katerina está completamente alheia ao interesse do jovem príncipe.

Depois que se despedem, Katerina segue para Milward House enquanto Malik volta para Londres e toma a direção das docas. Precisa urgente de notícias sobre Neill Hoggan.

Katerina desce do coche, levanta o olhar para o grande castelo. Tem um vazio no estômago, será duro dar a notícia para toda a família. Vê Victory saindo pela porta, um sorriso contente nos lábios, que morre um pouquinho ao notar que está sozinha. Se abraçam demoradamente, entram na casa, logo lady Anne vem receber a nora, sorrindo contente, fica séria assim que a vê sozinha, a abraça:

__Seja bem vinda, minha querida.

__Obrigada, lady Anne.

__Mas, onde está Harry? Teve que ficar nas docas trabalhando até mais tarde?

__Não, Harry não veio comigo_ Katerina sente uma bola na garganta.

__Onde ele está então?_ lady Anne a observa... Sua nora parece muito abatida, pálida, o olhar sem brilho.

__Eu... Eu sinto muito, Lady Anne, aconteceram tantas coisas...

__Tem a ver com a carta que Harry nos mandou? Avisando para andarmos com segurangas?

__Sim...

__Meu Deus, com o que meu irmão anda metido?

__É uma longa história.

__O que aconteceu então? Onde está meu filho?_Lady Anne perde a calma, sua voz soa chorosa.

__Ele... O meu Deus, eu sinto muito!_ Katerina volta a chorar abraçando-a, sem conseguir explainar as palavras.

__Jesus Cristo, Katerina!_Lady Anne também começa a chorar.

__Houve um naufrágio...

__Não!_ Lady Anne se afasta, andando pelo corredor sem rumo.

Victory se encosta na parede cobrindo a boca com as mãos, lágrimas silenciosas deslizam.

__Eu sinto muito_ Katerina se repete, não encontra outra coisa para dizer, observa mãe e filha se abraçarem em prantos, abaixa a cabeça... Só quer subir, deitar e esquecer do mundo...

Há três semanas não tem vontade de viver.

Lady Anne e Victory olham para a jovem viúva, compartilhando o mesmo sofrimento, se abraçam, procurando amparo uma na outra... Resta somente tristeza e saudade.

Pouco tempo depois, um pouco mais calmas, as três conversam sobre o ocorrido, as vozes baixas, os rostos expressam todo o sofrimento da perda. Katerina faz um pequeno resumo do que aconteceu, dando detalhes, afinal, não tem porque esconder o passado de seu marido, não mais. Lady Anne fica horrorizada com o fato do filho ter se envolvido com algo tão perigoso, combatendo contra o contrabando e pirataria, por patriotismo e fidelidade à coroa. Não se conforma com o destino do filho.

katerina demonstra grande exaustão ao finalizar o relato, deseja subir para o quarto, ciente de que os criados já prepararam um bom banho.

Lady Anne se oferece para contar para Lorde Milward, afinal, a saúde do velho lord se debilitou muito depois que Harry partiu pela segunda vez, teme pelo pior quando ele receber a noticia. Katerina concorda, sem energia, se dirige para o quarto, se lava e deita, sem apetite para o jantar. Adormece, seus sonhos sendos invadidos pela presença marcante de seu grande amor.

******

Um mês desde que Harry e George sobreviveram ao naufrágio. Naquele dia, a vontade de sobreviver foi gritante em seus corações e assim que adentraram na mata, seguiram as próprias intuições e posição do sol até sairem em uma estrada. Foram 3 dias de luta para sobreviverem á falta de água e alimentação escassa.

Na estrada, caminharam por horas até encontrarem um homem guiando uma carroça, que de imediato se ofereceu para ajudá-los, foram parar em uma fazenda de plantação de uvas, onde o fazendeiro, precisando de mão de obra barata, ofereceu trabalho para os dois.

Desde então, estão trabalhando como colhedores, em troca recebem alimento e um teto sobre suas cabeças, e também uma pequena quantia em dinheiro semanalmente, que ambos guardam para poderem pagar por uma viagem até as docas e assim que possível, pegar um barco em direção a Inglaterra. Dentro de um mês terão dinheiro suficiente e voltarão pra casa.

Mais um dia de colheita, Harry segura sua cesta com firmeza, já quase cheia, mais alguns cachos e poderá levar para o barril onde estão os demais cachos que serão levados para o local onde se fabricam vinhos saborosos.

Alem dele e de George, mais 9 colhedores trabalham ali, cada um fica com uma parte da fazenda, é cansativo, mas já enfrentou situações muito piores que essa.

Percebe uma movimentação entre as videiras, levanta o olhar e reconhece a jovem Celeste, filha do fazendeiro, suspira impaciente. A menina o persegue desde que os lindos olhos azuis pousaram em si. Desvia o olhar fingindo não notá-la.

Celeste sorri:

__Boa tarde, Harry.

__Boa tarde, mademoiselle... Seu pai sabe que a senhorita anda por essas bandas sozinha?_ Harry responde em francês, com um sotaque discreto.

__Não. E nem precisa saber.

Harry continua colhendo, ignorando-a deliberadamente, Celeste passa as mãos nos cabelos lisos e dourados como ouro, observando-o com interesse, Harry finge não perceber.

__ E então, tu irás na comemoração do final da colheita?_ Celeste pergunta suave.

__Não sei. Não sei se ainda vou estar trabalhado aqui.

__Meu pai disse que estão quase terminando, se tudo der certo será daqui a duas semanas..

__Provavelmente não estarei mais aqui, irei partir assim que terminar a colheita.

__Porque tens que partir?

Harry foca nas uvas incomodado. Se arrepende de não ter fingido não falar francês, iria evitar toda essa conversa desnecessária:

__ Porque vou voltar para meu país.

__ Podias ficar.

__Não.

__Porque?

__ Mademoiselle, já disse que tenho uma esposa a minha espera.

Celeste abaixa a cabeça inconformada.

Harry vira meio que dando as costas para a jovem enquanto estende o braço para alcançar os cachos de uvas mais acima.

Celeste pega uma uva e leva a boca, observa as costas largas com desejo... Nunca em sua vida quis tanto um homem como quer a ele, desde que o viu a primeira vez.

Ele chegou com o amigo em farrapos, machucado, queimado pelo sol, mas depois de um bom banho, na hora do jantar quando o viu limpo com a barba feita, caiu de amores pelo sorriso encantador, pelo jeito charmoso de ser.

Há um mês sonha em estar naqueles braços.

O corpo dele já demonstra uma grande diferença desde que tinha chegado, já não é tão magro, as coxas musculosas marcam a camisa... Está sofrendo de desejo reprimido por ele, quer esse homem de qualquer jeito!

Então bolou um plano... Se ele ceder uma só vez, irá contar à seu pai que ele a deflorou obrigando-o a tomá-la por esposa... Ele é casado em outro pais, o que faz o casamento não ter importância nenhuma ali, afinal não há papeis para comprovarem esse casamento, então poderão se casar de papel passado, sem problemas, ninguém imaginará que é bígamo se ele não falar... Só precisa seduzi-lo. Em seus 19 anos, não sabe muito bem como fazer isso, mas sua irmã sempre diz, homens são fracos, sempre acabavam se rendendo a beleza feminina e sabe que beleza é o que não lhe falta. Se próxima mais:

__Harry, por favor, pegue aquele cacho para mim?

Harry tenciona as costas ao sentir ela apoiar-se com uma mão, seu antebraço toca os seios volumosos e macios, muito perto, não tem como se desvencilhar daquela proximidade a não ser que se enfie entre os galhos. Estende o braço apressado, segura o cacho que ela apontou.

Celeste finge tropeçar.

Harry a envolve pela cintura impedindo que vá de cara no chão, a cesta vira e para não deixar os cachos espalharem, permite que caia, se desequilibra de leve, volta a se equilibrar mas para isso espreme o corpo feminino contra si...

Se olham, Celeste fixa os olhos em sua boca, Harry não consegue evitar que os olhos deslizem pelo rosto perfeito, seu olhar para na boca rosada, entreaberta, a espera de um beijo. Sente as curvas femininas contra seu corpo, reage como qualquer homem sem sexo há um bom tempo reagiria, com um desejo violento... O que fazer com essa garota ali, lhe tentando! Foca na lembrança de Katerina... Tinha jurado ser fiel e mesmo querendo um pouco de alivio carnal não irá quebrar seu juramento. Se afasta de maneira abrupta:

__Senhorita, volte para sua casa.

__Mas...

__Vá! Eu não quero ser grosso, já percebi suas intenções e devo dizer que é inútil sua tentativa de me seduzir, tenho uma esposa a quem amo, que me espera e nada nem ninguém me fará quebrar o juramento que fiz de ser fiel até o ultimo dia, portanto desista.

Celeste pisca duro duas vezes, chocada com a maneira rude que ele fala, sente as faces queimarem de vergonha. Engole a seco e sai andando, ofendida.

Harry se afasta e abaixa, pegando a cesta, dá a volta pela videira e continua colhendo do outro lado. Respira aliviado ao vê-la afastar em direção ao casarão.

*****

Katerina desperta pela manhã sentindo os raios solares entrando pela janela... Dois meses. Dois meses com Harry... Fecha os olhos outra vez, sentindo um forte enjôo tomar seu corpo... Levanta com dificuldade, caminha até a latrina e faz sua higiene,sai e se olha no espelho... Seu corpo começa a ficar diferente. Os seios estão mais redondos, maiores, muito sensíveis, os mamilos escurecidos apesar da cintura e o ventre ainda não mostrar nenhuma diferença. Toca o sininho chamando a criada...

Agora, todas as manhãs se sente mal, e isso acontece há mais de uma semana. No início pensou que tinha comido algo estragado, mas então se deu conta da falta de suas regras, e isso só podia significar uma coisa... Está esperando um bebê! Um pedacinho dele está crescendo dentro de si!

Quando se deu conta disso, chorou como criança, pela primeira vez depois de tanto tempo sentindo uma pontada de felicidade... Harry não estava mais com ali, mas deixou uma lembrança de seu amor.

O castelo virou uma festa, Victory e Anne voltaram a sorrir, mesmo com a tristeza do luto, um bebê é a melhor notícia que podiam receber depois de tanto sofrimento.

O velho Lord não se aguenta de tanta satisfação, chega a mandar perguntar como a neta está várias vezes ao dia, dando ordens para que ela seja bem assistida, bem alimentada... Katerina é tratada com todo o cuidado possível.

Já seu pai não esconde o orgulho do "neto" que está por vir, o que a deixa irritada um pouco, afinal também pode ser uma neta e vai ser amada da mesma maneira! Já sua mãe e seu irmão reagiram a notícia com total indiferença.

Hoje o dia será longo. Lady Anne receberá a visita de alguns parentes. Para sua surpresa, o dia passa voando, a família por parte materna de Harry são muito simpáticos e fazem de tudo para distraírem as três mulheres que ainda sofrem muito pela perda do ente querido. As comemorações pela vinda do novo membro da família acaba deixando a todos com sorrisos no rosto. E no final do dia, mais uma vez Katerina se recolhe, ansiosa por uma noite de sono onde talvez sonhe com seu amor perdido.

CAPÍTULO 47

Harry e George aportam em Londres no final de novembro, as festividades para o final do ano já estão começando, as docas bastante movimentadas com a chegada de mercadorias e os comerciantes empolgados com as boas vendas.

Quando desembarcam, muitos olham para Harry como se fosse um fantasma enquanto embarca em Spirit e cumprimenta Ted e seus tripulantes, sendo recebido calorosamente. Logo percebe que os acontecimentos enquanto esteve fora são piores do que imaginou.

Desde que foi sequestrado na India, há quase cinco meses atrás, Ted lhe procurou incansável até descobrir sobre o naufrágio e sua suposta morte. Então continuou com os negócios, tomando para si as responsabilidades.

Há pouco mais de um mês, Ted recebeu a notícia do desaparecimento de Neill. Os contrabandistas o aprisionaram por todo esse tempo e agora todos em ligação com ele estão em perigo. Decide não voltar para a casa até ter certeza de que é seguro.

Na mesma tarde, Ted informa sobre a convocação que todos envolvidos com o grupo receberam, para comparecerem essa noite, George e Harry decidem ir junto, isso ajudará no momento de resumir para todos o que fizeram nos meses em que estiveram desaparecidos.

Escureceu, a cidade se torna silênciosa, Harry, Ted e Louis andam por um túnel escuro, próximos ao local onde tinham marcado encontro com o grupo. Param de frente com um prédio e batem na porta de ferro, uma voz soa lá de dentro:

__ Estamos fechados!

__ Oitenta e oito_ Ted responde, passando uma das senhas numéricas combinadas.

A porta abre, entram reconhecendo de imediato o porteiro, Otelo. Se cumprimentam, o gigante de mais de dois metros de altura fecha a porta e os guia pelo corredor estreito até chegarem em uma sala luxuosa e espaçosa que cheira ao melhor dos charutos.

Reconhecem Malik com um copo de uísque na mão, o moreno os vê e fica em choque por alguns segundos, depois sorri e se aproxima, abraçando um e depois outro, olha para Harry, sorridente:

__Meu irmão, pensei que estivesses morto!

__Pois bem, pensou errado, felizmente eu sou um gato_ Harry brinca divertido.

Liam Durstan se aproxima sorrindo... Definitivamente,é a melhor maneira de descrever Blackghost; um gato com suas sete vidas.

Harry também o abraça, surpreso por ver todos ali, apresenta George para alguns que não o conhecem, que o cumprimentam amigavelmente.

Tem cerca de vinte pessoas ali dentro, entre eles alguns nomes importantes no parlamento, como Willian Bridgeton, braço direito do Rei Jorge, dois chefes de estados e conselheiros financeiros e Cowell, chefe de segurança com alguns militares de sua confiança.

Todos se sentam na longa mesa, Cowell começa a falar:

__Senhores, sejam bem vindos a essa reunião. Já estavamos esperando por ela há mais de um mês, fico feliz que todos puderam comparecer à essa convocação. Felizmente como todos podem ver, um dos nossos melhores homens está vivo, Lorde Milward_ Cowell aponta para Harry e continua_ E também quero nosso astuto Mr Grease, que nos ajuda há um bom tempo nos passando informações importantes quanto a esse caso de contrabando.

George agradece os cumprimentos.

__Muito bem senhores, vamos ao que interessa_ Lord Halphburn senta_ Mr Durstan, por favor, mostre-nos suas descobertas.

Liam segura uma pasta e abre retirando alguns papéis criptografados:

__Estive estudando todos os locais marcados, esse mapa que Mr Seeran encontrou no barco foi de grande ajuda. Aqui está assinalado todos os pontos de carregamento e descarregamento de mercadorias contrabandeadas. Também há locais marcados onde escondem e torturam os prisioneiros... Nosso querido Mr Hoggan pode estar em qualquer lugar. Ao todo são seis locais mais importantes, três na Inglaterra, dois na França e um na India, que já foi desmantelado.

Harry levanta e dá uma boa olhada no mapa para conferir, chama Malik e com a ajuda, logo reconhece o local onde ficou preso enquanto esteve na India.

__Bem, há dois meses estamos focados em encontrar Mr Hoggan, foi muito difícil desvendar os códigos mas felizmente possível. Segundo essas informações, será muito mais fácil agora.

__Onde esse mapa estava escondido, Ted?_ Harry pergunta curioso.

__Na cabine do capitão, num fundo falso no chão, foi completamente sem querer, estava procurando meu sapato por baixo da cama e sem querer apoiei o cotovelo na madeira, que cedeu e então encontrei esse mapa e alguns papeis com etinerários. Quando Durstan chegou de Bahamas no início desse mês, entreguei para ele estudar e desvendar as mensagens secretas por baixo das mensagens criptografadas.

__Interessante.

__Temos que treinar mais homens na arte de descriptografar mensagens, ficamos desfalcados agora que Mr Hoggan foi preso e Mr Durstan não pode estar presente o tempo todo por causa do nascimento do bebê_ Lorde Hopebern fala_ Por esse motivo preferimos homens sem ligações emocionais, porém todos insistem em se apaixonar!_ Brinca, fazendo alguns presentes trocarem olhares divertidos.

Malik abaixa a cabeça taciturno.

__Vamos triplicar os cuidados agora que temos essas informações, precisamos chegar ao cérebro dessa gangue_ Cowell fala.

__Não tem nenhuma indicação de quem possa ser ainda?_ Harry pergunta.

__Temos algumas desconfianças, parece que é alguém muito poderoso ligado a França. O líder daqui foi pego e julgado com a ajuda de Hoggan, pouco antes de ele desaparecer. Provavelmente colocaram outro no lugar já que a pirataria vem se tornando mais forte outra vez. Agora que estavamos conseguindo chegar a um acordo para formalizar um tratado com a França, a situação voltou a ficar estremecida.

Harry afirma com a cabeça.

__ E tu, Milward, por favor, se mantenha discreto. Há rumores de que o jovem Lord Milward estava envolvido com negócios escusos, portanto o melhor a fazer se manter longe de sua família, pela segurança deles e por sua própria_ Cowell ordena.

__Mas eles pensam que estou morto_ Harry tenta argumentar_ Não é justo faze-los sofrer por mais tempo com isso.

__Todos pensam que estás morto, sir, isso é uma vantagem a nosso favor, o senhor estará livre para fazer seu trabalho. Aparecer agora perante a sociedade vai deixá-lo em evidência, poderão ir atrás do senhor, de sua família. Eles sabem de sua ligação próxima com Mr Hoggan.

Harry se encosta na cadeira um tanto displicente, respira fundo contrariado. Sabe que estão certos mas ao mesmo tempo seu coração dói de saudade de Katerina, de sua mãe, de sua irmã. Terá que suportar a distância até quando?

Os homens continuam a criar estratégias e vários planos de intervenção. Fica acertado que grupos de buscas serão espalhados para encontrarem Neill. Durstan recebe ordens para se manter distante da frente de batalha, pois como pai recente, tem que ficar em segurança. Malik e George se infiltrarão outra vez para procurar informações sobre algum prisioneiro que tenha caracteristicas de Mr Hoggan. Harry se manterá escondido, aguardando novas ordens.

A reunião termina, os homens se despedem e vão dispersando pouco a pouco. Minutos depois, Ted cavalga junto a

Harry, George, Liam e Malik cavalgam em direção a sua pequena propriedade, que não fica muito distante das docas, um local privado e discreto onde eles possam ficar e conversar sem preocupações.

Na manhã seguinte.

katerina termina de colocar o chapéu, pronta para ir à costureira com Lady Anne para buscar seus novos vestidos, os antigos já não cabem mais, seu corpo tomando cada vez mais as formas de gestante. Algumas encomendas já tinham chegado, como o vestido que está usando hoje, por exemplo, um modelo perfeito para mulheres em "situação interessante".

Estão em Londres para participarem das festividades do final do ano, Gisele mal contém a empolgação. Completou dezesseis anos e pode comparecer a todas finalmente vista como uma moça, livre para começar os jogos de flertes. Em sua mente, há um só rapaz que deseja encontrar, seu maior segredo.

Katerina vira e sai pelo corredor, anda silenciosamente pela mansão, para no inicio do corredor, sempre alerta... Ultimamente as tontura pioraram, chegando a desmaiar algumas vezes por causa de seu estado.

Vira no corredor e continua em direção a sala, encontra Lady Anne já pronta para sair, Gisele termina de arrumar o laço do chapéu... Já não veste babados como uma menina, seu vestido é para jovens maduras, marcando as curvas femininas, coberto somente com algumas rendas delicadas. Gisele a segura pelo braço e caminham lado a lado até o coche, sobem com a ajuda do criado. O cocheiro começa a guiar os cavalos.

É tarde quando saem do atelier, Katerina segue, cabisbaixa, a sogra e a cunhada, que conversam animadas sobre os novos modelos de vestidos que são lançamento de moda. O criado as ajuda a subirem no coche, Kat senta próximo a janela, Anne e Gisele também se acomodam... Quando o cocheiro começa a movimentar o coche, Katerina vê um homem alto com sobretudo preto, andando com as maos no bolso e um chapéu que lhe esconde o rosto... Algo naquela postura, aquele jeito... Vira e olha pela janela do coche, procurando a imagem que acabou de ver, mas já não encontra... Talvez foi só coisa de sua cabeça... Volta a se encostar no banco, olhando para o nada e cariciando o ventre arredondado... Seu bebê é sua única razão de viver.

Harry sai do vão da parede o qual se escondeu logo que percebeu que katerina tinha lhe notado. Se escondeu ali para ela não vê-lo, pois sabe que pode ser reconhecido.

Suspira entristecido... Estava andando pelo centro sem rumo, só para espairecer... Não aguenta mais ficar trancado na casa de Ted o tempo todo! Então, em meio a caminhada, viu o coche parado com o brasão de sua família.

Ficou ali, observando, até ver sua mãe e Gisele saindo. O coração encheu de saudade! Mas quando Katerina saiu, veio a boca! Notou as formas dela, inegavelmente arredondadas, a barriga de gestante despontando, sentiu os joelhos fraquejarem ao vê-la tão linda... Porém com uma expressão tão triste! Precisou de todo seu autocontrole para não atravessar a rua e abraça-la forte.

Percebe que o que está fazendo não é justo, precisa vê-la e dizer que está bem, que está vivo. Katerina espera um filho seu! Ela precisa saber a verdade, e que quando as coisas se resolvessem vão poder ficar juntos outra vez...

Essa noite. Essa noite dará um jeito de visitá-la em sua casa...
*****

katerina olha no espelho, encontra os olhos castanhos sem brilho, a tristeza na alma refletida ali. A criada acabou de ajuda-la a se banhar e se arrumar para dormir, já é tarde da noite.

Ficou conversando com Lady Anne até poucos minutos, ela contando várias histórias de sua juventude, de seu amor pelo marido, da infância de seus filhos... Isso a deixou pensativa... Lady Anne é uma mulher muito forte! Suportar a perda do marido e de dois filhos ainda jovens é doloroso demais!

Seu bebê está crescendo em seu ventre e já sente um amor tão grande, não consegue imaginar qual a intensidade da dor de uma perda como essa.

Sua sogra tem sido uma grande amiga desde que voltou para casa, recebeu dela nesses meses o carinho que nunca recebeu da própria mãe! Também ganhou uma irmã, Gisele é companheira, sempre ao seu lado apoiando.

Mesmo assim o vazio dentro de si parece infinito... Sabe que são somente alguns meses sem Harry, que a perda é muito recente mas tem certeza que aquela dor nunca irá embora...

Dispensa a criada, agradecendo pela ajuda, Cecil lhe deseja boa noite e se retira. Deita na cama e apaga a lamparina, fecha os olhos, logo adormece vencida pelo sono sem fim que sente por causa da gestação.

Harry freia o cavalo no portãozinho dos fundos da enorme mansão... Veio pelo bosque, assim não corre o risco de nenhum criado lhe ver.

Já é madrugada, o clima gelado faz sua respiração faz formar fumacinhas no ar. Desmonta e amarra o cavalo na árvore e anda até a parede da parte exterior da casa, aperta um tijolo... Há muitos anos não usa essa entrada secreta. A parede cede abrindo uma espécie de porta, entra e fecha, anda pelo túnel com cuidado para não se sujar, apesar de ser quase impossível, há teias de aranha para todos os lados.

No final do corredor tortuoso, aperta outro tijolo, que abre a passagem para o porão, entra e fecha.

Felizmente esse casarão foi construido em uma época bastante tensa, seus antepassados eram homens de guerra, sempre prontos para uma fuga caso houvesse necessidade.

Sobe a escada de serviço silenciosamente, a casa está um breu, os criados acordariam as seis para se prepararem para um novo dia portanto tem quatro horas para desfrutar da companhia de Katerina.

Sai no corredor, para de frente com o quarto principal e abre a porta bem devagar, fecha, caminhando pelo quarto como uma sombra, para na beira da cama... O ambiente é iluminado pelo fogo da lareira, unica maneira de aquecer o local no inverno.

Reconhece o corpo feminino com a respiração cadenciada, senta na pontinha da cama com cuidado, se aproxima e passa as mãos de leve nos cabelos cacheados... De repente, ela vira com uma agilidade surpreendente para uma mulher em seu estado, acertando um soco em sua orelha ao mesmo tempo que agarra a lamparina para alvejá-lo violentamente. Consegue segurá-la pelo pulso impedindo-a, percebe que ela vai gritar, tampa-lhe a boca, agarrando-a.

Katerina se debate.

__Amor, calma, sou eu_ Harry puxa o capuz que cobre sua cabeça, permitindo-a visualizar seu rosto, reconhece o olhar aterrorizado, ela se encolhe de um pulo contra a cabeceira da cama, usando o cobertor como escudo, somente os olhos castanhos arregalados ficam expostos. Coloca o dedo indicador em sinal de silêncio nos próprios labios:

__Shiiiii...

Katerina o encara sem reação, a expressão mais incrédula que existe. Harry sorri divertido:

__Jesus, que valentia!

__Ha..Harry..._Katerina sussurra, com medo de acordar.

__Olá?_ Harry aguarda que ela reaja.

Katerina estende a mão e toca o rosto belo com as pontas dos dedos como se não acreditasse no que vê, estende a outra mão tocando a outra face, um sorriso se forma em seus lábios:

__ Estás...estás...

__ Estou.

Katerina se ajoelha, jogando-se contra nos braços dele, um abraço apertado, cai em um choro compulsivo. Harry corresponde, os olhos fechados cheios de lágrimas, beijando os cabelos macios.

katerina volta a encará-lo, acariciando-lhe o rosto como se ainda não acreditasse:

__ Estás aqui... Não posso acordar! Meu Deus, me deixe sonhar!

__ Não é um sonho, Carinõ, estou aqui, estou vivo.

Katerina o enche de beijos carinhosos, volta a abraçá-lo, Harry sorri, também acaricia lhe o rosto enxugando as lágrimas, se beijam, uma mistura de saudade e desespero, carinho, paixão, sem soltar o abraço.

Harry distribui beijos pelo rosto, pescoço, ombro, inspirando o perfume que tanto sentiu falta, nota que está muito trêmula, sussurra:

__Acalme-se, carinõ, não queremos que nada de mal aconteça com nosso bebê não é?

Katerina ri, chorando:

__Não, não queremos. Eu não estou acreditando, o que aconteceu? Onde estavas?

__ Vou te explicar tudo, só se acalme, pare de chorar_ Harry a segura pelo rosto com as duas mãos.

__Eu não consigo! Eu... Eu... Eu senti tanta saudade!_ Kat fala entre soluços.

__Eu também.

__ Te amo tanto, tanto!

__ Também, meu amor, te amo!_ Harry volta a beijá-la demoradamente.

Katerina o agarra temerosa que seja uma alucinação, sente as acaricias em suas costas, passando uma mão em seus cabelos. Se olham, se acariciam delicadamente nas faces.

Harry sorri meio bobo, abaixa o olhar para a barriguinha arredondada e deixa a mão delicadamente em cima.

Katerina abaixa o olhar e sorri enquanto ele observa a protuberancia, preso por um encanto. Coloca as mãos por cima, levantam o olhar, sorriem enlevados, voltam a se beijar. Katerina o abraça correspondendo com ardor, vai deitando-se na cama, puxando-o gentilmente para o lado, sente as mãos puxar sua camisola para cima...

Harry sente a necessidade de tocá-la, sentir a pele, encontra a coxa quente subindo pelos quadris até a barriga, acariciando por toda a extensão, puxa a camisola pra cima, despindo-a, a olha completamente nua, os olhos verdes puro fogo:

__Linda. Linda, linda, linda!

Katerina sorri, observando ele abaixar e beijar em cima da barriga, acariciando com as mãos e repousar a cabeça ali, carente. O acaricia nos cabelos... Os cachos permanecem, porém bastante curtos.

Harry levanta a cabeça, beija a pele sensualmente, agora com segundas intenções, o clima muda, uma tensão sexual no ar. Katerina fecha os olhos, seu corpo reage imediatamente, respira rapidamente, a expectativa percorre suas veias, o acaricia no rosto.

Harry levanta a mão e desliza o dedo contornando o rosto delicado, os lábios, volta a beijá-la. Katerina o ajuda a despir a roupa com certa impaciência almejando senti-lo junto dela sem barreiras, ele a abraça completamente nu, suas peles arrepiam com o toque familiar, se acariciam ansiosos por sentir um ao outro, suas línguas se encontram em um beijo exigente, saboreando o doce sabor do reencontro. Desliza as mãos pelos músculos dele, extasiada. Da ultima vez que fizeram amor ele estava muito magro, dessa vez esta saudável, as coxas grossas pressionando as suas, os braços fortes lhe envolvendo.

Harry por sua vez se deleita com as novas curvas de sua mulher, os seios fartos, os quadris mais arredondados assim como as coxas. katerina já não tem nada do corpo juvenil que conheceu e isso não o incomoda, a adora de todas as maneiras! O grau de excitação que se encontra deixa claro que não será capaz de se segurar por muito tempo, são meses esperando por esse momento! Nunca em sua vida ficou tanto tempo sem mulher... Mas não se arrepende por ter sido fiel, se sente limpo, puro ao fazer amor com ela, dá mesma maneira que ela é pura para ele. Um só corpo, uma só alma.

Se beijam enlouquecidos, ela desliza a mão pelo abdome até mais abaixo, envolvendo o membro ereto com os dedos acariciando a extensão macia e firme, sente os dedos experientes deslizarem por sua feminilidade, arqueia os quadris, a onda de prazer espalhando por seu corpo, começa a dar prazer ele, porém ele lhe segura o pulso:

__Não, amor, eu preciso de ti, preciso te sentir_ Harry afirma, a voz grave e rouca sai entrecortada por causa do tesão.

__Então vem_ Katerina sussurra.

Harry a segura pela cintura puxando-a para cima de si, Kat obedece e se acomoda por cima das coxas musculosas ao mesmo tempo que ele a penetra, fechando os olhos gemendo enlouquecido, impondo o ritmo que quer que siga. O admira, deitado por baixo de si, com olhos fechados, os lábios entreabertos ofegante, o rosto másculo expressivo pelo prazer sentido, se apoia no peitoral e o cavalga sensualmente reprimindo os gemidos, afinal para todos os efeitos está sozinha no quarto.

Harry se sente perdido no prazer, levanta um pouco o queixo, os dentes travados tentando se conter, franze o cenho ao mesmo tempo que estremece, o gozo explosivo. katerina se inclina, cobrindo os gemidos roucos com um beijo, ele suga seu lábio inferior, puxando em uma mordidinha de leve, enquanto os dedos apertam suas coxas com força levantando a cabeça do travesseiro ao sentir os últimos resquícios do êxtase.

Katerina para ofegante, satisfeita apesar de não ter atingido o orgasmo, deita ao lado dele, a respiração agitada.

Harry permanece com os olhos fechados ainda alguns minutos, sua mão procura a dela entrelaçando os dedos, vira e a abraça, a beija com carinho... Permanecem juntinhos sem querer quebrar o elo que os une, trocando caricias. Sentem frio depois de um tempo, puxam o cobertor, continuam acariciando-se no rosto observando com um sorrisinho a expressão de satisfação compartilhada.

Vários minutos depois, estão em silêncio, depois de Harry ter contado todos os acontecimentos desde que sofreu o naufrágio. Ele vira de frente com ela, não para de acariciar a barriga um só minuto, parece abobalhado. Katerina suspira:

__Então te esconderás por mais um tempo.

__ Serei obrigado. Estamos procurando por Neill, pelo menos até ele ser resgatado teremos que manter discrição.

__Mas sua mãe e sua irmã precisam saber a verdade! Seu avô.

__Eu sei, carinõ, mas não é seguro que muitos saibam, pode escapar de alguma maneira, todos estariam correndo risco.

Katerina afirma com a cabeça, Harry a acaricia no rosto:

__ Nem tu podias saber, estou quebrando o sigilo de teimoso que sou, porque não consegui ficar longe.

__Se me escondesses por mais tempo mesmo estando tão perto eu mesma te mataria depois.

Harry ri baixinho:

__Eu sei, por esse motivo contei, não correria o risco de enfrentar sua fúria.

Katerina sorri:

__Quem dera, o destemido blackghost com medo de uma mulher.

__Todo homem tem uma fraqueza. Tu és a minha.

Se olham demoradamente, Harry segura e levanta a mão delicada, levando aos lábios:

__Tome cuidado. Não demonstre muita mudança em seu comportamento, para todos os efeitos ainda estás de luto.

__Claro, não se preocupe, não duvide de minha inteligencia, hum!_Katerina fala ofendida.

__Uhm! É bom avisar não é? Vai que começas a soltar confetes por ai_ Harry brinca.

__ Sem graça_ Katerina faz uma caretinha, ele sorri, se aproxima e a beija de leve.

__Feliz aniversário atrasado.

__Ah, nem me lembre, foi meu pior aniversário.

Katerina abaixa a cabeça... Dia 20 de outubro passado foi o pior dia de sua vida. Lady Anne convidou algumas pessoas para tomar um chá para mantê-la entretida, ainda se lembra de Lady Alminter dizendo "pobrezinha, tão jovem e já viuva".

Harry suspira, se aproxima e a beija outra vez:

__Não fique assim, vou compensar no próximo.

Katerina afirma com a cabeça, ouvem os pássaros começando a cantar, dando boas vindas ao novo dia.

Harry a abraça:

__ Preciso ir.

__Mas ainda é cedo!

__Eu sei, mas tenho que partir antes que os criados acordem.

__Quando nos veremos outra vez?

__Não sei.

__Harry, por favor, não desapareça outra vez!

__Não, jamais, nunca mais vou sumir, tens minha palavra.

Katerina o acaricia nas faces, ele se entrega como um filhotinho carente, fechando os olhos. Lhe dá um selinho:

__Eu vou te esperar sempre.

__Eu vou vir sempre que possível.

__Mas também não fique se arriscando.

__Não se preocupe, eu sei me cuidar.

__Mas não e invencível.

__Não seja implicante.

__Não seja arrogante.

Se encaram desafiadores, acabam sorrindo. Trocam um ultimo abraço, demoradamente.

Harry levanta e veste a roupa sob o olhar intenso de Katerina, que puxa o cobertor e cobre o próprio corpo. Ao terminar de calçar as botas, veste a capa e o capuz, se aproxima, inclina e a beija:

__Se cuida.

__ Tu também.

__E cuide do nosso bebê.

__Pode deixar, eu cuido mais dele do que de mim mesma_ Katerina sorri.

Harry a olha amoroso, senta na cama e beija a barriga arredondada, levanta o olhar, Katerina segura em seu rosto e o beija na boca, se entrega ao beijo... Quando começam a ficar ofegantes, Harry para, sorrindo.

Katerina faz biquinho insatisfeita mas entende que o dia está quase clareando e ele precisa ir.

Harry afasta e a beija na testa.

__Tome cuidado_ Katerina fala preocupada.

__ Pode deixar.

Trocam mais alguns beijinhos, ele levanta e sai do quarto.

Katerina observa a porta fechar, deita sorrindo igual como uma abobalhada:

(Ele esta vivo.VI-vo!)

Adormece feliz.

Harry cavalga até a casa de Ted, chega morto de sono, entra tentando não acordá-lo. Como dorme no quarto dos fundos, caminha até lá, despe a roupa e deita na cama, adormece com uma sensação de paz, o coração quase explodindo de felicidade.

CAPÍTULO 48

A movimentação nas estradas está insuportável essa noite e Katerina jamais enfrentaria se não fosse por um evento tão importante. É uma das celebrações próxima ao natal, e o Green park está completamente decorado para as festividades. Vem sendo cada dia mais difícil não poder demonstrar mudança em seu comportamento, sua preocupação parece que vai explodir por seus nervos, não consegue se concentrar em nada.

É dia 10 de dezembro e essa semana foi difícil. Primeiro teve que disfarçar a euforia de saber que Harry está vivo, depois, conforme foi passando o tempo e ele não voltou, seu coração foi ficando pesado de saudade... Disfarçar os sentimentos é muito dificil principalmente pelo fato de estar sensível e querer chorar a toda hora.

Exatamente o que está fazendo agora, segurando o choro por não ter noticias de Harry há sete dias. O que está fazendo? Está em perigo ou a salvo? É uma sensação de insegurança horrível!

Quando chegam no local, o criado abre a porta e a ajuda a descer, em seguida ajuda Lady Anne e Gisele. Elas a acompanham de perto, sempre atenciosas. Se misturam entre os muitos convidados ali presentes e caminham lado a lado observando as atrações de circo, param as vezes para assistir algo que lhes desperte o interesse.

Há uma orquestra apresentando músicas natalinas em um local coberto, lady Anne fica encantada, caminham até la e sentam nas cadeiras dispostas para a plateia, ficam acompanhando as belas canções.

Em poucos minutos, Katerina sente um desconforto nas costas, a cadeira de madeira é dura demais e seu ventre protuberante começa a pesar. Levanta para caminhar um pouco, se afastando da pequena cobertura. Alguns passos e sente alguém se aproximar:

__Lady Katerina?

Vira e depara com Lord Dawton a sua frente, ele lhe sorri acolhedor... Não sabe como reagir, já tem notado o interesse desse senhor há dois meses, mas sempre se manteve distante, deixando claro que não está disponível.

__Lord Dawton_ Faz questão de aparentar o desanimo.

__Posso lhe fazer companhia?

__Eu... Er...

Antes que possa se negar, ele lhe segura a mão enluvada e apóia no próprio braço:

__ Que noite maravilhosa, não?

Katerina revira os olhos, respira fundo, sua educação não permite que seja grossa:

__ Adorável.

__Assim como milady.

Katerina se nega a responder, olha para os palhaços fazendo algumas brincadeiras não tão longe dali, ouvindo a voz de Lord Dawton... Vira tentando prestar atenção no que ele diz... Suspira entediada. Na verdade ele é bem atraente com seus 39 anos. Tem filhos já grandes e é viuvo há poucos meses. Há rumores de que já procura uma nova esposa, jovem... Não entende esse interesse dele já que está gestante... Apesar que, quando ele começou a se mostrar interessado ainda não demonstrava, porém agora já está a mostra. Achou que ele desistiria, mas não, ele continua tentando lhe fazer a corte mesmo sabendo que sua "viuvez" é recente e o tempo mínimo adequado para aceitar a corte de alguém é um ano.

Por um momento, param para ver os balões serem soltos, olham para o céu, Katerina aproveita para tirar o a mão do braço do homem, dá um passo para o lado, se distanciando, ficando próxima a entrada da pequena capela que tem no meio do parque logo ao lado do muro do quartinho onde ficam os sinos menores. De repente sente uma mão puxar seu braço, agarrando-a de maneira firme, é puxada para entre as paredes. Levanta a mão pronta para socar o nariz de quem lhe puxou, seu coração acelera ao reconhecer Harry antes mesmo de ele tirar o capuz da capa preta que veste...

Harry esteve seguindo Katerina, sua mãe e sua irmã há algum tempo, tomando cuidado para sempre parecer mais um na multidão e estar sempre nas sombras. Está ali a trabalho porque há muitos rumores de que algum negócio ilícito será combinado nessa noite. Muitos soldados estão ali infiltrados, não só ele. Malik também, fingindo ser mais um dos convidados.

Os dois locais na Espanha onde escondiam prisioneiros já foram desbancados com a ajuda da equipe, faltam dois, onde possivelmente Neill permanece preso. No momento, a equipe continua alerta e não podem distrair para não dar tempo aos contrabandistas de reagruparem. A operação está sendo um sucesso.

Enquanto segue Katerina, ouve uma conversa aqui, outra ali, a observa de longe percebendo o quanto é dificil manter o foco com ela presente. Então assistiu elas sumirem no local coberto e conseguiu se afastar, concentrando-se na missão.

Poucos minutos depois, de longe percebeu Katerina sair da cobertura, então aproveitou para se aproximar, a intenção de dizer rapidamente que está tudo bem e se despedir, pois ficará alguns dias fora de Londres, indo em missão para o norte da Bretanha.

A observa fixamente... Qual não é sua surpresa ao ver o homem cheio de pompas próximo a Katerina demonstrando segundas intenções?... Se esconde nas sombras outra vez, a expressão carregada, nada contente com o que vê. A cada segundo vai ficando mais e mais irritado com a maneira intensa que o homem a olha.

Finalmente a oportunidade de se aproximar aparece, a intercepta e ela como sempre reage como uma pantera selvagem tentando agredi-lo... De certa forma isso o deixa orgulhoso e divertido ao mesmo tempo. Orgulhoso por perceber o quanto ela é destemida e divertido, achando graça no fato de ela pensar que é capaz de conseguir alvejar um homem de seu tamanho. Mas o melhor é perceber a expressão dela mudar ao reconhecê-lo antes mesmo de tirar o capuz!

__Calma, mulher!_ Harry sorri finalmente conseguindo segurá-la.

__Harry!_ Katerina se joga nos braços dele, se abraçam apertado, tomando cuidado para não machucar o ventre ainda mais proeminente do que na semana anterior. Se olham com carinho:

__Estás bem? Porque não apareceu mais?_ Katerina o acaricia nas faces.

__Estou bem, não foi possível eu ir até em casa_ Harry a beija rapidamente_ Estive viajando por esses dias.

__Nossa_ Katerina corresponde ao beijinho_ Quase morri de preocupação.

__Não, carinõ, não fique assim, pode fazer mal ao bebê! Fique descansada, estou tomando o máximo de cuidado possível para voltar para ti.

Katerina sorri, trocam caricias no rosto, se beijam apaixonadamente esquecendo o mundo lá fora por um momento, querendo guardar na boca a lembrança do beijo. Seus olhares se encontram, um carinho infinito, Katerina abaixa a mão, agarrando-o pelo casaco:

__E então? Encontrou pistas de Mr Hoggan?

__Não. Amanhã vou viajar outra vez, vamos ir até um local onde ele talvez esteja.

__Meu Deus, Harry, pobrezinho, o que deve estar passando nas mãos daqueles homens?

__Isso me preocupa muito porque sei que ele está sofrendo.

Katerina abaixa a cabeça:

__E se te pegarem outra vez?_ A voz morre enquanto fala, fica trêmula, a ponto de chorar. Harry a segura no rosto.

__Carinõ, olha pra mim...

Katerina levanta o olhar. A beija nos lábios de leve:

__Nada vai acontecer, estou muito atento, prudente, não se preocupe. A equipe que trabalha comigo é grande, não estou sozinho.

__Mas tenho tanto medo! Estou me sentindo tão estranha, qualquer coisa quero chorar como se fosse o ultimo dia da minha vida, estou ansiosa e não consigo dormir...

__ Carinõ, por favor! Vou acabar me arrependendo de ter te contado a verdade!

__Não fale bobagens_ Katerina fica brava_ Se não tivesses me falado eu nunca te perdoaria!

__Perdoaria sim porque iria ficar toda feliz por eu estar vivo_ Harry sorri travesso.

__Pois o senhor meu marido está muito enganado!_ Katerina empina o queixo arrogante, fazendo-o rir baixinho, sorri e o abraça pela cintura encostando a cabeça no peitoral.

Harry estreita mais o abraço, fecha os olhos apoiando o queixo no alto da cabeçinha, ficam assim por alguns minutos. Se afasta:

__Preciso ir...

Katerina engole a seco, as lágrimas querem sair mas se mantém firme.

__ Manterei a ti e a teus companheiros em minhas preces.

Harry sorri:

__Toda ajuda é bem vinda.

__Carinõ... Tome cuidado, por favor.

__Pode deixar.

Harry inclina e a beija, Katerina o abraça pelo pescoço, sente ele acariciar suas costas, o agarra pelo capuz, quase com desespero... Ter que deixá-lo ir é tão doloroso!

Harry a beija na testa, acaricia sua barriga:

__ Saia primeiro para não perceberem nada, eu vou depois.

__Está bem.

__Só mais uma coisa... Não quero vê-la com esse senhor outra vez.

__Que senhor?

__Esse que estava lhe fazendo companhia. Quem é ele?

__Não é ninguém importante, não se preocupe.

__A maneira que ele te olhou me incomodou, mantenha distância.

__Carinõ, eu sempre mantive distância, ele que insiste em se aproximar.

__Pois então seja direta e diga que não o quer por perto.

__Harry! Seria muita grosseria!

__Desde quando és delicada? Quantas vezes foste grossa comigo me rechaçando quando voltei?

Katerina o encara, incrédula:

__Estás fazendo esse escarceu por nada.

Harry coloca as mãos nos quadris, respira fundo olhando para o chão se acalmando. A olha outra vez:

__Eu sei que não tens culpa por este senhor estar demonstrando interesse, mas não fique alimentando...

__Eu nunca alimentei_ Katerina levanta as duas sobrancelhas, o ciúme dele divertindo-a.

__Mesmo assim, faça com ele como fez comigo, ora!

__Ele é um cavalheiro, não é atrevido igual tu.

__Katerina, não me provoque.

Katerina ri:

__Ele irá desistir logo. Provavelmente já desistiu depois de eu tê-lo abandonado hoje.

__ Não sabes como homens são quando querem alguma coisa. Esse senhor não tem caráter? Ele tinha que respeitá-la nesse momento delicado!

__Carino, esqueça isso sim? Estou chocada que nesses poucos minutos que temos para ficar juntos ainda consegues brigar comigo!

__Não estou brigando!

__Não?!

__Não! _Harry fica com a consciência pesada_ Eu só não gostei do que vi, não quero que se repita.

__Não irá se repetir. E não entendo sua insegurança! Não confias em mim?

__Claro que sim, meu amor, eu não confio nele.

Katerina nega com a cabeça, se aproxima voltando a abraçá-lo:

__Eu também não confio nelas, mas confio em ti e sei que tu nunca me decepcionaria.

Harry observa o rosto delicado completamente enfeitiçado... Ama tanto essa mulher que chega a ser quase doloroso!

__Eu sei que tu também nunca me decepcionaria, mas temo por sua integridade. Já conheci muito desse mundo, homens cruéis que não poupam meios para conseguirem o que querem, já vi mulheres muito feridas psicologicamente e fisicamente por causa do abuso desses tipos de homens. É isso que temo. Não sabemos se esse senhor é um psicopata. Eu nunca o vi antes.

__Ele vivia na Alemanha, mudou pra Inglaterra para cuidar das propriedades da segunda esposa, que faleceu há alguns meses.

__Uhm. Me pareces muito bem informada sobre a vida dele_ Harry torce o nariz, sério.

Katerina ri:

__Para Harry! Sabes como as fofocas correm soltas pela sociedade, só por isso fiquei sabendo, porque todos comentam.

Harry fica com um meio sorriso:

__Que decepção, imaginei tudo de minha esposa menos vê-la no meio dessas fofoqueiras intriguentas.

__Pare de me provocar_ Katerina dá um tapinha no braço dele, que ri baixinho. Katerina olha para o barulho do lado de fora:

__Já vou.

__Está bem.

__Te amo.

__Te amo.

Os dois se beijam demoradamente, se afastam contra vontade, Katerina anda até a saída do quartinho... Harry chama:

__Psiu.

Katerina vira interrogativa.

__Mantenha distância_ Ele franze o cenho para demonstrar seriedade.

Katerina revira os olhos e mostra a lingua fazendo uma caretinha, Harry sorri e observa ela sumir de suas vistas... Espera alguns minutos e coloca o capuz, sai discretamente, andando pelos cantos do parque ou entre as pessoas sem nem ao menos ser notada. Um fantasma em meio as sombras.

CAPÍTULO 49

katerina acorda no meio da noite assustada, olha ao redor, a escuridão no quarto só aumenta sua aflição. Senta na cama e liga a lamparina, franze o cenho, uma sensação ruim, um aperto no peito. Seu primeiro pensamento é Harry... Onde está? O que está fazendo? Está a salvo?

Completaram-se doze dias desde que o encontrou no parque e desde então, não voltou a ter notícias dele... Sua sogra e cunhada já perceberam que algo não vai bem, anda muito ansiosa e não consegue disfarçar a própria angústia.

O pio de uma coruja soa longe, em algum lugar lá fora, Katerina junta as mãos e faz uma pequena prece... Levanta, agarra o xale, joga nos ombros e vai até a janela, fica olhando a noite iluminada pela lua, observando o horizonte, cheia de saudades.

Harry, George e Malik, Ned e mais três homens se escondem em um morro próximo a uma propriedade, aparentemente abandonada, observando os vigias nas guaritas da parte de cima... Todas as pistas indicam que esse é o local que estão escondendo Neill.

É a ultima chance de o encontrarem, já fizeram uma limpa nos outros lugares e nem sinal do companheiro, a esperança de encontrá-lo com vida vai esmorecendo... Se ele não estiver ali significa que foi levado para fora do pais ou...

Mais uma vez, o grupo repassa o plano... Alvejar o vigia da guarita mais próxima, Malik e Harry irão subir pelo muro e o príncipe irá descer a escadaria até o portao abrindo para que os demais possam entrar enquanto Harry elimina os outros dois vigias. Depois sairão a procura de Neill.

Harry agacha e segura o arco, ajeita a flecha e mira, os demais esperam com expectativa... Se concentra e solta a flecha, em segundos, assistem o primeiro vigia ser alvejado na cabeça, caindo sem emitir nenhum som. Os homens descem do morro silenciosamente, Malik gira a corda três vezes jogando no muro, o gancho firma na parede... Pendura o próprio corpo, apoiando as pernas no muro, forçando para ter certeza que está seguro. Começa a escalar.

George, Ned e os outros três caminham rente a parede até o portão.

Harry coloca o arco preso no próprio corpo, segura na corda e escala com agilidade, em seguida puxam a corda e andam como dois fantasmas pelo parapeito até chegarem em um local com uma boa visibilidade. Malik continua, descendo as escadas enquanto Harry arma o arco mais uma vez, mira e acerta o segundo vigia na segunda guarita, arma mais uma flecha e aponta para o terceiro vigia... Aguarda o alvo parar de andar pela guarita, seguindo os movimentos do homem lentamente, esperando o momento certo, os olhos verdes se mantém alertas... Quando o homem para, solta a flecha, assiste o corpo cair em um baque, levanta e prende o arco em volta do corpo outra vez, desembanha uma faca e segue pelo corredor estreito, desce as escadas... O portão já está aberto, seus companheiros se espalham pelo pátio...

Malik fecha o portão para não despertar suspeitas, sem trancá-lo, para facilitar a fuga, vê o amigo fazer um sinal com as mãos, Harry ordenando que fique checando a retaguarda. Iniciam a revista do local.

Entram por uma porta com cuidado, vêem um homem virar e encará-los mas antes que possa falar qualquer coisa, George surge por trás e o agarra pelo pescoço com um tecido, apertando até que o homem perca a consciência. Malik e Harry continuam a andar em caminhos separados.

Ned vigia os arredores, pronto para dar o sinal caso sejam descobertos e precisem de uma rápida fuga.

Malik sobe furtivamente as escadarias para o andar de cima, os passos leves, quase imperceptiveis... Ao chegar nos ultimos degraus é surpreendido por um homem descendo, imediatamente reage, atracando-se em uma luta violenta... É prensado contra a parede mas se livra com uma rasteira, empurrando-o escada abaixo, o corpo rola pesadamente e para desacordado. Continua subindo apressado.

George pula por cima do homem desacordado e segue o príncipe.

Harry abre cuidadosamente as portas de cada aposento inferior da ala esquerda da casa, encontra uma escada e começa a descê-la lentamente, atento... No final, ouve dois homens conversando, se esconde nas sombras... Assiste um subir as escadas, torce mentalmente para alguém pegá-lo, continua se aproximando do outro, que permanece em pé, olhando para uma pilha de cartas de baralho... Estende os braços em um movimento ligeiro e o segura na cabeça, girando com força, um barulho de ossos rompendo e o corpo cai no chão. Passa por cima e observa por dentro de um quartinho, percebe vários instrumentos de tortura, sai e entra em outro quartinho, a porta está trancada.

Volta e apalpa o homem no chão, encontra as chaves, vai até a porta, abre e entra, o quarto é iluminado pela tocha acesa do lado de fora, o cheiro forte de corpos sujos, sangue e suor paira no ar... No canto, vê um homem deitado, imundo e ensanguentado, se aproxima e o vira, reconhece Neill, muito machucado, muito magro, queimando de febre. Imediatamente teme pela vida do amigo, embanha a faca e o suspende no colo, o que não é difícil já que está muito debilitado. Sai pela porta e sobe as escadas as pressas, segue pelo corredor...

Ao chegar lá fora, solta seu assobio agudo, avisando que já encontrou o que todos procuram.

Apesar de o amigo estar muito magro, começa a pesar, afinal, é um homem feito. Teme que Neill esteja com algum osso quebrado e que movimentá-lo piore sua situação, mas não tem escolha, precisa levá-lo dali. Encontra Tristan, que rapidamente o ajuda a sair pelo portão. O pio de uma coruja soa no ar, é o sinal de Ned, ouve sons de luta dentro do local, se agacha no canto do lado de fora, próximo ao morro que estavam antes, aguarda...

Logo todos saem, dois deles levemente feridos com cortes nos braços, George tem o maxilar um pouco inchado, nada preocupante, joga o fósforo no combustível que espalharam pelo local, as labaredas de fogo sobem rapidamente, engolindo a casa. Sobem o morro com alguma dificuldade, param próximo aos cavalos, Harry monta e George, Malik e Ned ajudam a colocar o ferido junto dele, em seguida montam em suas respectivas montarias e saem em disparada.

*****

São quase 36 horas de viagem, cada um carrega e cuida um pouco de Neill até chegarem em uma estalagem. Alugam um coche, decidindo levá-lo até Milward Castle, o único lugar possível e confiável para que o ferido possa se estabelecer. Durante a viagem, as vezes parece que vai recuperar a consciência mas nada acontece...

É noite quando avistam Milward Castle, Ned e George continuam na estrada com os demais homens em direção a Londres parar passar o relatório ao comandante e Malik acompanha Harry para ajudar no que for possível.

Chegam no castelo silêncioso, Malik desce do coche, sendo recebido por um dos criados:

__ Boa noite, sou principe Malik.

__ Boa noite, Sir.

Harry abre a porta do coche e desce, o criado arregala os olhos como se estivesse vendo uma assombração:

__Valha-me Deus.

__Fique firme homem, não vá sujar as calças!_ Harry faz chacota, se divertindo com a expressão aterrorizada do velho homem.

__Mm..mm..milord.

__ Engole o medo e mande alguém chamar um médico, urgente!

O homem continua paralizado e empalidecido, Harry revira os olhos:

__Vamos homem!

__Si..si..sim senhor_ Vira e corre para chamar alguém para ir atrás de um médico.

Harry segura Neill no colo, entra na casa seguido por Malik, o mordomo corre para atender a visita, paraliza no corredor ao vê-lo.

Harry passa por ele:

__ Preciso de uma banheira com água quente, já!

O velho mordomo, branco igual papel, respira fundo... Como sempre o lado profissional fala mais alto. Dá ordens para as criadas arrumarem água quente, segue o jovem lorde o mais rápido que sua idade permite, o encontra na ala amarela.

Harry entra em um quarto de hóspedes, coloca o ferido deitado na cama com cuidado, o gemido de dor que o amigo solta o enche de compaixão.

Malik se aproxima puxando a calça, desnudando-o, Harry rasga a camisa esfarrapada, mesmo com a sujeira se percebe os hematomas. Engolem a seco ao notarem praticamente pele e osso na cama, dois meses nas mãos daqueles homens foram capaz de destruí-lo.

Minutos depois os criados entram no quarto com banheira e baldes, todos olham para o jovem lorde como se ele fizesse parte de outro mundo... Se fosse em outras circunstâncias, Harry daria boas gargalhadas da situação.

Os criados jogam a água na banheira, Harry pega Neill nos braços e o submerge, deixando somente o rosto para fora, Malik o ajuda a banha-lo com muito cuidado, tentando ao máximo não machucar ainda mais os ferimentos.

Katerina e Victory saem da biblioteca, observam alguns criados andarem pra lá e pra cá agitados, olhando-as temerosos... Trocam olhares, preocupadas que algo possa ter acontecido com Lady Anne ou com Lorde Milward, sobem rapidamente a escadaria indo em direcão a ala azul, param de frente com o quarto de lady Anne... A porta está aberta, a veem pronta para se recolher para dormir. Há uma criada terminando de alimentar a lareira. Lady Anne olha para as duas jovens paradas de frente com a porta.

Victory entra:

__Mamãe? Já vai dormir?

__Sim, querida. Precisa de alguma coisa?

__Não... Na verdade tem alguma coisa acontecendo, Katerina e eu estávamos saindo da biblioteca e vimos muita movimentação na casa, viemos para cá rapidamente, pensamos que algo tinha acontecido com a senhora.

__Ora, o que pode estar acontecendo?_Lady Anne se levanta da banqueta onde relaxa sentada, sai do quarto sendo seguida por Katerina e a filha.

Descem a grande escadaria em direção a sala, o mordomo vem andando lentamente segurando um lenço impecavelmente branco e enxugando a testa. Anne o intercepta:

__ Muito bem, pode me dizer que está acontecendo?

__Lady Anne... Bem senhoras, fiquem calmas...

__Por quê?

__Lady Katerina, milady principalmente, em seu estado não pode passar por emoções fortes...

Katerina agarra o vestido quase entrando em desespero, sai correndo pelo corredor esquecendo o perigo de acabar levando uma queda por causa da barriga, vê dois criados vindo da ala amarela, sobe a escada de cinco degraus e vira a esquerda, ouve vozes no primeiro quarto, abre a porta.

Harry vira surpreso terminando de cobrir Neill, agora devidamente limpo, com o lençol.

Malik vira e a observa encantado, Katerina anda apressada até o marido, que a recebe nos braços, se entregam cheios de saudade ao abraço apertado, olhos fechados.

Katerina esconde o rosto no ombro largo, sente ele beija-la nos cabelos, se olham com carinho.

Lady Anne e Victory entram no quarto, a mais jovem cobre a boca abafando um grito... Lady Anne olha para o filho paralizada.

Harry começa a sorrir mas seu rosto fica sério ao ver a mãe desfalecer e cair dura no chão.

__Mãe!_ Harry solta o abraço e corre até lady Anne.

Katerina observa a cena; Harry abaixando e segurando a mãe nos braços, levantando e olhando para Malik, que sorri de leve:

__Pode ir, eu fico de olho nele.

Harry engole a seco, olha para Victory, que mantém a mão na boca.

__ Vic, vem comigo, vou explicar tudo_ Sai para o corredor, em direção a ala azul.

Victory procura a cunhada com o olhar, Katerina não consegue disfarçar o sorriso... Olha para a porta um pouco desnorteada...

Kat a segura pelos braços, encara o belo moreno em pé ao lado da cama:

__ Vossa Alteza, fique à vontade.

__Obrigada, Milady_ Malik sorri terno.

Katerina corresponde timidamente, acompanha a cunhada para fora do quarto.

Malik suspira, encantado com a beleza da jovem ruiva e gestante... Vira e olha para o amigo na cama... O rubor nas faces entrega a alta temperatura do loiro. Torce para o médico chegar logo.

Harry observa sua mãe voltar pouco a pouco à consciência com a ajuda de seus sais...

Anne abre os olhos e arregala:

__Jesus Cristo!

__Está tudo bem, Mãe, se acalme.

Anne levanta as mãos, tocando-o nos ombros, no rosto:

__Filho, estás bem!

__Sim, mãe.

__Oh, meu Deus_Lady Anne cai em prantos, emocionada.

Harry a abraça, olha por cima do ombro e estende o braço para Victory, que dá uma corridinha e abraça o irmão. Ficam assim por alguns minutos...

Em seguida, Harry explica para as duas o que aconteceu, fazendo um resumo; fala sobre os motivos para se manter escondido, acaba levando umas palmadas no braço de sua mãe inconformada por tê-la feito sofrer tanto, se defende como pode enquanto reprime o riso por ver a pequena crise de fúria tão pouco usual em sua mãe, afinal lady Anne tem um temperamento muito calmo e doce.

No final lady Anne e Victory acabam compreendendo e entendendo a angústia de Katerina, os choros sem motivo, a inquietação.

Depois que termina de narrar sua história, voltam a ala amarela. O médico já examina o enfermo.

Harry entra pela porta, percebe que Neill está nu na cama, olha para as mulheres:

__ Senhoras, não será possível entrar agora, o doutor está examinando-o. Quando terminar eu chamo.

__Está bem_ Lady Anne responde.

As mulheres se viram para se retirar, Harry estende a mão e segura a de Katerina, leva aos lábios:

__Daqui a pouco nos falamos.

Katerina afirma com a cabeça, sorrindo carinhosa, se afasta. Ninguém nota a expressão preocupadíssima no rosto de Victory.

Harry fecha a porta e olha para o Dr Alisson:

__E então doutor?

__ Ele está bem machucado, Milord. Não tem nenhum osso quebrado, em compensação faltam três unhas de no pé direito, aparentemente foram arrancadas, tem vários hematomas pelo corpo... Esse jovem foi muito judiado! O estado de desnutrição assusta, os senhores terão que ter muito cuidado com a alimentação dele. A recuperação será bem vagarosa.

Harry olha para Neill desacordado:

__Quando ele vai acordar?

__Logo, assim que a febre ceder, dê esse xarope para ele, irá ajudar a diminuir a febre e as dores.

__ Obrigado doutor.

__Por nada, milord.

__Por favor, não fale com ninguém sobre essa consulta, sobre mim ou sobre esses homens, eu espero que possa contar com a discrição do senhor.

__Pode deixar, da minha boca não sairá nada, minha fidelidade aos Milward é e sempre será intocável.

__ Agradeço.

Dr Alisson arruma sua maleta:

__ Alimentação para ele só caldo, podem ser levemente engrossados, mas sem exageros. Mantenha-o refrescado, não deixe a temperatura subir demais.

Harry afirma com a cabeça, olha para Malik, que só observa com braços cruzados, sai do quarto, acompanhando o doutor até o escritório e faz o pagamento da consulta:

__Ele vai sobreviver?

__Se ele vencer as próximas 48 horas acredito que sim. Sinto muito, não há nada mais que eu possa fazer.

__O senhor fez o seu melhor, obrigado outra vez.

Os dois apertam as mãos e o doutor vai embora. Harry suspira exausto, o efeito de quatro noites mal dormidas já estão tomando seu corpo. Precisa de um banho e cama.

É bastante tarde quando finalmente, Harry toma seu merecido banho, sua mãe se encarregou de prover as necessidades de Malik, mandando preparar tudo o que ele precisa para poder ficar confortável.

Apóia a cabeça na borda da banheira, relaxando despreocupado, a água morninha o deixa com uma sensação de languidez, Katerina desliza a bucha pelo peitoral, uma carícia suave... Sorri, estendendo a mão segurando a dela.

__Venha, já esperei demais por um beijo seu.

Katerina sorri e se aproxima e lhe dá um beijinho, se demorando no toque singelo. Harry arruma a postura para ter um melhor alcance dos lábios doces, aprofunda o beijo sedento... Kat corresponde acariciando-o no rosto, as linguas languidas... Se olham com carinho:

__ Estás com uma expressão de cansaço extremo_ Katerina segura o sabão de coco e espalha pelas costas largas acariciando com as mãos.

__Estou exausto!_Harry fecha os olhos aproveitando o toque das mãos delicadas enquanto ela o banha pelos braços deslizando até o abdome e sobe, lavando a frente do pescoço, volta a descer pela virilha, pulando certas partes, o segura na perna, passando pelos músculos em uma leve massagem... A observa com um meio sorriso safado, ela joga os cabelos que caíram pelos ombros para trás, lava seu pé esquerdo, faz o mesmo com a outra perna... Apóia a cabeça na lateral da banheira outra vez, fechando os olhos.

Katerina sobe devagarinho e segura o membro em descanso, assiste ele abrir os olhos, observando-a, pura malicia. Nota a ereção iniciar em suas mãos, ignora e segura um caneco, jogando a água por cima dele, nas pernas, nos ombros deixando escorrer pelo peito. Quando termina, passa os dedos nos cabelos cacheados, que estão úmidos, levanta com um pouco de dificuldade por causa da barriga, busca a toalha e volta parando de frente com a banheira.

__Venha.

__Nossa, estou quase dormindo aqui mesmo_ Harry levanta, Katerina deixa os olhos percorrerem o corpo dele sem pudor, o enrola na toalha.

Harry segura e sai de dentro da banheira, começa a se enxugar, quando termina, deixa a toalha pendurada e caminha até a cama completamente nu.

Katerina solta as fitas da frente do vestido, despe e pendura em um gancho, por baixo usa só uma combinação fininha, se enfia embaixo dos cobertores.

Harry apaga a lamparina e deita, se cobre e se aconchega junto dela, Kat vira, se beijam... Suspira deliciada:

__Finalmente estás em casa. Não tens noção do quanto estou aliviada. Finalmente vou dormir sem preocupações.

__ Não há nada melhor do que dormir na minha cama, com minha esposa e nosso bebê_ Harry acaricia a barriga arredondada. Katerina coloca a mão por cima da dele, se olham e se abraçam, o beija no ombro, sentindo a acaricia em seu pescoço, um beijinho delicado... Ficam abraçados por um tempinho... Por fim, Katerina se afasta:

__Vamos dormir, precisas descansar.

Harry afirma com a cabeça, inspira o perfume dos cabelos de fogo enfiando o rosto neles, acariciando o ventre volumoso, Katerina sorri satisfeita.

Ficam em silêncio...Logo ouve a respiração dele ficar cadenciada, fecha os olhos e mentaliza um agradecimento por ele estar ali, a salvo ao seu lado.

CAPÍTULO 50

katerina desperta com a luz da manhã entrando pela janela, sorri enlevada ao sentir o calor do corpo de seu marido a ela, as coxas unidas... Arruma a cabeça no travesseiro, o observa com carinho, está deitado de barriga pra cima, todo relaxado e espaçoso na cama, uma mão próximo ao rosto entrando por baixo do travesseiro, a outra apoiada na barriga, o edredom deixa a mostra parte do peitoral...

Puxa o cobertor feito de pele de urso, cobrindo-o até quase o pescoço pois o clima está congelante, fica observando-o dormir por vários minutos, cada detalhe do rosto que tanto ama, a boca, o nariz, os cílios, as sobrancelhas, a pinta logo ao lado da boca. Suspira encantada. Harry é um espécime raro, definitivamente, até os defeitos são perfeitos!

Levanta devagarinho, se veste com certa dificuldade, não quer tocar o sino para pedir ajuda, a criada não poderá ficar no quarto enquanto Harry dorme, seria constrangedor e não tem a minima paciência para ir no quarto adjacente e aguardar a ajuda.

Quando termina de puxar a fita do vestido vai fazer sua higiene, penteia os cabelos e prende em uma trança simples, abre a porta do quarto e dá uma ultima olhadinha no belo homem adormecido na cama... Sai e fecha a porta.

Ao chegar na sala de jantar onde o café da manhã é servido, encontra lady Anne e Malik conversando amigavelmente, ele levanta assim que a vê, respeitoso:

__ Bom dia_ Cumprimenta.

__Bom dia_ Lady Anne não deixa de perceber os olhos castanhos fitarem sua nora com adoração. Imediatamente, uma onda de preocupação a atinge.

__ Bom dia_ Katerina sorri e senta na cadeira que um dos criados afastou. Começa a se servir de suco_ Vejo que já foram apresentados.

Malik senta:

__ Sim, Lady Anne me deu o prazer de sua companhia_ Se obriga a desviar o olhar da bela jovem... Não está conseguindo lidar com os próprios sentimentos mesmo sabendo o quanto eles são errados.

Não voltou a vê-la desde que a deixou em casa, há quase quatro meses atrás, ignorou o fato de ela permanecer em sua lembrança, mas vê-la ontem mexeu com suas emoções e está outra vez enfeitiçado.

__ O prazer é meu, alteza_ Anne responde.

Katerina olha para sogra:

__ Victory ainda não acordou?

__ Está com Mr Hoggan enquanto sua alteza veio tomar o desjejum.

Katerina vira em direção ao moreno:

__Como passou a noite?

__Bem. Quanto a Hoggan, não tenho muito o que dizer, a febre não cede mesmo ele tomando o xarope que o doutor receitou... Creio que o próprio organismo luta contra alguma infecção.

Katerina afirma com a cabeça, leva um pedacinho de bolo á boca.

__E Harry?_ Anne pergunta.

__Ainda dorme_ Katerina responde, abocanha o bolo, olha para Malik meio confusa com a maneira que os olhos fixam em seu rosto... Desvia o olhar, encabulada.

Anne observa a tudo... Enquanto Katerina parece estar alheia ao olhar admirado do jovem príncipe, ele não consegue disfarçar o encantamento. O que Harry fará se perceber que seu amigo dispensa certa atenção á sua esposa?

Katerina termina seu café da manhã:

__Vou ver como Mr Hoggan está.

__Te acompanho_ Malik levanta junto, vira para lady Anne_ Lady Milward, muito obrigada pela adorável companhia.

__Disponha_ Anne sorri, observa os dois se afastarem, um vinco se forma em sua testa.

katerina e Malik andam lado a lado em silêncio, ele a olha rapidamente:

__Harry deve estar efusivo com as novas.

__Novas?

__Sim... Por milady estar gestante.

__Oh... Ele já sabe há algum tempo. Ele não disse que veio me visitar? Logo que voltou para Inglaterra.

__É mesmo? Agora entendi sua calma ao reencontrá-lo ontem.

Katerina sorri:

__Sim, já sabia que ele estava vivo.

__Entendi_ Malik afasta a porta, sente o perfume suave e agradável quando Katerina entra no quarto, resiste o desejo de fechar os olhos e inspirar profundamente.

Victory observa com carinho, Neill adormecido na cama, sentada em uma cadeira próxima a ele, sem soltar a mão calosa. Odete, sua acompanhante continua silenciosamente sentada no banco próximo a lareira... Ouve a porta abrir e solta a mão subitamente, como se estivesse fazendo alguma coisa errada.

Malik finge não notar o afobsmento da jovem, se aproxima:

__E então, ele deu algum sinal de vida?

__Sim, acordou por alguns minutos, pediu água e eu o ajudei a beber. Vou chamar um criado para fazer essa barba e cortar o cabelo, ele precisa ficar mais confortável.

__Seria ótimo, para quem não é acostumado, barba pode incomodar mesmo_ Malik concorda.

__Cabelo grande também_ Harry fala, entrando no quarto.

Katerina vira e abre um lindo sorriso, Harry a abraça pela cintura, a beija nos lábios:

__ Bom dia.

__Bom dia_ Katerina o abraça pela cintura.

Harry olha para Neill:

__Como ele está?

__Menos quente... Mas não acordou a não ser por alguns minutos, como Lady Victory acabou de dizer_ Malik responde, evitando olhar o casal.

__Sim, ele pediu água_ Victory volta a olhar para o enfermo desacordado na cama.

__Ele vai ficar bem, Neill é teimoso, vai lutar pela vida até vencer, ele não esperou por dois meses ser resgatado para se entregar agora_ Harry suspira_ Estou faminto_ Olha para Katerina_ Já se alimentou?

__Já.

__Uhm. Mas me faz companhia mesmo assim?

__Claro!

__Venha Vic_ Harry chama.

__Não, vou ficar aqui mais um pouco_ Victory responde docil.

__Não há necessidade, Malik já vai ficar aqui, não é apropriado uma moça ficar sozinha em um quarto com dois rapazes_ Harry admoesta autoritário.

Katerina levanta as duas sobrancelhas, ligeiramente irritada com o tom do marido, afinal, Victory não estava sozinha! Observa a cunhada levantar obediente, mesmo demonstrando contrariedade,

Harry segura a porta, Katerina, Victory e Odete saem, fecha a porta atrás de si.

Caminham pelo corredor, Victory se apressa em direção a ala azul, seguida por Odete. Katerina não consegue manter a boca fechada:

__Como assim não é apropriado, Harry?

__Não é, oras, acha certo uma moça ficar nos aposentos de um homem solteiro?

__ Um homem enfermo...

__Mesmo assim, não há necessidade dela ficar lá, Malik já está presente.

__Tens sorte de sua irmã ser um doce.

__Porque, se fosse tu, já irias querer me enfrentar não é?

__Sim, porque não concordo com esse pensamento, é natural ela sentir empatia e querer ajudar.

__Se houvesse necessidade não me oporia, mas há pessoas o suficiente nessa casa que podem cuidar dele.

Katerina revira os olhos, desistindo de discutir, Harry a olha de cima com um meio sorriso... Pelo menos uma vez na vida ela não ficou querendo impor o ponto de vista.

Entram na sala de jantar, segura uma cadeira, aguarda ela sentar e se acomoda ao lado, na cadeira de destaque destinado ao conde, na cabeceira, despeja chá na xicara e segura um pedaço do pão.

Mal termina, um criado entra apressado na sala, para a seu lado com uma expressão estranha... Os criados ainda não se acostumaram com o fato de estar vivo, alguns nem chegaram a vê-lo ainda... Para de comer e limpa os lábios com guardanapo, olha para o rapaz com uma expressão divertida:

__Pois não?

__Milord. O inspetor de justiça está lá fora e pediu uma audiência com milorde.

Harry fica tenso, Katerina, séria. Se levantam e vão até a sala de visitas onde o inspetor aguarda acompanhado de mais quatro soldados.

__Lord Milward.

__Sir...

__Vaugham. Hugh Vaugham.

__Prazer, Mr Vaughram_Harry aperta a mão do homem.

__Recebemos essa manhã a informação de que milorde está vivo, peço que milorde me acompanhe, preciso fazer algumas perguntas.

__Acompanhá-lo aonde?_ Katerina se intromete.

O inspetor a olha com prepotência demonstrando desagrado por ela ter se intrometido em uma conversa de homens, responde contra vontade:

__A delegacia. Lord Milward está sendo acusado de envolvimento com o contrabando. Iremos vasculhar seu barco e essa propriedade atrás de provas, mas por enquanto o senhor deve nos acompanhar.

__Acontece que sou inocente, Mr Vaugham.

__Isso será esclarecido, não é? Se milorde for inocente não tem o que temer. Me acompanhe, por favor_ O homem aponta para a porta.

__ Ao menos posso conversar com minha esposa um minuto a sós?

__Não. Não sabemos o que o senhor pode aprontar. Venha, não me obrigue a tomar medidas drásticas.

katerina desvia o olhar dos soldados, olha para o marido já com lágrimas nos olhos.

Harry vira e segura as mãos delicadas, agora trêmulas:

__Vai ficar tudo bem, Carinõ, é só um mal entendido_ Ao vê-la afirmar com a cabeça, fica um pouco mais aliviado. A abraça. Sua mãe e irmã, assiste com o coração apertado as expressões surpresas nelas ao verem o inspetor de justiça e os soldados que o acompanham.

Anne fecha os punhos agoniada:

__O que está acontecendo?

__Lord Milward vai nos acompanhar até a delegacia, ele foi acusado de envolvimento com negócios escusos, vai ficar sob nossa custódia até que as coisas sejam esclarecidas.

__Mas, mas...

__ Tudo bem, Mae, não se preocupe_ Harry tenta acalmá-la, katerina engole a seco.

__Que inferno, não podemos ter um pouco de paz!

Todos a encaram como se tivesse cometido um pecado por estar praguejando, Harry não reprime o sorriso divertido, adora as facetas de sua Katerina.

__Não se preocupe...

__Como não vou me preocupar?_ Katerina o encara impotente.

__Mas isso é por quanto tempo?_ Lady Anne pergunta para o inspetor.

__Como já disse, até que tudo seja esclarecido.

__ A justiça é uma lesma para esclarecerem esses assuntos, meu marido vai ficar preso sem dever por sabe-se lá quanto tempo! Acha isso justo?_ Katerina esbraveja.

__Kat..._ Harry a olha, severo, vira para o inspetor_ Vamos resolver isso logo_ Inclina e deposita um beijinho na testa de Katerina, no rosto de sua mãe e irmã, e sai escoltado pelos homens.

Katerina para na porta sentindo o coração na mão... Ver Harry entrar no coche que mais perece uma jaula é torturante!

Os soldados trancam a porta, montam em cavalos, o inspetor senta ao lado do cocheiro, todos se afastam.

Harry olha para a janela distante, percebe que Malik observa a tudo... Ele saberá o que fazer.

__Meu Deus, e agora?_Lady Anne desvia o olhar da poeira na estrada, coloca a mão no rosto, preocupada.

Katerina vira e entra apressada, em direção a ala amarela, encontra Malik no meio do corredor próximo ao quarto de Neill.

__Harry foi preso.

__Eu vi.

__E agora?

__ Vou ir avisar o comandante de nosso grupo. Eles vão ajuda-lo a escapar, não é seguro que fique exposto nessa prisão, ele sabe demais e está vulnerável lá. Eu já imaginava que isso aconteceria por causa dos rumores... Pelo menos eles não sabem do resgate de Hoggan.

__ É preciso arranjar um jeito de provar que ele trabalha a favor do país e não faz parte da máfia!

__Isso só poderá ser feito depois que conseguirmos prender os chefe do contrabando e a missão ser concluída. Para provar a inocência de teu marido teríamos que passar algumas informações sigilosas sobre o caso. Nossa equipe não pode correr o risco de ser exposta.

Katerina passa as mãos no rosto, Malik coloca as duas mãos nos ombros delicados, tentando confortá-la:

__Fique calma, milady, Harry vai ficar a salvo, vou imediatamente avisar o grupo.

__Está bem.

__Não pense muito nisso, pode fazer mal_ Malik quase derrete quando os lindos e doces olhos castanhos o fitam sem restrição, afasta querendo manter distância antes que não consiga resistir o desejo de provar o sabor desses lábios .

Katerina suspira:

__Minha sogra deve estar muito preocupada, pobrezinha, vou falar com ela.

__Vá. Vou pedir para algum criado ficar com Neill.

__Como ele está?

__Do mesmo jeito, está difícil alimentá-lo, ele não desperta, e delira muito... Imagino o sofrimento, quando se movimenta sempre o faz de uma maneira brusca.

katerina fica comovida, nega com a cabeça.

Victory se aproxima:

__ Sua alteza...

__Estava falando com lady Katerina que vou sair, tentar resolver a situação de seu irmão.

__Oh, por favor! Minha mãe está muito deprimida por essa situação.

__Vai ficar tudo bem, as senhoras só precisam ter um pouco de paciência.

Victory afirma com a cabeça:

__Pode deixar, eu ficarei com Mr Hoggan.

Malik afirma com a cabeça e sai a passos largos. Victory e Katerina se olham, dividindo as mesmas inseguranças, se abraçam e entram no quarto.

CAPÍTULO 51

Victory fecha a porta do quarto, se aproxima de Neill... Continua desacordado... Algum criado fez a barba, os cabelos também, bem aparados.. Apesar de muito magro e de ter um hematoma feio no rosto que vai da testa até a orelha esquerda, continua lindo! O observa com carinho e ajeita o cobertor, puxando mais para cima, suspira... Queria tanto ver os olhos azuis, vê-lo de volta, consciente. Será que ele ficará bem?

Sempre teve um carinho especial por esse homem, desde que se tornou moça, quando deixou as bonecas de lado e começou a prestar atenção em rapazes, ele sempre foi seu preferido. Lembra-se muito bem da primeira vez que o viu, no dia que se encontraram no parque meses atrás.

Naquele dia estava tão feliz, na charrete com Kat e Harry, empolgada por pela primeira vez poder passear entre a sociedade como um membro, não como uma criancinha pouco importante.

E o jeito que falou com ela? Ruboriza com a lembrança do sorriso charmoso, os olhos azuis observando-a com atenção.

Sorri involuntariamente com a lembrança, senta ao lado dele e fica observando-o em silêncio.

Katerina suspira, assistindo o olhar apaixonado da cunhada... Isso pode se tornar um grande problema! Pobrezinha, tão jovem ainda! A dor de um amor não correspondido pode deixar cicatrizes arrazadoras...

— Vic... Vou ver como sua mãe está. Chame Odete para te acompanhar, não precisamos de mais falatório_ Sussura, a única resposta que recebe é um aceno com a cabeça... Abre a porta e se retira, tomando cuidado para deixa-la aberta, uma pequena atitude para resguardar a reputação da jovem.

Lady Anne seca delicadamente as lágrimas que insistem inundar seus olhos com o lencinho bordado, inconformada, as faces ruborizadas pelo choro... Mal descobriu que o filho vive e já lhe foi tirado dos braços outra vez!

Ouve passos, levanta o olhar e se depara com Katerina, que senta a seu lado e a abraça, corresponde imediatamente, uma confortando a outra.

Neill movimenta a cabeça, a expressão se contorce de dor, Victory levanta e segura o copo e a jarra, servindo um pouco de água:

__Mr Hoggan? Tome um pouco de água_ O segura pela nuca, os olhos azuis encontram os seus, tendo certa dificuldade em mantê-los abertos, bebe a água... Volta a deitá-lo, vai se afastar mas sente ele segurar seus dedos, vira. Niall a olha demonstrando consciência, ele lhe sorri de leve:

__Obrigado anjo.

Victory sente o coração bater forte, corresponde o sorriso com doçura, antes que possa falar qualquer coisa, ele volta a dormir.

Depois de quase uma hora, Odete entra junto com outra criada, trazendo a bandeja com um caldo de frango. Victory agradece, segura a bandeja:

__Mr Hoggan? Acorde, o senhor precisa se alimentar.

Neill desperta vagarosamente, sente uma mão pequenina e macia em sua testa, abre os olhos e encontra o rosto suave da irmã de seu grande amigo:

__Milady.

__Shiii, não diga nada para não se cansar, vou te ajudar a se alimentar, está bem?_ Victory disfarça a expressão preocupada... Apesar da temperatura ter diminuido, ainda está febril.

Neill contorce o rosto em desconforto, observa a jovem ajeitar o travesseiro, levantando sua cabeça, deixando-o levemente inclinado e segurando o prato... Ela lhe dá a sopa pacientemente. Isso é tão constrangedor! Não ter forças nem para se alimentar sozinho... Pensa consigo mesmo... Desde quando a jovenzinha com bochechas rosadas tinha crescido tanto? Não a vê ha o que? Oito meses? A ultima vez que a viu foi no piquenique e ela era tão menina ainda!

Agora está em sua frente, uma moça feita, vestindo um casaquinho e uma saia, os cabelos negros presos por uma trança bem arrumada. Está muito, muito bonita! Não contém a admiração.

Victory sente os olhos azuis a observarem com escrutínio, sabe que está ruborizando. Quando ele termina de comer, segura um guardanapo e limpa os lábios:

__Vou pedir para um criado lhe preparar um banho. Mais tarde volto para ler um livro, assim o senhor não fica tão entediado. Está sentindo alguma dor?

__Não_ Neill mente.

__Ótimo_ Victory levanta_ Volte a descansar, quanto mais o senhor descansar, mais rápido irá se recuperar. Quer que eu lhe arrume outro travesseiro nas costas?

__Por favor.

Victory caminha até o sofá próximo a lareira, tira as almofada e tráz para a cama, ajeita-lhe as costas da melhor maneira possível.

Neill fecha os olhos e inspira o perfume adocicado que ela exala...

Victory se afasta:

__Prontinho_ Toca o sino e senta na cadeira.

__Muito obrigado, milady_ Neill a olha, agradecido.

__Disponha_ Victory sorri meiga.

(Deus, que bela mulher ela se tornou em poucos meses! Sabia que isso iria acontecer mas não imaginou que seria tão rápido! Como lidar com o fato de estar babando igual a um idiota nesse momento?)_ Neill tenta disfarçar o encantamento:

__Onde está Harry? Como me encontraram?

__Oh... É uma longa história! Principe Malik lhe dará os detalhes quando voltar.

__ Malik está aqui!

__Sim, ele ajudou em seu resgate. O que posso dizer é que Harry e Principe Malik chegaram ontem a noite com o senhor em um estado lastimável.

__Posso lhe pedir uma coisa?

__Sim.

__Me trate sem formalidades. Sinto-me idoso contigo me tratando por "senhor".

__Uhm. Está bem_ Victory sorri, vira ao notar o criado de quarto entrar_ John, prepare um banho morno para Mr Hoggan, por favor.

__Sim, Milady_ O rapaz sai.

Neill fecha os olhos se sentindo exaurido, Victory levanta e vai até a janela e afasta as cortinas:

__A claridade te incomoda?

__Não.

Victory deixa as cortinas abertas, Neill a segue com o olhar enquanto ela arruma algumas coisas, logo os criados chegam com água e com a banheira, colocam no quarto e preparam a água. Victory olha para Odete em seguida encontra os olhos azuis fixos em si:

__Bem, vou me retirar, os criados lhe ajudarão com seu banho, até mais tarde Mr... Neill.

__Até mais tarde, Vic... Posso lhe chamar por Vic?

__Sim_ Victory sente o rosto queimar ao perceber o peitoral dele meio descoberto, desvia o olhar e se retira, seguida por sua acompanhante... Se Harry descobrir que andou olhando o peitoral de um homem nu não sabe qual vai ser a reação.

*****

Harry caminha dentro da cela de um lado para o outro, impaciente. Já anoiteceu e ninguém apareceu para ajudá-lo, sabe que não está seguro ali, o inspetor não o levou para a prisão, continua na delegacia, será transportado no outro dia e se isso acontecer será ainda mais difícil escapar pois nas masmorras a segurança é muito maior.

Tem que ser nessa noite, se não fugir essa noite, dificultará tudo e estará exposto a vários soldados que acham que deve algo à justiça britânica. Preocupante.

Respondeu a todo o interrogatório contando meias verdades e reafirmando que é inocente. Poderia chamar Liam como seu advogado, sabe que ele é muito eficiente mas não quer deixá-lo em evidência... Também não tem confiança em outro advogado pois teria que contar a verdade. O jeito é aguardar.

Senta na cama de palha, olha para a grade da cela concentrado em manter a calma, mais algumas horas se passam, acaba deitando e procurando dormir.

Harry desperta de um pulo com alguém abrindo a cela, reconhece Ned e George:

__Desculpe a demora_ Ned sussurra.

__Pensei que não viriam mais!_ Harry também sussurra.

__Estávamos esperando o sonífero da água dos soldados fazer efeito_ George responde baixinho.

Harry sai, eles voltam a trancar a cela, sobem as escadarias em silêncio, os outros dois prisioneiros que estão na delegacia acordam assustados, pedem ajuda mas não são ouvidos, também não conseguem ver quem está ajudando na fuga.

Os três homens passam pelos soldados adormecidos na sala de cima, colocam as chaves penduradas na calça do inspetor, saem silenciosamente, no chão tem mais alguns soldados dormindo. As três sombras se movimentam pelos cantos do pátio, saem pelos fundos, correm pela estrada até onde estão os cavalos, montam, Ned olha para Harry:

__Não vai ser possível voltar lá em casa, os soldados revistaram tudo por lá, assim como no barco, também estou sendo procurado porque a moça que cuida da limpeza da casa acabou reconhecendo sua descrição, teremos que nos manter discretos até que tudo seja resolvido. Malik vai permanecer aqui em Londres para ficar de olho em Neill, as ordens que recebemos foram para nos juntarmos aos demais que estão se preparando para invadir o esconderijo onde os contrabandistas guardam as mercadorias_ Ned gira o cavalo para a direita.

Harry respira fundo, contrariado:

__Me dêem duas horas, nos encontramos na estrada próximo a ponte, logo na saída da cidade.

__Duas horas, Harry, nada mais do que isso. E não vá se expor de besteira_ George admoesta.

__Pode deixar_ Harry esporeia o cavalo e sai em disparada.

Katerina, Lady Anne e Malik conversam na sala de estar, o moreno acabou de explicar para as senhora, a situação de Harry:

__Nesse horário já devem ter conseguido libertar ele.

__Não posso acreditar nesse pesadelo!_ Katerina cobre os olhos com uma mão, angustiada.

__Eu sinto muito, milady, a única coisa que podemos fazer é aguardar, temos que ser pacientes_ Malik tenta acalma-la.

katerina levanta, anda até a janela, cruza os braços e fecha os olhos... Está cansada de ser paciente, tudo o que quer é seu marido livre para estar com ela, só isso!

__Bem, vou me recolher..._Lady Anne levanta.

__Assim que tiver notícias, lhes informarei se deu tudo certo_ Malik também levanta.

__E se não der? Se Harry for levado para as masmorras? Ele será tratado como um criminoso traidor, sendo que é o contrário, sendo que ele correu tantos perigos para ajudar!

__Vai dar certo, Lady Katerina, nossos homens são muito bem treinados, Harry é muito importante, eles não o deixariam desamparado.

__Meu Deus, estou tão cansada!_ Katerina cobre o rosto com as mãos, passando pelos cabelos em seguida.

Lady Anne se aproxima:

__Não adianta nos desesperarmos, minha querida, temos que manter a calma.

Katerina a abraça, Anne corresponde, depois se afasta:

__Vá dormir, ficarmos assim só vai piorar as coisas.

__Eu sei.

__Bem senhoras, também vou me recolher, foi um dia cansativo. Boa noite.

__Boa noite_ Katerina e Anne respondem.

Malik se retira, Anne e Katerina sobem juntas, encontram Victory e Odete vindo da ala amarela. Anne segura a mão da filha:

__Vamos dormir, minha querida.

__Sim.

__E Neill, como está?_Katerina pergunta.

__Já dormiu há algum tempo, só estava vigiando o sono dele.

Anne olha para a filha, Victory desvia o olhar, encabulada, abre a porta do próprio quarto:

__Boa noite.

__Boa noite_ Anne e Katerina respondem, observam a jovem entrar no quarto, trocam olhares desconfiadas... Não comentam nada, cada uma vai para seu respectivo quarto.

Katerina dispensa a criada:

__Pode ir, Mary, obrigada, boa noite.

__Boa noite, Milady_ a moça faz uma reverência rápida e se retira.

Kat levanta e anda lentamente até a cama, afasta o cobertor, ouve a porta do quarto abrir, levanta o olhar e vê Harry entrando e fechando a porta atrás de si:

__Graças a Deus!_ Katerina corre até ele, se abraçam.

__Vim aqui rapidamente, carinõ, me despedir, não sei quanto tempo vou ficar fora.

Katerina não consegue conter as lágrimas, Harry a segura nas faces, se olham:

__Sou fugitivo da justiça agora, não vou voltar aqui, podes ser presa como cúmplice.

__Eu sei...

__Não chore...

__Desculpe, não consigo evitar, vou sentir tantas saudades!_ Katerina soluça.

Harry a abraça apertado:

__ Eu também, meu amor! Não fique assim, faz mal para o bebê!

__ Preciso tanto de ti comigo nesse momento! Mas entendo não ser possível...

__ Logo isso vai acabar, estamos muito perto de descobrir quem é o cabeça dessa maldita organização criminosa_ Queria muito acalmá-la mas não pode passar informações e colocá-la em perigo.

__Eu vou me acalmar, vou esperar..._ Katerina fala, enxuga as lágrimas com as mãos, levanta o olhar_ Me prometa que irás voltar inteiro.

__Eu vou.

__Me prometa!

__Eu prometo. Prometo, logo, logo, isso terá acabado_ Inclina, estreitando o abraço, se beijam com ardor, despindo suas roupas impacientes, desejando se tocar, unir seus corpos da maneira mais intensa que puderem, a separação iminente aumentando a necessidade de se amarem.

Na cama já completamente nus, trocam acaricias com desespero, o beijo exigente querendo gravar no outro cada toque.

Harry se afasta de leve olhando para o corpo perfeito da mulher que tanto ama, distribui beijos sensuais pela pele perfumada, Katerina se abandona nos braços dele, fecha os olhos, a lingua provocante desliza por seu mamilo, abocanhado seu seio com desejo, reprime um gemido, arqueando as costas, entregue as sensações libidinosas que aquela boca é capaz de lhe proporcionar.

Harry a agarra nos quadris, procura os seios com a boca, a ereção pulsa excitada, louco para deslizar pela cavidade úmida e estreita...

Katerina não aguenta esperar, se abre para ele, ansiosa, desliza a mão entre as próprias pernas tocando a si mesma fazendo-o gemer enlouquecido de luxúria, ele vira e a puxa para cima de si, senta e já desliza por cima do membro ereto recebendo-o com um gemido intenso, a abraça, precisando do contato pele com pele...

Harry a beija no pescoço enquanto ela rebola por cima de si em busca de dar e receber prazer, se olham muito próximos, suas bocas se encostam conforme ela ondula os quadris, a agarra pelos cabelos, expondo o pescoço elegante, a beija e acaricia por toda a extensão, sem se preocupar com as marcas que poderão ficar, Katerina o agarra pelos ombros, fecha os olhos excitando-se ainda mais, ele não é delicado mas também não é rude, passa por suas carícias o desespero de não saber quanto tempo ficará sem vê-la, sem tocá-la. Arranha os ombros largos sentindo o orgasmo envolver seu corpo, Harry fecha os olhos ouvindo-a gemer com vontade, morde-lhe o queixo de leve, Katerina procura sua boca, beijando-o, ele segura seus quadris e aumenta as estocadas, grunhindo baixinho, seus músculos tencionam enquanto se preparar para sentir o êxtase tomar seu corpo.

Katerina joga a cabeça para trás, entregue, ele geme rouco, explodindo nela o prazer intenso que o faz estremecer e sussurrar seu nome em um gemido cheio de sensualidade... Terminam completamente suados, Harry a envolve com os braços não querendo quebrar o contato das peles ardentes, se olham com carinho, Harry engole a seco emotivo:

__ Eu te amo, não importa o quanto demore, nunca esqueça.

__ Jamais. Te amo muito_ Katerina o acaricia no rosto, afastando os cabelos grudados na testa.

Harry volta a beijá-la, ela corresponde com igual paixão, ficam com as testas coladas aos poucos a temperatura corporal diminui, sentem frio...

Ficam em silêncio, os corpos relaxados pelos momentos de prazer. Ele respira fundo, desanimado:

__ Preciso ir.

Katerina afirma com a cabeça, não quer falar nada, temendo de cair em prantos outra vez.

Harry vira de frente com ela:

__ Isso não vai ser fácil.

__ Eu sei.

__Tenha paciência.

__ Eu vou ter.

__ Então me prometa que não vai ficar inquieta, nem chorando pelos cantos.

__Não vou prometer o que não posso cumprir.

__Kat...

__Eu vou suportar mas vou morrer de preocupação.

__Pelo menos tente se manter calma. Cuide bem do nosso bebe.

__ Vou tentar, carinõ, vou tentar me manter calma, mas não posso fazer milagres. Como te sentirias estando em meu lugar?

Harry segura no queixo delicado dando um selinho, ela o acaricia.

__Já está acabando.

__ É o que espero.

__ Eu também...

Se olham e se beijam outra vez, abraçando-se por um tempo, Harry se afasta:

__ Preciso mesmo ir.

__ Não me deixe sem noticias.

__ Vou tentar manter contato de alguma maneira, não sei como mas vou dar um jeito.

Katerina o segura e enche de beijinhos, Harry fecha os olhos recebendo os carinhos, voltam a se abraçar... Harry a beija no ombro esquerdo, levanta e se veste apressado, Katerina se enrola no cobertor, vai até o cofrinho onde deixa suas joias, segura um brinco de ouro pequeno em formato de Lua, volta até ele, agora sentado, calçando a bota, segura o colar de cruz encaixa o brinquinho ali, consciente dos olhos verdes seguindo seus movimentos...

Harry segura as duas mãos e beija cada uma delas, termina de calçar as botas, a olha com carinho, a puxa para seu colo, ficam assim alguns minutos...

Katerina esconde o rosto no pescoço forte segurando o choro, Harry volta a beijá-la:

__Se cuida.

__ Tu também.

__ Adeus...

__ Até logo_ Katerina responde, fazendo-o sorrir.

Levantam, Harry abre o baú, pega um casaco com um capuz preto, veste e cobre a cabeça, depois de um ultimo abraço, sai pela porta.

Katerina fica sozinha no meio do quarto olhando a porta de madeira, apertando o cobertor junto a si... Abaixa a cabeça, entregando-se ao choro dolorido, cheio de medos.

Harry fecha a passagem secreta, anda apressado até o portãozinho e sai, corre até o cavalo não muito longe dali, monta e olha para a mansão, especificamente para um local, onde mais ou menos fica a janela de Katerina, franze o cenho, um misto de angústia e saudade. Esporeia o cavalo, disparando em direção ao local de encontro combinado.

CAPÍTULO 52

katerina caminha calmamente pelo jardim da mansão, é tarde, tranquila e fria, os dias de inverno de Londres estão impiedosos... Mesmo assim decidiu andar por ali, precisa de um tempo sozinha...

Há três dias, Harry desapareceu da face da terra, a saudade doi como uma ferida... Sabe que lady Anne e Victory a observam de perto, atentas com seu silêncio, não quer preocupá-las, mas também não quer ficar conversando sobre amenidades, não sente vontade de estar na companhia de ninguém, só quer ficar quietinha com seus pensamentos, sem maiores perturbações.

Para de frente com a estufa, a porta está fechada mas pelo vidro se vê as belas flores lá dentro, rosas de várias cores e espécies, isso inevitavelmente a faz lembrar de Harry, das rosas de papel que ele tinha costume de lhe presentear nos dias difíceis que passaram no barco Francês... Da primeira rosa que ele lhe deu... Sorri com a lembrança, acariciando a barriga já bastante arredondada em seus quase sete meses de gestação, abaixa a cabeça entristecida.

__Lady Katerina?

A voz grave a arranca dos próprios pensamentos, Katerina vira, surpresa, não percebeu Malik se aproximar... Ele está muito elegante vestido em um sobretudo preto, calca cinza por baixo e botas de cano medio preta. Os cabelos bem aparados, penteados para trás. Vai até ele:

__Sim?

__Está muito frio, não é melhor entrar? Vai acabar pegando um resfriado.

__Já estava voltando, só precisava de um pouco de ar puro.

__Está tudo bem?

__Sim.

Malik a observa atento, Katerina sorri de leve, andam lado a lado em direção a porta:

__Provavelmente amanhã estarei de partida, vou me juntar aos demais na costa leste.

__Eu espero que isso acabe logo.

__Vai acabar.

__Tem a possibilidade de Harry estar de volta até o natal?

__Não, é muito pouco tempo_ Malik não pode dar detalhes da missão mas o plano já começou a ser colocado em prática. Descobriram que o centro do contrabando é em Cornwall, se conseguirem pegar o responsável pelos "negócios" na Inglaterra, conseguirão a informação precisa de quem é o cabeça da quadrilha na França.

Enquanto Harry saiu com antecência pois a viagem é demorada por alto mar, irá por terra, à cavalo. Será cansativo mas a intenção é surpreendê-los pelos dois lados, tanto em terra como no cais.

__ Desejo uma boa viagem e que de tudo certo_ Katerina fala, alheia aos pensamentos do príncipe.

__ Fico agradecido.

Entram pela porta, Malik a segura pela mão, ela o encara surpresa. Sorri com ternura:

__Não fique preocupada.

Katerina recolhe a mão e afirma com a cabeça:

__ Eu agradeço seu cuidado conosco, agora me dê licença, estou um pouco indisposta.

__Claro.

Katerina faz uma leve reverência e anda apressada pelo corredor, uma sensação estranha na mão, o calor dos dedos ásperos... É um pouco estranho ele tomar liberdades ao tocá-la. Bem, melhor ignorar essa situação, não dormiu bem a noite, irá descansar um pouco.

Malik a observa se afastar, fecha a mão agoniado... Está em uma batalha de consciência e coração, o desejo de beijá-la só aumenta enquanto sua mente martela o fato de ela pertencer a Harry. Coloca as mãos no bolso e olha pela janela. A dama de cabelos de fogo e rosto angelical está despertando nele uma paixão tão ardente! Há anos não sentia isso por ninguém, sentiu por sua ex noiva mas teve que desistir dela por motivos religiosos, sua familia não aceitou que se casasse com uma mulher que não fazia parte de sua cultura. Agora é um homem diferente, está mais maduro, determinado a fazer de sua vida o que bem quer, porém não pode porque a mulher que deseja pertence a outro homem, um grande amigo seu. Respira fundo, perdendo-se em devaneios enquanto observa uma garoa fina começar a cair lá fora.

Victory entra no quarto, um criado a avisou há poucos minutos que Neill está acordado. Quando a vê, ele abre um sorriso carinhoso, corresponde, disfarçando os pulos de seu coração em seu peito... Ele parece bem melhor, ainda muito debilitado, enfraquecido mas os hematomas do rosto estão bem ligeiramente esverdeados, as faces mais coradas... Senta na cadeira:

__Boa tarde.

__Boa tarde, Anjo.

Victory sorri. Nos últimos dias, Neill pegou o costume de chamá-la dessa maneira, o que acha adorável:

__Já se alimentou?

__Já, Gabriel me ajudou... Espero que sua familia não estranhe eu chamar os criados de maneira informal, não tenho costumes com essas formalidades. Na verdade nunca tive criados, nós Irlandeses não temos esses costumes.

__ Não tem problema. Ah, me desculpe não ter vindo antes, estava em meio a uma aula.

__Não se preocupe. Apesar que senti sua falta, a refeição fica muito mais saborosa quando és tu quem me serve. Já estou conseguindo me alimentar sozinho.

__Isso é ótimo! A fraqueza está indo embora!

__Sim.

__E as dores?

__Quase não as sinto. És como um balsamo, só de te ver já me sinto muito melhor_ Neill sorri terno.

__Fico feliz por isso. Queres ler sozinho ou?...

__Não, leia para mim. Amo ouvir sua voz.

__Muito bem_ Victory segura o livro e abre na página que parou no dia anterior, começa a ler.

Neill assiste, encantado... Ela veste um vestido verde água, muito delicado, as mangas compridas tem dois botões de pérolas no punho, o decote, muito discreto, deixa a mostra o inicio do colo alvo, se percebe os seios arredondados... Levanta o olhar, observando os lábios dela moverem conforme lê, as covinhas aparecendo sempre que ela se diverte com alguma passagem do livro, suspira enamorado. Quase 90% do tempo que está acordado, o que não é muito tempo, ela lhe faz companhia, sempre conversam ou ela lê. As vezes lhe dá o medicamento que o médico receitou, passa a pomada em seus ferimentos no rosto quando chega o horário... Sabe que ela só não faz mais porque não seria conveniente à uma moça...

Ela levanta o olhar do livro, seus olhares se encontram, sente desejo de acariciar a pele de porcelana...

Victory abaixa o olhar, encabulada, vira a página, estende o livro:

__Sempre sou eu que leio, agora é sua vez, quero ouvi-lo.

__Mas eu soo tão desagradável!

__Não, sua voz é acolhedora e seu sotaque adorável. Por favor?

__Está bem, mas não pense que sou tão bom como tu, tenho ansiedade quando prestam atenção em mim, começo a gaguejar e a errar as palavras.

__Pare, sir, és muito eloquente, não se faça de rogado.

Neill ri:

__Não estou me fazendo! É que sua atenção me deixa... Esbaforido.

Victory acha graça... Adora a risada espontânea dele, impossível não ser contagiada por ele:

__ Ora, Ora, veja quem diz isso, um dos maiores libertinos de Londres!

Neill a olha para, intenso:

__Me incomoda que penses que sou um libertino.

__É o que todos dizem, até mesmo meu irmão. Vives de namoricos com várias ladies por ai.

__Não nego, já fiz muito isso mas acho que meu tempo para essas coisas acabou. Estou começando a prestar atenção em uma só.

Victory sente o rosto corar:

__Ah... Vamos, leia, logo estará no horário de seu banho, os criados jajá estarão aqui.

__É verdade. Mas depois você vem me fazer companhia?

__Sim, quero fazer uma pintura de ti, me permites?

__É claro! Ficarei honrado. Harry me disse que tens muito talento.

Victory sorri satisfeita com o elogio, acompanha com o olhar o loiro se concentrar na página e começar a ler, fica enfeitiçada, ouvindo a voz grave, o sotaque irlândes charmoso, quase suspira, encantada por ele ser tão belo. Observa as mãos bem feitas, ainda com alguns dedos machucados mas mesmo assim bonitas, pareciam ser feitas para acariciar alguém... Sente a face corar violentamente, levanta o olhar e agradece por ele estar concentrado no livro e não perceber seus pensamentos libidinosos.

Continuam se alternando na leitura por quase duas horas, alguns criados entram para preparar o banho, Victory observa ele fechar o livro se esforçando para não demonstrar descontentamento... A voz dele é tão gostosa de se escutar!

__Bem, por hoje já basta, vou me retirar_ Levanta.

Neill a segura no pulso:

__Me prometa que irás voltar.

__Prometo. Venho na hora do jantar para lhe fazer companhia.

__Mas também precisas jantar.

__Não tem problema, eles continuarão trazendo seu jantar depois de nos servir lá embaixo.

__Ah sim.

__Bem, então até mais tarde.

__Até mais tarde, Anjo_ Neill solta o pulso devagar, acariciando de leve com o polegar.

Victory sente choquinhos se espalharem por todo o braço.... Ele tocou sua pele! Vira e anda automaticamente até a porta.

Neill sorri de leve... Tão encantadora! Graciosa, delicada, linda! Se deixa envolver por aquele sentimento gostoso que invade seu coração toda vez que pensa nela ou a vê.

*****

O mar ondula agitado sob a lente da luneta, felizmente não havia possibilidade de uma tempestade nessa noite.

Harry desliza pelo convés do barco sem nome, uma maneira de não estigmatizar e não ser descoberto. Foi responsabilizado com o cargo de capitão do barco por já ser experiente, a viajem transcorre normalmente. Partiu aquela tarde assim que chegaram nas docas de Bath, o barco navega com velocidade em direção ao destino, a pequena cidade onde alguns piratas e contrabandistas se reúnem. O plano é capturar todos os que estiverem presentes no local de encontro, uma taberna chama da Babilon.

Olha para o horizonte pensativo, no barco tem 30 homens muito bem treinados e de inteira confiança, estão sendo minuciosos em escolher quem participa da missão para não correr o risco de ter um traidor infiltrado, sabe que ali com ele, estão homens fiéis a sua pátria e aos seus próprios conceitos.

Vira, vê Ned e George trocando de cargo, um sobe no mastro, o outro vem em sua direção:

__Vá dormir, Cap.

__Já vou.

__ Precisas descansar, a viagem foi longa e estás muito pior do que George e eu...

__Já vou. Boa noite.

__Boa noite, capitão!_ Ned friza a palavra.

Harry sorri... Estava sentindo falta daquilo. Anda até a cabine e retira a camisa, se deita na cama e fecha os olhos, adormece de imediato... Seus sonhos são povoados com sorrisos da mulher mais linda do mundo, os cabelos avermelhados e cacheados caindo pelo rosto enquanto Katerina cavalga livre pelas colinas de Milward Castle...

Ela vira e o encara como se o desafiasse, empina o queixo atrevida e sai galopando, os cabelos ao vento, o vestido saracoteando deixando a mostra parte das canelas... Monta como homem mesmo de vestido, sem se importar com as normas da sociedade. Sua Katerina, sempre rebelde, livre como uma amazona.

Katerina levanta da cama, ouve o barulho de chuva do lado de fora, respira fundo e caminha até a janela, olha para o horizonte escuro, fecha a cortina e coloca um penhoar... Está faminta! Isso vem acontecendo toda madrugada! Sempre acorda com fome, vai começar a mandar os criados deixarem um lanchinho em seu quarto.

Sai para o corredor e desce até a cozinha, come algumas maçãs e depois volta, caminhando lentamente, segurando uma vela no refil, sobe as escadas... Está próximo ao caminho que leva à ala azul, e que dá acesso á ala amarela, ouve passos, vira um pouco assustada... Príncipe Malik aparece em sua frente, indo em direção ao quarto onde se hospedou... Aparentemente esteve bebendo, é possível sentir o leve cheiro de álcool.

__Milady, de pé essas horas?

_Sim, senti fome e desci para comer alguma coisa.

Katerina observa o jeito levemente descomposto do belo rapaz, os cabelos meio bagunçados, uma mecha cai displicente na testa, o sobretudo aberto, o colete desabotoado, sem gravata... Desvia o olhar, envergonhada, lembrando que também não está vestida com decência, somente o fino penhoar:

__Bem, boa noite.

Malik observa o rosto delicado. Notou os olhos castanhos percorrem por seu corpo com escrutínio, tem a impressão de que está admirando-o... Deve estar bêbado.

Observa o penhoar laranja clarinho, muito discreto e decente, mas saber que por baixo ela provavelmente usa uma camisola fina o deixa em chamas. Quando a vê se despedir e virar em direção a ala azul, por um momento deixa de raciocinar... Irá partir na manhã seguinte, não aguenta mais sonhar com o beijo dela, precisa de ao menos esse consolo já que nunca terá mais do que isso. Se aproxima:

__Katerina...

__Sim?_ Katerina vira, se assusta com a proximidade, pode sentir o calor que o corpo dele emana.

__Eu..._ Malik não sabe o que dizer. Sua mente briga entre o desejo e a fidelidade ao amigo. Quando dá por si, está inclinado e segurando-a pelo rosto, seus lábios encontram os mais doces que já provou em sua vida.

Katerina fica paralizada sem reação quanto ao que está acontecendo... Ele segura em seu rosto com uma mão e a beija, os lábios firmes comprimem os seus em um toque muito agradável, seria tentador se não fosse uma mulher casada e que ama o marido. Faz menção de se afastar mas ele lhe segura a cabeça aprofundando a carícia, a boca possessiva procura a sua com loucura. Toda sua indignação sai em forma de uma exclamação, apoia as duas mãos no peitoral, sentindo a lingua acariciar sua boca querendo passagem. O empurra com força:

__O que o senhor está pensando?!

Malik a olha com intensidade, sabe que o que fez não é bonito e deve se envergonhar, mas seu corpo quer muito mais!

__ Isso é... Oh Jesus!_ Katerina soa ofendida, levanta a mão e o acerta no rosto em cheio, um tapa estalado e forte.

Malik é pego de surpresa pelo golpe violento desferido por alguém tão pequena e aparentemente indefesa:

__Katerina, me perdoe_ Tenta se explicar.

__Lady! Lady Katerina, não permitirei que tome liberdades comigo, sir, sou uma mulher casada, me respeite como tal!_ Katerina vira e anda em direção ao seu quarto, passando as mãos na boca, tentando tirar a sensação do beijo.

Malik esconde o rosto com a mão, encosta na parede e fecha os olhos, sofrido. Abaixa a cabeça... Precisa manter distância dela, está apaixonado. E agora que provou o mínimo do sabor doce, deseja desesperadamente por mais, por tocar a pele, por sentir o contato quente e acolhedor da intimidade tentadora. Nega com a cabeça... Precisa manter distância de Katerina, não pode se entregar a esse sentimento, está muito claro que jamais terá a chance de tê-la para si. Ela ama Harry, não conseguiria seduzi-la.

Chegar a essa conclusão deixa um gosto amargo na boca, um sofrimento doloroso. Está apaixonado por uma mulher que nunca poderá ser sua.

Na manhã seguinte.

Logo no desjejum, Katerina recebe a notícia de que o príncipe partiu, fica aliviada por não ser obrigada a enfrentá-lo depois do que aconteceu naquela madrugada. Não saberia como agir, ficou muito incomodada com a atitude dele!

Os dias vão passando lentamente, a casa tomada pelo silêncio, uma sensação de vazio... Os únicos que compartilham o sentimento de alegria genuíno são Victory e Neill quando estão juntos, mesmo com todas as preocupações a companhia um do outro acalma e tráz uma certa sensação de confiança de que tudo vai acabar bem.

Neill tem ciência de tudo o que está acontecendo quanto a missão, Malik o deixou bem informado antes de sair. Terá que continuar escondido para não correr o risco dos guardas descobrirem seu paradeiro e acabar aprisionado em alguma masmorra, isso seria horrível na situação em que se encontra, poderia acabar doente outra vez e ainda não se recuperou o suficiente, seria péssimo para sua saúde. Felizmente os criados dos Milward são muito bem treinados e fiéis, mantém a discrição quanto a sua presença na casa.

Depois que Malik foi embora, Victory tomou para si toda a responsabilidade dos cuidados com Neill, estando presente quase o tempo todo, preocupada com o bem estar do enfermo. E a cada dia, vão mais próximos, mais envolvidos um com o outro.

Lady Anne por sua vez, tenta se manter firme, passando uma sensação de segurança para todos, mas seu coração está fraquejando de preocupação com o filho, que aumenta ainda mais depois de receber as ultimas notícias sobre o conde... O velho lorde, cada vez mais doente, agora já sabe que o neto está vivo e se mostra curioso do porque da ausência do jovem lorde em Milward Castle. Lady Anne se vê em uma situação difícil pois não pode assustá-lo com a verdade, ele não suportaria o desgosto de ver o nome dos Milward na lama. Portanto, combina com os criados de justificarem a ausência com uma viagem Harry teve que fazer as pressas para resolver um assunto sobre sua situação financeira nas Bahamas... Isso acalma o velho lorde, por hora.

Enquanto isso, Harry e seus companheiros saem muito bem sucedidos no plano de desbancar o ponto de encontro dos contrabandistas e ainda descobrem quem é o cabeça de toda aquela máfia. O chanceler da França.

As ordens recebidas pelo comandante desde o início foram 'não deixar prisioneiros", e mesmo não concordando muito, seguiu a risca, afinal, eles não podiam correr o risco de ocorrer uma fuga e acabar perdendo o efeito surpresa quanto ao inimigo. Se por um acaso o chanceler Gessuirre fosse avisado de que foi descoberto, pode conseguir fugir e a justiça não será feita como se deve.

Dia 22 de dezembro, Harry chega em Londres, acompanhado de seus companheiros. Participam de uma reunião secreta e fica resolvido que George voltará para a França como o informante. Ned e Harry serão obrigados a continuar a se esconderem pois as informações que provam a inocência de ambos ainda estão em sigilo. Ficam hospedados em uma cabana escondida na propriedade de um dos conselheiros do governo, sendo obrigados a não fazer contato com ninguém, nem mesmo sair das proximidades para não correr o risco de serem descobertos.

A propriedade fica a menos de uma hora a cavalo de Londres, uma tortura para Harry... Sua família está tão perto mas teoricamente tão longe.

CAPÍTULO 53

23 de Dezembro.

Harry termina de arrumar a roupa que conseguiu com outros companheiros, Ned o encara bravo, tentando fazê-lo mudar de ideia:

__Tens que entender que não é só tua vida que estás colocando em perigo, Harold, de lady Katerina e de teu filho também.

__ O baile estará lotado com pessoas mascaradas, não haverá perigo.

__Como não?! Será no palácio de Buckingham! Estará cheio de soldados! És considerado um traidor contrabandista, me diz como não haverá perigo? Desse jeito acabarás pendurado numa forca, isso sim!

Harry ri debochado:

__ Ned, eu entro e saio dos lugares despercebido, ninguém irá notar mais um convidado mascarado no meio da multidão.

__És maluco! Maluco!

__E não vejo Katerina há 16 dias, preciso vê-la, não entendes?

__Não, não entendo que te arrisques por causa dessa saudade. Por favor, seja razoável!

__Eu vou ir, nem que seja para vê-la de longe, mas vou ir.

Ned senta na cama pesadamente, desistindo... Nunca conheceu alguém tão teimoso em sua vida! Conhece Harry há 4 anos mas mesmo assim não acostuma com o fato do amigo não se deixar persuadir por ninguém.

Harry segura a máscara preta e coloca no rosto, cobrindo-o completamente, somente os lábios ficam de fora. A máscara faz o contorno do nariz. Sorri ao se lembrar de uma peça parisiense que assistiu há dois anos atrás.

__Vê? Ninguém me reconhecerá.

Ned revira os olhos desistente,

Harry olha para o espelho, passa vaselina no cabelo, penteando-os para trás deixando-os lisos e repuxados.

__Pronto.

__ És mais teimoso do que uma mula!

Harry sorri e veste o casaco, ajeita os punhos:

__Não se preocupe, meu amigo, voltarei mais rápido do que pensas.

Ned cruza os braços, Harry sai pela porta, monta no cavalo e afasta a galope, sob o olhar preocupado do ruivo, que suspira e nega com a cabeça, preocupado.

Katerina entra na sala já pronta, olha para Victory... Ela usa o mesmo vestido amarelo-claro de antes:

__Ora, não irás conosco?

__Não estou me sentindo muito bem, mamãe me libertou dessa obrigação.

Katerina a olha preocupada:

__O que tens?

__Ah, nada importante, estou indisposta, somente isso. Meu período, sabe.

__Ah sim. Bem, então descanse bastante.

__E tu, tente se divertir.

Katerina sorri de leve:

__Impossível. Por mim também não iria, mas seria desfeita com o duque e a duquesa.

__Oh, desculpe a demora_ Lady Anne entra na sala terminando de vestir as luvas, segura uma máscara azul da mesma cor de seu vestido... É uma máscara presa a um suporte que somente se coloca no rosto quanto deseja.

__Não demorou nada, minha sogra_ Katerina sorri.

__Se comporte, minha filha e fique bem.

__Sua bênção, mamãe.

__Deus a abençoe, querida. Vamos Katerina?

__Vamos_ Kat coloca sua máscara branquinha que só esconde um lado de seu rosto de maneira elegante, seu vestido cor de pêssego com nuances salmons é muito bonito, destaca os cabelos de fogo caindo em cachos pela costa. O ventre avantajado ja não é possivel ser disfarçado. Dão um beijinho em Victory e saem em direção ao coche.

Victory sorri e levanta a barra do vestido, dá uma corridinha em direção á ala amarela, para de frente ao quarto de Neill e respira fundo três vezes para se acalmar, bate na porta, ouve a voz grave:

"Entre".

Obedece e paraliza... Ele está sentado na cama com o torso completamente nu, descalço, vestindo somente uma calça, a olha surpreso... Victory desvia o olhar, colocando a mão ao lado do rosto como uma barreira:

__ Oh! Desculpe_ Olha para a parede com o olhar meio baixo.

__ Vic! Peço desculpas, pensei que era o criado que veio aplicar a pomada em minhas costas.

Victory olha pelo quarto, se percebe que ele acabou de tomar banho, os criados ainda não tinha vindo tirar a banheira.

__Eu...Eu...

__Está tudo bem, não se envergonhe... Cuidaste tanto de mim que não tem porque.

__Sim, eu sei, mas...

__Ele está demorando, meus ferimentos ardem demais!_ Neill franze o cenho em uma careta_ Pode passar para mim?

__C..c..claro.

Victory se aproxima, levanta o olhar. As costas dele já estão bem melhor apesar de dois ferimentos ainda estarem abertos. Os outros estão em fase de avançada cicatrização. Sente compaixão pelo o que ele deve ter sofrido... Pega a pomada de cima da comoda e abre, passa em cima dos dois ferimentos com as pontas do dedo, delicadamente:

__Meu Deus, como eles fizeram isso?

__Não queira saber.

Neill lembra das sessões de tortura, beliscões com alicates por sua pele, os mesmos que foram usados para arrancar as unhas de seus pés... Nega com a cabeça querendo afastar a lembrança horrível.

Victory acaricia de leve em cima de outras marcas já mais cicatrizadas:

__Eu sinto tanto por teres enfrentado todo esse sofrimento!

__Não sinta, anjo. Já passou_ Neill vira de leve, encontra os olhos verdes e meigos, sorri, querendo mudar de assunto_ Achei que irias acompanhar sua mãe e lady Katerina, o baile de máscaras anual do dia 23 é tão divertido!

__Não estava com paciência para participar desses eventos sociais.

__Uma pena, hoje não está tão frio, irias adorar conhecer os jardins do palácio.

__Da próxima vez, eu vou.

__ Estarei presente, provavelmente, e farei questão de acompanhá-la no passeio pelos jardins.

__Será um prazer ter sua companhia_ Victory sorri.

Neill a observa atentamente, desvia o olhar:

__Estou cansado de ficar nessa cama, quero sair na varanda um pouco mas temo que minhas pernas não estejam firmes o suficiente ainda, ou que tenha alguma tontura no meio do caminho.

__Venha, eu te acompanho. A noite está mesmo bonita, não tem nublado, até algumas estrelas! Venha_ Victory levanta e estende a camisa.

Neill veste e abotoa, segura as duas mãos pequeninas estendidas em sua direção e levanta. Cruzam os braços e andam devagarinho até a janela.

Victory abre os vidros, ouvindo-o respirar fundo ao receber o ventinho gelado no rosto, fechando os olhos... Sorri:

__Muito bom, não é? Logo estarás bom e livre para... Ir_ Tenta disfarçar a tristeza.

Neill percebe o tom entristecido na voz suave, a olha:

__Sim, mas... Posso ter motivos para ficar. Quero dizer, me manter presente. Não vou desaparecer.

__Que motivos?

__ Tu.

Victory levanta o olhar surpresa, ele sorri e estende uma mão, tocando-a no rosto com as costas do dedo indicador. Engole a seco com a proximidade:

__Bem, vamos voltar, estou percebendo, estás ficando mais pesado.

__Desculpe por me escorar em ti.

__Mas é exatamente pra isso que estou aqui.

__Não vejo a hora de estar saudável novamente. Ao mesmo tempo, quero que isso dure...

Victory sente o coração disparado, fica agitada com a maneira intensa que ele a olha. Segura-o pelo braço e voltam para a cama lentamente.

Neill se senta, assiste ela sentar ao lado, emudecida, segura as mãos delicadas.

__ Vic...

__Sim?

__Eu preciso lhe dizer... Tem algo que estou sentindo há dias...

__O que?_ Victory mergulha nos olhos azuis, cativa.

Neill trava. Não sabe como dizer aquilo. Já se interessou emocionalmente por algumas mulheres, uma em especial, tinha caido de amores quando tinha dezoito anos, mas a moça não o aceitou porque era um jovem de familia sem renome, uma família bem sucedida, mas não faziam parte da nobreza britânica... Mariah nunca aceitaria menos do que seu sangue azul. Sofreu meses por causa da rejeição e prometeu nunca mais entregar seu coração a ninguém... Anos depois, sem perceber, deixou Victory roubá-lo e agora teme ser rechaçado outra vez...

__Eu..._ Neill respira fundo tomando coragem, engole a seco_ Victory, eu gostaria de saber se aceitarias minha corte.

Victory fica boquiaberta, seu coração bate ainda mais forte no peito. Estaria sonhando? É mesmo correspondida em seus sentimentos?

__ Estou surpresa com essa proposta. Eu...

Neill percebe as reações expostas no rosto feminino, aparenta estar confusa, toma isso como uma negativa.

__Me desculpe. Não quero estragar essa amizade que construímos, não fique constrangida, por favor, esqueça o que eu disse_ Faz menção de soltar lhe as mãos, ela segura e entrelaça os dedos.

__Não! Espere, eu só estou surpresa. Não podia imaginar que tens por mim sentimentos que vão além da amizade.

__Tenho. Sentimentos que estão me consumindo e que preciso compartilhar_ Neill a observa atento.

__Eu estou... Feliz!_ Victory sorri_ Nunca iria imaginar que... Neill, eu também! Isso que sinto vai muito além de uma amizade_ Sente as faces queimarem enquanto abre o coração.

(Como pode ser tão adorável?)_ Neill a segura pelas mãos:

__Isso é... É muito agradável de se ouvir. Estou jubilando!

__Eu também!

Os dois riem. Neill leva uma mãozinha aos lábios e beija, delicadamente:

Resta saber se seu irmão me aceitará.

__Claro que sim!

__ Harry conhece muito do meu passado. Espero que ele não leve em conta todas as besteiras que já cometi.

Victory suspira... Também não sabe qual sera a reação de seu irmão... Ele ainda tem o costume de tratá-la como uma criança!

__Então estamos comprometidos?

__Sim, estamos_ Victory afirma.

__Amanhã mesmo vou falar com sua mãe, na falta de seu irmão, ela é a responsavel mais próxima_ A olha com carinho_ Desejo que seja minha esposa.

Victory sente o coração acelerar. Mrs Hoggan! Se tornará Mrs Hoggan!

__Eu... Sei que não é o costume, muitos casais se mantém distantes até o dia do casamento, mas já não suporto a vontade de... Posso te beijar?_Neill pergunta, respeitoso.

__Sim_ Victory sorri timidamente.

Fecha os olhos ao ver ele inclinar... Os lábios macios tocam os seus... Seu primeiro beijo.

A intenção é um toque puro, inocente, mas não consegue conter a curiosidade de provar o beijo dela assim que sente a textura macia... Aprofunda um pouco mais o beijo.

Victory sente tocá-la em seu rosto com uma mão ao mesmo tempo que entreabre os lábios, sugando seu lábio inferior, dá a passagem, um tanto surpresa com o toque atrevido, ficando ainda mais surpresa ao sentir a lingua quente deslizar para dentro de sua boca tocando a sua de maneira despudorada... Uma amiga já tinha dito que beijar era gostoso mas aquilo é mais do que gostoso, é...

Neill percebe ela reagir, se deixar beijar, suas línguas se encontram timidamente no início, porém o beijo se torna cada vez mais ardente conforme ela começa a corresponder. A toca na cintura com uma mão, desejando aproximar-se um pouco mais, ouvem vozes e passos vindo do corredor, se afastam de imediato...

Victory levanta da cama e toma distância, os criados entram no quarto para levar a banheira, olham para os dois jovens... Neill a olha sorrindo discretamente... Os criados jogam a água pela janela depois saem levando a banheira. Quando se vêem a sós novamente, Victory sorri e se aproxima:

__Vou me deitar, depois minha mãe pode perguntar para Odete se estive no quarto, ela vai dizer que não e estarei em apuros.

__ Também já vou dormir. Amanhã então falo com Lady Anne.

__Está bem.

__ Vic... Quero que tenhas certeza de que meus sentimentos são os mais sinceros.

__Eu sei, porque sinto o mesmo.

Sorriem um para o outro:

__Boa noite, Neill.

__Boa noite, Anjo.

__Até amanhã.

__Até_ Victory sai porta afora, cruzando as mãos para conter o impulso de saltitar de alegria.

Neill permanece sentado, um meio sorriso no rosto... Quem dera que seu amor estaria guardada ali, só aguardando desabrochar...

Enquanto isso no palácio de Buckingham.

A quadrilha de dançarinos no meio do salão dançam animados entre risos e exclamações sob o olhar entediado de Katerina, todos usam máscaras, alguns com suporte, outros diretamente no rosto, a música soa agradável e agitada. Segura o leque e se abana, está quente ali dentro! Levanta decidindo ir dar uma volta no jardim:

__Lady Anne, eu..._ Começa a avisar a sogra.

__Lady Katerina? Por favor, me dê a honra da próxima dança?_ Lorde Dawton aparece como por magia.

Kat engole a seco, levando junto o "não" que quase escapa por seus lábios.

__Perdoe-me, milord, mas não estou bem disposta para dançar, meu estado começa a me incomodar_ Faz questão de falar sobre sua gestação.

__Oh! Milady, sinto muito. Está mesmo abafado aqui, venha dar uma volta comigo no jardim? A noite não está tão fria...

__Eu n...

__Vá, criança, antes que tenhas um mal estar por causa do calor aqui dentro_ Lady Sherbury fala, intrometendo-se.

Katerina olha para a senhora de cabelos muito grisalhos reprimindo a vontade de mandá-la cuidar da própria vida.

__Não acho que seja certo uma senhora casada aceitar o convite de passeio de um homem que não seja seu marido, milady_ Katerina tenta não soar rude.

__Ora, pare com isso, menina_Lady Sherbury faz um movimento com a mão de pouco caso_ Há um mês atrás aparentemente estavas viuva, não abra mão de sua liberdade por alguém que não merece, seu marido será preso e julgado, provavelmente vai ser condenado a morte por traição, e tu continuarás livre. Não se preocupe com isso agora.

Lady Anne olha para a velha razinza chocada, Katerina perde toda a paciência:

__O que faz a senhora pensar que quero ser livre? E só para informar, meu marido é inocente! Tudo não passa de um engano!

A velha senhora a encara olha como se Katerina tivesse com algum distúrbio mental:

__Como ousa se dirigir dessa maneira a mim, menina?

__Como ousa a senhora ficar desmerecendo meu marido sem saber nada sobre ele!

__Katerina, querida..._Lady Anne tenta apaziguar os ânimos.

__Acho que a senhora deveria começar a se preocupar mais com seus bordados do que com a vida dos outros!_ Katerina fala sem papas na lingua.

__Lady katerina, por favor! Acalme-se. Venha,vamos dançar, assim milady se distrai um pouco_ Lorde Dawton a segura pelo antebraço tirando-a dali, Lady Anne lança um olhar de reprovação para Lady Sherbury, pede licença ás outras senhoras no grupo e se retira.

Katerina tenta não demonstrar toda sua tensão enquanto dança a valsa, evitando olhar para Lorde Dawton... Não entende o porque de ele continuar se mostrando interessado, afinal, todos já sabiam que não é viuva!

Olha ao redor, observando os dançarinos, gira mais uma vez, a canção termina, para de frente com Lorde Dawton acompanhando os aplausos, olha para um local qualquer, volta a olhar para a orquestra, congela... Olha por sobre o ombro para o local anterior, bem no canto tem um homem alto vestido à caráter, usando máscara preta e olhando diretamente em sua direção... Sente as pernas fraquejarem... Harry está ali! Aquela postura dominante é incomparável! Sente Lorde Dawton segurar em sua mão e colocar no próprio braço, olha rapidamente, seu estômago comprime... Harry deve estar furioso por estar outra vez na companhia desse senhor. Tenta tirar a mão, mas ele segura firme:

__Venha, Milady, vou acompanhá-la até sua sogra.

Katerina volta a olhar para o local onde viu o homem... Desapareceu! Pisca pesado, incrédula... Talvez foi só impressão de sua cabeça e...

__Com licença_ A voz grave e rouca arrepia sua nuca. Vira e encontra Harry no meio da pista, encarando diretamente Lorde Dawton, depois a encara:

__Milady_ Se inclina respeitoso_ Conceda-me essa contradança?

__Lady Katerina está cansada_ Lorde Dawton responde seco, segurando-a possessivo.

Katerina quase suspira agradecida, por ele nunca ter visto Harry antes. Olha ao redor, preocupada, tudo continua normal, ninguém parece reconhecê-lo, tenta retirar a mão do braço que a prende porém o homem continua a segurar firme:

__Não se preocupe, Lorde Dawton, não estou cansada, essa valsa me deu energia_ Katerina afirma, impaciente.

__ Não posso deixá-la nas mãos de um desconhecido.

__Não seja por isso, meu nome é Peytoun. Grey Peytoun_ Harry estende a mão para Lorde Dawton.

Katerina reprime a vontade de rir nervosamente... Seu marido mente com uma naturalidade ultrajante!

__Saber seu nome não muda o fato de eu não conhecê-lo, Mr Peytoun_ Lorde Dawton tenta se impor.

__ Milorde, com licença, mas sou quem quem decide e acredito que não corro perigo no meio dessa multidão. Por favor?_ Katerina olha para a própria mão presa no braço dele.

Lorde Dawton se retrai, contra vontade, a solta e faz uma leve mesura, retirando-se, disfarçando a expressão de ódio no olhar até virar de costas.

Harry estende a mão, Katerina segura, começam a dançar, os olhos verdes a observam por trás da máscara:

__O que estás fazendo aqui?

__O que estavas fazendo com esse homem?_ Harry retrucam

__ Me vi praticamente obrigada a dançar com ele... E tu? Tens o que na cabeça? Se algum desses guardas te descobrem...

__ Impossível me descobrirem...

__ Não é impossível, e se alguém nesse baile te reconhecer da mesma maneira que eu reconheci!

__Não fuja do assunto, Katerina! Porque aceitaste a companhia desse homem?

__Eu já disse que não aceitei! Ele praticamente me arrastou para essa pista... Como conseguiste entrar aqui sem ser pego? Sem um convite?

__Me misturei entre pessoas de uma mesma família, em um momento de confusão na entrada... Estás fugindo do assunto outra vez!

__Não! Nao estou, já te expliquei, ele me tirou do meio de uma discussão que estava tendo com a desagradável lady Sherbury.

__O que aquela velha fofoqueira fez?

__Falou mal de ti.

Harry fica com um meio sorriso:

__E tu me defendeste igual uma leoa.

__Óbvio!

katerina olha ao redor um pouco desconfiada... E se alguém o visse dançando com ela e o reconhecesse?

__És muito maluco, Harry, como pode se arriscar a aparecer em público sabendo que sua cabeça está a perigo?

__Eu precisava te ver. Os guardas estão vigiando a mansão, não tem como eu ir lá.

__Como assim estão vigiando?

__Estão... Ninguém entra ou sai sem eles perceberem. Ninguém notou?

__Não!

__Amor, sorria senão vão pensar que estou te incomodando.

Katerina respira fundo... Seu querido marido faz enfrentar uma mistura de emoções que é difícil de lidar, primeiro já chega brigando, depois finge que nada aconteceu? Que diabos!

A contradança termina, antes que se afastem, Harry a olha com intensidade:

__Me encontre no jardim, na estufa.

__Harry...

__Estou te esperando.

Katerina não tem tempo de responder, um piscar de olhos e ele some entre os outros convidados. Olha ao redor preocupada, decide procurar Lady Anne, ela estranharia seu sumiço... A encontra conversando na sala de estar com outras senhoras e tomando um chá, a chama de lado e discretamente avisa que Harry está ali.

Lady Anne empalidece, as mãos trêmulas, Katerina a acalma, dizendo que irá encontrar-se com ele na estufa dentro de minutos, afirma com a cabeça ao ser aconselhada a ter cuidado e sai para o jardim andando calmamente, tentando agir o mais natural possível.

O caminho até a estufa não é muito próximo ao salão, quando chega a certa distância, levanta a barra do vestido e continua o mais rápido que suas pernas e seu ventre avantajado lhe permitem, para de frente com a porta de vidro, abre e entra... Está tudo escuro, somente a lua ilumina o local... Caminha pelos corredores, entre as flores, atenta, sente uma mão segurar a sua, vira e reconhece a sombra de Harry, que segura seu rosto e se inclina beijando-a apaixonadamente. Se entrega sem reservas, abraçando-o pelo pescoço, andam sem rumo, o beijo cheio de saudade.

Encostam uma coluna, Katerina o segura pelo rosto com as duas mãos, distribuindo vários selinhos, o abraça:

__ Como podes fazer isso? Não tens juízo?

__ Quando se trata de ti, não_ Harry responde com um meio sorriso, riem baixinho voltam a se beijar, Katerina segura a máscara que cobre o rosto adorado com uma mão e retira, ele faz o mesmo com a sua, acaricia a pele macia:

__Eu precisava te ver, carinõ... Meu Deus, não aguento mais ficar longe_ Desliza a boca sensualmente pela curva do pescoço elegante.

__ És Maluco!

__Já estou acreditando de tanto que ouvi esse adjetivo hoje_ Harry sorri.

Se olham e sorriem, trocando outro beijo demorado, urgente, apaixonado, se abraçam apertado por um tempo... Ouvem a porta abrir, Harry fica tenso, ouvem sussurros, sorri safado e sussurra no ouvido pequenino:

__Acho que não fomos os únicos que tivemos ideia de vir namorar aqui.

Katerina o encara fingindo severidade, dão as mãos segurando suas respectivas máscaras e saem andando silenciosamente entre as fileiras de flor, chegam na porta entreaberta e ouvem vozes:

__Se meu marido nos pega..._ Uma voz feminina fala dengosa...

Saem andando pelo jardim, Harry a abraça por trás, a beija no pescoço:

__ Vou embora_ A olha de lado_ Quero vê-la no natal.

__Será impossível, Carinõ.

__Eu vou dar um jeito.

__Harry, não vá se arriscar mais!

__Vou rondar a mansão e ver se tem como entrar pelos fundos

__Não, por favor, ainda me matarás de preocupação!

__Não fique assim, se houver perigo eu não vou.

__Não tens jeito!

Harry a beija, terminando a discussão. Katerina o abraça apertado, trocam mais alguns beijinhos, a gira de frente consigo, se inclina sobre a mão e a beija galante:

__ Foi um prazer encontrá-la, milady.

__ Milord_ Katerina faz uma mesura debochada.

Sorriem divertidos, ele a beija uma ultima vez, ouvem vozes... Ele vira e some pelo jardim. Katerina volta para o salão, pensando na ultima hora, cobre um rosto incrédula com a própria loucura, sem conseguir evitar o sorriso matreiro em seus lábios.

Harry se mistura entre o movimento de cavalos, coche e criados, passa pelo local onde as montarias estão guardadas, se aproxima de seu cavalo, monta e afasta do palacio mantendo o rosto abaixado... Como tem muita movimentação ninguém nota mais um convidado se retirando do baile... Já está distânte quando esporeia o cavalo e sai em disparada.

CAPÍTULO 54

katerina acorda com a criada entrando em seu quarto, o sol começando a nascer.

___ Milady, perdõe-me por despertá-la tão cedo. Lady Milward avisou aos criados que iremos partir para Milward Castle pois Lorde Milward enviou uma mensagem intimando a todos para passar a ceia por lá.

___ Mas como assim? De ultima hora?

__A mensagem chegou há poucos minutos. Levante-se, milady, vou preparar sua bagagem rapidamente.

__Mas, mas..._ Kat só pensa em Harry. Ele disse que tentaria vir para a ceia mas se vier, correrá risco sem necessidade pois ninguém estará ali para recebê-lo.

___ Vou ajudá-la a se preparar.

___ Obrigada, Camile, chame Arthur aqui por favor, preciso que ele mande um recado para uma pessoa.

__Sim, Milady_ Camile se retira.

Katerina observa a outra criada arrumando o pequeno baú, escolhe um vestido e deixa separado, despe a camisola.

Camile volta:

___ Arthur aguarda lá fora, milady.

Katerina abre uma gaveta da penteadeira, tira papel, pena e tinta, escreve:

"Não venha"

__Mande entregar para Principe Malik, ele saberá o que fazer.

__Sim, milady_ Camile anda apressada até a porta, abre uma fresta, dá o recado e fecha, volta para ajudar milady a ficar pronta.

Duas horas depois, Katerina encontra Victory e Lady Anne na sala, antes que possa perguntar sobre Neill, um criado vem andando lentamente pelo corredor... Arregala os olhos rapidamente reconhecendo o loiro com vestes da criadagem, olha para Lady Anne e para Victory, surpresa.

Em seguida, os quatro saem, Neill as acompanha até o coche e estende a mão, ajudando as ladies a subirem, vai até o lado do cocheiro, sobe com alguma dificuldade, sendo ajudado discretamente pelo criado, senta e o cocheiro senta ao lado, esporeando os cavalos.

katerina olha pela janela atenta, consegue ver alguns desconhecidos andando em volta dos muros da mansão, parecem simples passantes... Fica imaginado quais deles seriam os guardas espionando.

Victory olha para a mãe, preocupada:

__Quando Mr Hoggan poderá entrar aqui?

__Quando estivermos na estrada e termos certeza de que não estamos sendo seguidos_ Lady Anne responde.

Katerina observa a expressão carregada da cunhada, sente empatia pela jovem... Já está muito desconfiada dos sentimentos dela pelo rapaz... Imagina o que Harry irá dizer ao saber que sua irmãzinha se encantou com o amigo.

Quando chegam em uma estrada bem afastada de Londres, o coche para, minutos depois o cocheiro abre a porta. Neill sobe um tanto pálido, senta ao lado de Victory, que o acaricia no rosto:

__ Estás bem?

__ Sim_ Neill respira fundo tentando acalmar o mal estar.

Victory tira um lencinho e seca o suor na testa, afastando os fios de um loiro escuro, Neill a olha com carinho.

Kat e Anne trocam um olhar... O interesse entre os dois jovens é inegável.

A viagem cansativa dura quase 9 horas, dentro de uma carruagem, param apenas para trocar de cavalos e se alimentar.

Quando chegam em Milward Castle já é final da tarde, todos descem do coche, Neill é ajudado por um dos criados até o quarto onde ficará hospedado. Já Katerina é imediatamente convocada ao quarto do velho lorde, que deseja vê-la para saber se tudo vai bem com o bisneto.

Katerina, Lady Anne e Victory entram no quarto e se aproximam silenciosamente da cama, o velho Lorde olha para as três mulheres, sorri levemente:

__Sejam bem vindas minhas senhoras.

__Milord_ As três fazem uma reverência respeitosa.

__E então? Como está meu bisneto?

__Está bem, milord, se desenvolvendo saudável.

__Muito bem_ O velho senhor encara Victory_ E tu, minha neta?

__Bem, vovô.

__Ótimo. Vou descer para participar da ceia.

__Mas o senhor está muito fraco para...

__Não tem importância, nessa ceia quero todos reunidos á mesa.

As mulheres afirmam com a cabeça, vão se retirando uma por uma, se dirigem até seus respectivos quartos. Katerina entra e vê um banho já preparado, ouve a porta abrir, vira, uma criada entra:

__Lady Katerina, vim te auxiliar pois Camile ainda não chegou.

__Ah sim.

A criada a ajuda a se despir, Katerina entra na banheira e se banha enquanto a moça arruma um de seus belos vestidos. Termina e levanta, se enxuga e sai da banheira, imediatamente a criada começa a ajuda-la a se vestir.

__Como é seu nome?

__Cristine.

__Obrigada Cristine.

__Por nada, milady.

Cristine faz um penteado elegante nos cabelos de fogo, prendendo a trança como um coque, alguns cachinhos delicados emolduram seu rosto. Katerina levanta assim que ela termina, se olha no espelho, o vestido azul marinho ficou lindo, seu ventre proeminente se destaca. Acaricia a barriga, vira e sai do quarto, caminha pelo corredor gelado do castelo, desce a escada, vira a direita, desce mais um lance de escada.

Ao sair no corredor, segue direto até a sala, quando entra, para sua surpresa, seus pais também estão ali. Sorri e os abraça, tentando evitar o coração fechado por causa de Miranda.

Poucos minutos depois, Albert entra, logo atrás dele vem Harry, vestido de preto, os olhos verdes pousam sobre a criatura adorável e ligeiramente arredondada no lindo vestido azul. Andam um de encontro ao outro, um abraço apertado, olhos fechados... O mundo para por alguns segundos...

__Meu Deus, carinõ, ainda irás me matar! O que fazes aqui? E se alguém falar de sua presença?

__Os criados são de confiança. Vim logo que sai da festa ontem, ver meu avô, então decidimos fazer a ceia aqui para que eu possa participar. É mais seguro. Por isso ele mandou o recado tão em cima da hora.

__Ele disse que queria que todos estivessem reunidos, agora entendo.

Harry a olha com adoração:

__Estás tão linda.

Katerina sorri, trocam um beijo delicado, só então se lembram de que há mais pessoas na sala.

Katerina se afasta um pouco, tímida, o velho lorde aparece em sua cadeira de rodas sendo guiado pelo fiel criado:

__Ah, que bom, todos presentes. Gostou da surpresa, minha jovem?

__O senhor me deu o melhor presente_ Katerina sorri.

Lord Milward sorri satisfeito, olha para Neill, que ficou em pé assim que o viu entrar:

__E tu, Mr Hoggan, como estás? Estou surpreso com sua presença.

__ Nós o convidamos para ceiar conosco_ Harry explica.

Lord Milward olha para ele, a expressão desgostosa:

__Suas roupas são desprezíveis, rapaz, não podia se vestir de maneira adequada pelo menos essa noite?

__ Estou muito bem assim, meu avô.

__ Ora, me surpreendes com tanto atrevimento! Humpf!

__Algo me diz que isso vem de familia, não?_ Harry levanta uma sobrancelha rapidamente, debochado.

Lord Milward o encara demoradamente, indeciso se fica irritado ou divertido pelo fato do neto parecer tanto consigo mesmo. Decide ignorar essas impertinências:

__Vamos. Estou faminto e não posso passar do meu horário de refeição.

Todos saem em direção a sala de jantar, Kat e Harry vão mais atrás, todos viram a esquerda do corredor, continuam lentamente propósitalmente. Harry para de andar, percebe o olhar interrogativo nela, sorri travesso, se inclina e a beija provocante. Katerina ri baixinho por cima dos lábios quentes, aprofunda o beijo, abraçando-o pela cintura fazendo-o rir:

__ Pequenina!

__ Não sou nada, tu que és alto demais!

__Vem, antes que meu avô decida não ter mais paciência comigo.

__ Com direito, tu sempre o provoca!

__ Faz parte do meu charme_ Harry dá uma piscadinha, a segura pela mão e continuam até a sala de jantar, encontram todos em seus lugares, sentam e a ceia é servida.

Miranda Mullingar observa sua enteada sem conseguir disfarçar a inveja que sente da sorte dela. Se nota a quilometros que o casal está perdidamente apaixonado. Porque aquele maldito tinha que estar vivo? Eles não conseguem tirar os olhos um do outro! Chega a ser ridículo! Observa Katerina beber o suco e desviar o olhar para mr Hoggan e Lord Mullingar conversando, o jovem Milward a segura pela mão apoiada na mesa, Katerina vira e olha para ele, que leva a mão aos lábios, beijando delicadamente... É odioso assistir tanto carinho! Sente vontade de morrer! Precisa fazer alguma coisa... Qualquer coisa!

Depois do jantar, como sempre os homens se retiram para seu vinho do porto. Dentro do escritório, conversam sobre negócios, Harry e os demais não tocam no assunto de sua prisão, fazendo o possível para esconder de Lorde Milward a situação tensa em que estão vivendo. Entre um assunto e outro, Neill vê a oportunidade que esperava, coloca o cálice em cima da mesa:

__Bem senhores, mudando de assunto... Eu sei que não é muito o momento apropriado mas não sei quando voltarei a ter essa oportunidade... Lorde Milward, Harry... Eu gostaria de saber se posso fazer a corte a lady Victory. Nos já conversamos e...

__ Como? Isso é uma brincadeira?

Neill olha para Harry:

__Não_ Responde, direto.

__ Victory é só uma criança!_ Harry responde incrédulo.

__Não, não é, está se transformando em uma linda mulher e eu desejo desposá-la.

Lorde Milward encara o convidado, sério:

__Isso está fora de cogitação.

__Porque?_ Neill encara de volta o velho homem sem se intimidar.

__Porque minha neta é uma moça de familia renomada, não vai se casar com um irlandês sem títulos. Se estás interessado no dote dela, tire seu cavalinho da chuva rapaz!

__ Não tenho interesse nenhum financeiro, tenho minhas posses, vou herdar um escritório de advocacia de grande renome, não preciso de seu dinheiro, milorde. Eu a amo.

__ A ama? Estás maluco?_ Harry fica chocado_ Eu não acredito que foste capaz de olhar para uma criança com segundas intenções!

__Ela já não é uma criança, Harry, e sim eu a amo e...

__Mr Hoggan, minha neta não se casara com um Zé ninguém.Tenho planos para ela.

Neill abre a boca para falar, Harry olha para o avô:

__Não é isso que estamos discutindo aqui, sir. Victory é muito nova para se comprometer. Pare de pensar em títulos e posses por um minuto?

__Como te atreves...?_Lorde Milward se altera.

__Senhores, por favor, se acalmem!_Lorde Mullingar tenta apaziguar, Albert bebe mais um gole do vinho, divertindo-se com a discussão.

__Lady Victory aceitou meu pedido. Só estou lhes deixando ciente.

__Não acredito que foste capaz de seduzir minha irmã!_ Harry se altera.

__Eu não a seduzi, nós nos apaixonamos!

__ Quer dizer, te apaixonaste pela conta bancaria dela não?_ Lorde Milward alfineta.

__Sir, seu dinheiro não me importa, se esse for o problema, abro mão do dote de lady Victory. Nos amamos de verdade!

__ Manipulaste minha irmã!_ Harry levanta da poltrona, Neill também levanta:

__Não! Aconteceu!

__Como pude confiar em ti? Não podes ver um par de pernas com saias!

__Eu a amo!

__Não vou admitir que tires a inocência de minha irmã! Ela é muito boa pra se envolver com alguém como tu!_ Harry o encara de cima, Neill mantém o queixo erguido, orgulhoso:

__Eu sei que ela é muito boa pra mim, eu sei que sou um lixo, mas ela me purifica. É a ela que devo agradecer por estar vivo! É a ela que vou entregar minha vida e não há nada nem ninguém que possa impedir!

__ Ah não, não vai mesmo! Victory está debaixo de minha proteção, não vou deixar que a desgrace!

__Eu nunca faria mal à ela!

__Eu não confio em ti, meu amigo, te conheço há tempo demais, sei como vês as mulheres.

__Eu mudei! Por ela!

__Mudou! Até ela deixar de ser interessante para ti? E depois de enjoar de usá-la, saires por ai com outras mulheres fazendo-a sofrer? Não vou permitir. Não é nada pessoal, mas me nego a aceitar esse compromisso. Não te quero mais próximo a ela, me entendeu?

__Então me mate, porque só vou me distanciar se estiver morto.

__Não duvide do que sou capaz! Não vou entregar minha irmã em suas mãos.

__Eu sei o que fiz, Harry, sei que nunca dei valor a nada, mas EU A AMO!

Se encaram por alguns segundos, Harry vira e vai até a porta, olha para Neill outra vez:

__ Estás avisado, não se aproxime dela outra vez_Sai a passos largos.

Neill deixa os ombros cairem, impotente, vira e olha para os outros três homens:

__Senhores. Com vossa licença, boa noite.

O velho lorde tem o olhar arrogante, frio. Oliver e Albert Mullingar acenam com a cabeça.

Neill se retira do escritório andando devagar, ainda sentindo fraqueza da saúde debilitada, apoiando-se na bengala que para se movimentar sozinho. Vai em direção ao quarto em que está hospedado, subindo as escadas com alguma dificuldade.

Harry entra na sala, olha para a irmã, muito sério:

__O que Neill fez contigo?

__Nada!

__Vic, ele pediu para lhe fazer a corte. O que ele fez?

__Não fez nada! Só disse que está apaixonado, e eu estou apaixonada por ele, espero que tenhas permitido.

__Claro que não! És muito nova para isso.

__Não sou nada!

__É sim. Não irás se comprometer por um bom tempo, daqui há dois anos ou mais pensamos nisso.

__Harry, não tens direito...

__Tenho, sou teu irmão e estou te protegendo. E esse assunto acaba aqui! Senhoras, boa noite!_ Harry faz uma mesura e se retira.

Katerina observa a tudo boquiaberta, olha para a cunhada... A pobre segura as lágrimas... Olha para Lady Anne, que parece surpresa e sua mae se mostra neutra. Estende os braços e abraça a cunhada:

__Eu vou conversar com ele, o farei irá mudar de ideia.

__Ele não pode fazer isso conosco. Eu amo a Neill.

__Não se preocupe, ele vai aceitar. Vou me retirar. Com licença, boa noite, Lady Anne, mamãe.

__Boa noite querida_ Lady Anne fala docemente, Lady Mullingar olha para Katerina:

__ Katerina, não deves te intrometer, teu marido sabe o que faz e uma esposa deve aceitar e se submeter a decisão do marido.

__Uma esposa tem direito de opinar quando fica óbvio que o marido errou, não queira que eu seja conivente com o erro como a senhora foi conivente em todos esses anos com meu pai_ Katerina vira e sai.

Miranda limpa a garganta, bastante constrangida, um olhar de ódio profundo... Uma idéia começa se formar em sua cabeça...

Katerina entra no quarto, observa Harry terminar de tirar as botas, séria:

__Estás errado.

__Não se meta onde não deve, Katerina.

__Me meto onde que quiser, não vou te assistir sendo injusto por causa de uma bobagem.

__Victory é uma criança e não está na idade para se comprometer. Neill não serve para ela.

__Estás enciumado e eu entendo...

__Não tem nada a ver com ciúme! Eu o conheço, sei como lida com mulheres, não vou entregar minha irmã nas mãos de um libertino.

__Ele pode ter errado mas a ama, pode ter mudado.

__Não, eu sou homem e sei como...

__ Tu não era melhor que ele, tinha uma mulher em cada porto mas não mudou porque me ama? Por quê ele não pode ter mudado?

__É diferente.

__Não, não é.

Harry a olha sério:

__Katerina, esse assunto não lhe diz respeito.

__Sou tua mulher, estamos falando de minha cunhada por quem tenho muito apreço, não espere que vou ficar de braços cruzados assistindo essa patifaria!

__Não se intrometa!

__Não estou me intrometendo, estou tentando fazer-te ser razoável.

__Por quê sempre queres me confrontar? Se comporte como deve ao menos uma vez na vida, pare de me desautorizar!_ Harry soca a própria coxa com uma mão, irritado.

__Pra ti é isso o que importa, não é? Que todos te obedeçam sem questionar. Pensei que já estivesses acostumado com o fato de eu ter opinião própria e não me submeter as suas crises exageradas de autoritarismo! Se meu comportamento te incomoda, pois bem, me retiro.

Katerina vira, Harry a olha, sem reação:

__Katerina espere_ Assiste ela abrir a porta do quarto, fica de pé_Katerina!

__Quando o senhor raciocinar adequadamente me procure, quem sabe eu lhe perdõe por sua grosseria.

__Não, amor... Ka...

katerina sai e fecha a porta.

Harry franze o cenho revoltado, levanta, abre a porta e sai para o corredor, a vê, três passos largos e a segura pelo braço:

__Pode parando, volte para aquele quarto agora!

Katerina vira, furiosa com a atitude autoritária:

__Não!

__Katerina, eu não acredito que irás fazer isso! Estou me arriscando para te ver e irás me ignorar?!

__Até que aprendas que esse seu comportamento é inaceitável, sim.

__Que comportamento? Só porque estou preocupado com a integridade de minha irmã?

__E porque não me respeitas e me tratou com desconsideração. E fazes isso sempre que não concordo com seus erros.

__Eu não estou errado!

__Estás sim! Victory é uma moça apaixonada, e é correspondida, Mr Hoggan é um cavalheiro, quer um compromisso sério, não tem a intenção de brincar com os sentimentos de tua irmã. Aceite esse compromisso e deixe todos felizes.

__Não se atreva a dizer o que devo ou não fazer!

__Então não se atreva a dizer o que EU devo fazer, não tente desmerecer minhas atitudes. Se te incomoda tanto quem sou, então tome providências e procure alguém que se adeque a seu padrão.

__Katerina, pare de falar besteira.

__Ora, eu nunca vou me comportar da maneira exata que achas que devo, então...

__Me desculpe, eu não quis dizer isso...

__Não é a primeira vez que corriges meu comportamento, sinto muito se não alcanço suas expectativas, milord, com licença..._Katerina desce alguns degraus e entra no corredor onde há outros quartos.

__Não, carinõ! Não, não faz isso comigo_ Harry a segue, ouve ela abrir a porta, entrar no primeiro quarto que encontra, para de frente, batendo com força_ KATERINA!

Ouve a tranca ser fechada, fica olhando para a madeira, impotente... Respira fundo e apoia as duas mãos nos batentes, abaixa a cabeça, arrependido pela discussão boba:

__Kat?...Katerina... Abre... Por favor... Me desculpe, eu sinto muito, não soube me expressar. Por favor, não faz isso comigo.

Katerina olha para porta com o coração partido, vira de costas, lágrimas quentes caem por seu rosto, bastante magoada.

__Carinõ, abre essa porta_ Harry implora.

Katerina fecha os olhos... Sempre sente o coração derreter quando ele age assim, manhoso. Passa as mãos nos olhos enxugando as lágrimas, tentando se manter firme.

Harry bate de leve na porta:

__Abre?

Katerina cruza os braços, se aproxima da porta e encosta o ouvido tentando ouvi-lo.

Harry encosta o ouvido do lado de fora, tentando ouvir caso alguma coisa aconteça lá dentro... Só silêncio.

__Kat?

Katerina afasta o ouvido, decidida a dar a ele uma boa lição.

Harry engole a seco preocupado, bate com força:

__Kat, abre! Está tudo bem? Me responde, não me deixe desse jeito!

Silêncio.

__Se não abrires, vou subir pela janela.

__Não és louco a esse ponto!

__Não duvide! Não será a primeira vez que escalo um castelo, minha querida.

__É impossível escalar essas paredes.

__ Te surpreenderias com o que sou capaz... E se eu cair e morrer ficarás com a culpa em sua consciência.

__Pare de falar bobagens!

Harry percebe a voz dela embargada, sabe que está chorando:

__Carinõ, não chore... Abre, por favor?

Silêncio.

__Está bem, tu que queres assim, estou indo escalar essa parede.

__Harry, pare de ser tonto!

__Não vou ficar aqui fora e não vou dormir sozinho, eu tenho direito de dormir com minha mulher!

__ Me irritas de tal forma!_ Katerina abre a porta.

Se olham, Harry entra e a acaricia no rosto, ela tenta fugir do carinho mas a abraça com um braço, obrigando-a a olhá-lo:

__Me perdoe.

katerina tenta se esquivar, ele a segura firme:

__Não seja orgulhosa. Vamos, vamos fazer as pazes_ Observa ela levantar o queixo, altiva, não consegue evitar o sorriso divertido_ Oh gênio dos infernos!

__Não brinque! Não estou para brincadeiras.

Harry força a seriedade, Katerina tenta se manter séria mas seus lábios insistem em inclinar formando um sorriso.

Harry sorri vencedor, se inclina e a beija carinhoso:

__Me Perdoa?

__Aham.

__Então me beija.

Katerina levanta as mãos e segura o rosto dele, deixa um selinho apertado, Harry corresponde seguindo com vários selinhos, a segura pela mão e saem, voltando para o outro quarto. A abraça pelas costas durante todo o trajeto pelo corredor, a beija no pescoço:

__Tu és um teimoso!

__Não irás desistir de convencer-me, não é mesmo?

__Pense melhor no que estás fazendo, Harry. Victory pode ser cortejada por um ano ou mais se o problema for a idade, mas permita que os dois fiquem juntos, és amigo de Neill, não é possível que não confie nele nem um pouco.

Entram no quarto, Harry fecha a porta com uma mão sem soltá-la do abraço:

__Eu confio nele, muito, em tudo, menos com mulheres.

__Não podes dar o benefício da dúvida?_Katerina vira de frente, percebendo que ele está pensativo_Por favor.

Harry respira fundo:

__Está bem, amanhã vou falar com ele. Mas meu avô também não concorda apesar que por motivos fúteis.

__Teu avô não tem que opinar nisso, ela é tua irma e tu és o responsável pela família. Agora me ajude a tirar meu vestido.

__Claro!

Katerina se diverte ao ver o sorriso safado:

__Acalme-se marido, estou exausta por causa da viagem e quero dormir.

Harry faz biquinho:

__Está bem_ A vira e abre os botões, ajudando-a a despir o vestido, a observa só de combinação segurar ai a camisola:

__Não. Durma assim. Gosto de ver tuas pernas.

katerina deixa a camisola de lado, solta o penteado, desfaz a trança, Harry termina de se despir e deita, a aguarda... Assim que está pronta, deita a seu lado. Se aproxima dando beijinhos no ombro a mostra, infiltrando a mão por baixo da combinação, acaricia a barriga redonda... Ela apaga a lamparina, ficam em silêncio... De repente, sente a barriga mexer, levanta a cabeça de supetão:

__ O que foi isso?

Katerina sorri, coloca a mão em cima da dele:

__O bebe se mexeu.

__Mas isso é... Isso é...

__Lindo né?

__Ele já faz isso há muito tempo?

__Há algumas semanas.

__Isso é... Estou encantado.

Katerina ri:

__Se mexeu outra vez.

__UÉ! Por quê não senti?

__Porque foi só uma tremidinha.

Harry sorri, aproxima a boca da barriga:

__Olá? Como estás bebê?

Katerina ri divertida:

__Como se pudesse te ouvir.

__Deixe eu me iludir! Bebê do papai? Boa noite..._ Harry beija a barriga carinhoso, levanta a cabeça e a beija nos lábios_Boa noite_ A puxa para seus braços.

__ Boa noite_ Katerina fecha os olhos com um longo suspiro.

Ficam. em silêncio, ele volta a acariciar a barriga mas logo adormece.

Katerina também não demora a pegar no sono.

*****

Victory abre a porta do quarto silenciosamente, sabe que todos já dormem... Anda até o quarto onde Neill está hospedado, iluminando o caminho com uma pequena vela, abre a porta e entra, caminha nas pontas dos pés até a cama... Quer muito falar com ele, terá que acorda-lo. Deixa a vela na mesa e senta na cama, estende a mão... Ele vira de uma vez agarrando seu pulso com muita força e jogando-a na cama, pronto para surrá-la... Arregala os olhos, assustada.

Neill percebe que não corre perigo, a solta:

__Anjo! Q que fazes aqui?! Quase a machuquei!

__M..M..Me desculpe_ Victory engole a seco... Ele está por cima de seu corpo, acaba de perceber que não foi uma boa ideia ir ali, o pano fino da camisola é uma barreira ínfima e ele está aparentemente desnudo.

Olha para a boca bem feita, o furinho charmoso no queixo, levanta o olhar encontrando os olhos azuis... Consegue ver o brilho neles, sente a boca seca.

Neill a olha intensamente, não consegue ignorar as curvas femininas por baixo de si, os seios fartos, as coxas macias. Usa de todo seu autocontrole para não beijá-la e acariciá-la como deseja naquele momento. Sai de cima dela imediatamente.

Victory senta e arruma os cabelos atrás da orelha:

__Eu precisava conversar. O que Harry disse?

__Que não irá aceitar, que não sirvo para ti..._ O rosto delicado entristece, a acaricia no queixo_Eu já errei muito, Anjo, ele tem razão em não confiar. Mas te amo, quero que sejas minha esposa.

__Eu também te amo.

__ Não vou quebrar a confiança dele, Vic, teremos que esperar até que aceite. Eu não vou desistir, nem que passe anos.

__Também não vou desistir.

__Vamos ter paciência. Uma hora ele vai ceder.

Victory afirma com a cabeça.

__Vou para meu quarto. Só queria ter certeza que não me abandonarás.

__Jamais, eu não sobreviveria. Eu preciso de ti.

__E eu de ti.

__És a única que tráz um pouco de sanidade em minha vida. Depois de tudo o que passei, és meu porto seguro.

Victory o encara, apaixonada, se aproximam um pouquinho mais... Neill a beija com carinho, sentindo ela acariciar seu rosto, se abraçam... Victory toca as costas nuas, sente as cicatrizes dos ferimentos, o acaricia nos ombros...

Neill a segura pelo pescoço se aproximando mais, a beija com urgência, o desejo distribuindo-se por seu corpo como choques... Victory sente uma sensação descer por seu ventre indo parar em um lugar um tanto inapropriado, o beijo a deixa extasiada...

Neill percebe a intensidade da própria excitação, interrompe o beijo antes que perca o controle:

__Vá dormir, anjo.

Victory pisca lentamente, desejosa por mais, mas sua timidez a impede de tomar a atitude de voltar a beijá-lo:

__Boa noite.

__Boa noite_ Neill responde.

Victory levanta, segura a vela e caminha até a porta, sai e olha para ele uma vez antes de fechar, sorriem... Fecha a porta.

Neill volta a se deitar, fecha os olhos, seu corpo reclama ,depois de quase três meses, reagiu excitado... Terá que controlar essas sensações, não pode perder a cabeça, irá respeitá-la como ela merece.

Victory entra em seu quarto e se deita, toca os lábios com os dedos, fecha os olhos, sentindo partes de seu corpo ainda sensível, desliza a mão pelos seios em uma atitude natural, até lá embaixo, coloca a mão em cima, percebe que deseja que ele a toque ali, ruboriza... Vira de lado, assopra a vela e se força a dormir.

CAPÍTULO 55

No dia seguinte, logo pela manhã, após o desjejum, todos se reúnem cerimoniosos e trocam votos de feliz natal e presentes. Depois do almoço, Harry e Neill se afastam dos demais e saem pelo jardim procurando um pouco de privacidade... Conversam bastante, demorando quase uma hora para chegar a um acordo sobre a corte. Ao voltar, Harry dá a boa notícia de sua permissão Victory que mal aguenta a agoniada apesar de Katerina tentar tranquilizá-la todo o tempo. O casal troca sorrisos aliviados e carinhosos sob o olhar satisfeito de lady Anne.

Os Mullingar parabenizam o novo casal e a Harry pela decisão, Katerina sorri orgulhosa...

__Agora terei uma difícil tarefa de informar minha decisão á meu avô_ Harry soa desanimado.

__Boa sorte_ Anne soa um pouco preocupada_ Evite deixa-lo alterado, filho, seu avô está muito frágil.

__Eu sei, mãe. Me dêem licença_ Harry anda em direção ao corredor sem tirar os olhos de Katerina, com uma expressão charmosa, ela o segue com o olhar, assistindo a piscadinha que e lhe oferece antes de sumir de suas vistas... Reprime o sorriso e volta a prestar atenção na conversa dos demais.

Harry passa um bom tempo conversando com seu avô, explicando sua decisão e apesar de o velho lorde não se conformar de maneira nenhuma, se mantém firme, argumentando que essa decisão só lhe diz respeito, que é o responsável por sua mãe e irmã.

Lord Milward percebe o quanto o jovem a sua frente está decidido, desiste de discutir... Está velho demais para debater com alguém com tanto vigor. Acaba acatando a decisão do neto, mesmo contrariado.

Harry aproveita a oportunidade e conta cuidadosamente para seu avô a verdade sobre sua ausência nos ultimos tempos. O velho lorde ouve paciente e apesar de surpreso não sente muito o baque da notícia. Desde o início sabia que o neto estava metido com algo misterioso, porém fica furioso por ele ter se envolvido com osse tipo de situação, colocando a própria vida em perigo. Quando terminam de conversar, Lorde Milward se mostra exausto, Harry se despede e sai, deixando o avô ter o merecido descanso.

No final da tarde, Harry e Katerina saem para fazer um passeio de charrete pela propriedade, muito bem agasalhados para suportar o inverno. Ficam observando o local que traz tantas lembranças. Estendem o passeio pelo bosque, passando as margens do lago onde se reencontraram meses atrás, caminhando de mãos dadas observando as águas calmas correrem, uma sensação de leve tristeza, pois sabem que aquela calmaria acabará logo e Harry terá que partir.

katerina se deixa abraçar pelas costas, encosta a cabeça no peitoral, conversando baixinho sobre trivialidades, rindo divertidos com leveza de humor, aproveitando a companhia um do outro, esquecem da hora, só percebem que é tarde quando começa a anoitecer. Voltam para o castelo, chegam um pouco antes do jantar, os criados agitados para organizarem mais uma refeição impecável. Depois do jantar na grande sala de estar, Victory toca piano para entreter a todos enquanto os demais conversam assuntos aleatórios, aproveitando o momento de paz.

Um criado entra e estende uma mensagem:

__ Lady Milward, chegou essa mensagem de Londres. É do Príncipe Malik.

Katerina fica tensa sem nem ao menos perceber a própria reação,

Harry percebe e a olha interrogativo... Kat segura o recado e agradece o rapaz, que se retira.

__Quando recebi a notícia de que viriamos passar a ceia em Chesire, meu primeiro pensamento foi que talvez tu fosses à mansão a noite e não nos encontrasse, então mandei um recado ao principe, para lhe avisar... Imagino que seja a resposta, ele não deve ter te encontrado_ Explica.

__ Ned sabe que estou aqui, o avisei antes de vir.

__Uhm.

Katerina abre o recado, lê em voz alta:

__Feliz Natal, espero que estejas aproveitando esse dia especial com sua família. M.

__Oh, mas esse rapaz é tão atencioso!_ Lady Mullingar comenta_ Lembro-me de quando ele lhe trouxe para casa meses atrás, estava tão preocupado com seu bem estar, não é Katerina?

__ Ele foi um cavalheiro_ Katerina tenta encerrar o assunto.

__Ele tem muito apreço por ti, filha_ Miranda comenta maldosa, fingindo inocência, depois finge ter cometido uma indiscrição_ Oh! O que quero dizer é que ele... Bem... Foi um cavalheiro.

Harry levanta as duas sobrancelhas sério, bebe um gole de seu uisque, olha para Katerina, que sente o rosto ruborizar de tal maneira, evita os olhos verdes.

__ Malik sempre foi um bom amigo_ Neill comenta.

__Sim_ Harry concorda, deixa o copo de uísque de lado, levanta e vai a até Victory, senta ao lado dela na banqueta e a acompanha no piano.

Victory sorri, encantada.

Katerina sente uma profunda vontade de chorar... E se Harry descobre que Malik a beijou?

Lady Mullingar observa as reações do casal odioso, desejando gargalhar... Seu plano está recebendo uma ajudinha do alto, não é possível! Essa carta saiu melhor do que encomenda!

Já é tarde quando os Mullingar se despedem e vão embóra, então todos se recolhem a seus aposentos.

Katerina já se deitou há algum tempo, observa Harry terminando de se arrumar... Ele apaga a lamparina e deita, se aconchega próximo ao corpo quente.

Harry a beija na testa:

__Como foi quando tu soube que eu estava morto?

__Foi horrível. Para mim é como se tivesse morrido junto!

__Deve ter sido difícil, tu, longe de todos sem o apoio da família. De ninguém.

__Foi muito difícil. Não quero me lembrar disso.

__Uhm... Malik lhe trouxe em casa. Tenho que agradece-lo por ter sido tão prestativo, não esperaria menos dele.

__Sim, me ajudou muito. Eu estava perdida.

__Uhm.

Katerina engole a seco, vira de costas para Harry:

__Vamos dormir, carinõ, estou com muito sono.

Harry a olha sem entender a reação distante. É impressão sua ou ela está fugindo do assunto? Fica olhando para o teto, desconfiado. Sempre foi muito astuto e a maneira que lady Mullingar falou...

Não volta a conversar, logo adormecem.

No outro dia, os homens acordam cedo e vão caçar nos arresores de Mullingar House, na volta, Harry acompanha o sogro e cunhado até o casarão, bebe um pouco com eles enquanto fala sobre negócios. Lady Mullingar se mostra surpreendentemente empolgada com o neto ou neta, fala sobre como receberam a notícia:

__Ficamos tão surpresos, afinal, estavas morto e Katerina aparece gestante, foi muito gratificante. Eu não sei, mas principe Malik esteve tão cuidadoso com ela que é como se já soubesse. Esse rapaz vale ouro. Lembro-me como se fosse hoje, katerina em prantos porque o príncipe tinha que partir. Acho que ela se sentiu tão protegida por.._ Miranda Mullingar para de falar_ Me desculpem acho que estou tagarelando demais.

__Não, continue!_Harry responde, tão tenso que os músculos doem.

__Não, não há necessidade. Mas me sinto agradecida por ele, foi um momento tão difícil!

Oliver Mullingar e Albert mudam de assunto, mas Harry não consegue prestar atenção direito, tem a impressão que lady Mullingar quer lhe dizer algo, a maneira que olha ansiosa em sua direção.

No momento das despedidas, Harry, já perto do cavalo, a vê sair pela porta:

__Espere, meu genro, preciso lhe falar.

__Sim?

__Eu não posso guardar isso para mim, sofri muito porque fui enganada e não quero que ninguém passe pelo que passei...

__Do que a senhora está falando?

__Quando Katerina e principe Malik chegaram, era inegável o interesse de um pelo outro, um preocupado com o bem estar do outro, isso me despertou dúvidas... E depois ela me aparece grávida. O senhor tem mesmo certeza que esse filho seja seu?

Harry a encara lady chocado, sem palavras...

__Eu sei como é se sentir traída, sofri muito e estou lhe contando isso porque não quero que o senhor seja enganado. Ninguém merece isso.

__Perdoe-me, Lady Mullingar, mas eu confio em minha esposa,sei que ela me ama e seria incapaz de me trair.

__Mas não seria uma traição! Ela achava que o senhor estava morto, talvez em um momento de carência...

__Me desculpe, senhora, preciso ir...Mas não se preocupe, tenho certeza de que o filho é meu, Malik é um amigo muito querido, jamais iria encostar um dedo em minha mulher.

__Bem, fiz minha parte em alertá-lo. Espero estar mesmo errada.

__A senhora está errada. Boa tarde_Harry vira sem esperar a resposta, monta e sai cavalgando.

Miranda Mullingar observa o genro sumir em meio a poeira levantada pelo cavalo, sem saber se tinha dado certo. Ele parece muito seguro afirmando confiar em Katerina e no amigo... Se uma coisa não der certo, outra dará. Já mandou um recado às autoridades entregando-o, claro que pedindo para manter-se anonima.

*****

Harry cavalga em um ritmo rápido, sua cabeça á mil, muitos pensamentos ruins e dúvidas. Durante todo o trajeto repete a si mesmo que lady Mullingar não seja confiável, lembrando-se do que ela foi capaz de fazer com katerina, manchando a reputação da própria filha... Mas ao mesmo tempo seu coração está cheio de dúvidas.

Quando chega em Milward Castle, desmonta e entra, olha para o velho mordomo:

__Onde está minha esposa.

__No jardim de inverno, milorde.

Se dirige apressado até o jardim, entra, a vê sentada com um tecido na mão tentando bordá-lo, obviamente não sendo bem sucedida... Ela levanta o olhar e sorri:

__Que bom que chegaste, carinõ! Estou tentando bordar esse lenço para o bebê mas já vi que não tenho mesmo jeito para isso.

__Uhm. Peça para Victory te ajudar, ela faz lindos bordados.

__ Sim, ela é muito talentosa para tudo. Sempre fui melhor com armas.

Harry a olha sério, Katerina percebe, a expressão interrogativa:

__O que foi?

__Kat. Há alguma coisa que tens para me contar? Algum segredo?

Katerina congela:

__Não.

__Alguma coisa envolvendo tu e Malik_ Harry insiste, percebe o rosto delicado empalidecer com a expressão chocada.

Katerina se levanta:

__ Porque estás perguntando isso?

__ Quero saber. Foram semanas sozinha com ele, estou farto de ouvir o quanto estavam próximos quando chegaram aqui.

__ Malik foi um grande amigo.

__ Malik? Já tem essa intimidade!

__ Eu... Ai, o chamei pelo nome, qual é o problema?

__Tem alguma coisa que queiras me contar?

Katerina engole a seco, não quer mentir, pois um dia essa mentira pode vir a tona e será muito pior. O melhor é contar uma meia verdade:

__Uma vez ele me beijou.

Harry a encara petrificado. Katerina se aproxima:

__Mas eu o rechacei e disse que não aceitava nenhum tipo de intimi...

__Katerina, esse filho é meu?

katerina abre a boca incrédula, indignada. Sem pensar direito, levanta a mão e o estapeia com toda a força.

Harry é pego em cheio no rosto, seu sangue ferve... A observa sair até que some de suas vistas, se inclina para a frente cobrindo o rosto com as mãos, trava os dentes revoltado... Não sabe o que pensar.

katerina entra em seu quarto em prantos, apoia as costas na porta, sem forças, cobrindo a boca para abafar o choro magoado, a dor machuca seu coração. Caminha letargicamente até a cama, deita usando o cobertor para abafar os soluços que não consegue reprimir... Esta sangrando por causa das palavras cruéis que saiu da boca daquele que tanto ama... Como ele pode duvidar? Que tipo de mulher acha que é? O que acabou de fazer é imperdoável! Duvidar de seu caráter! Como ele pode fazer isso?

Harry respira fundo, olha para o teto inerte... Quase uma hora se passou, está mais calmo agora apesar de a incerteza ainda estar ali... Pela reação de Katerina, a única conclusão que pode chegar é que ela é inocente...

Um barulho e sua mãe acompanhada de um criado entra correndo:

__Graças a Deus te encontrei, filho. O inspetor de justiça do condado chegou com 20 soldados e vão revistar o castelo. Receberam uma denúncia de que estavas por aqui.

Harry levanta de uma vez, chocado:

__ Preciso falar com Katerina...

__ Não há tempo!_ Anne o abraça.

O criado mostra o corredor:

__O cavalo já está selado nos fundos, vá rápido, milorde_ O criado o apressa.

Ouvem vozes estranhas... Não será possível falar com Katerina, se desculpar pela dúvida ridícula que o incomodou, se desespera... Não quer ir embora deixando esse mal entendido, mas não vê alternativa:

__Ajude Mr Hoggan a se esconder.

__Sim, milorde_ O criado sai correndo.

Harry beija o rosto banhado em lágrimas de sua mãe e corre em direção aos fundos do castelo, sai pela porta, encontrando plantações, um cavalo está ali com alguns suprimentos, um alforje com uma pequena bolsa de dinheiro. Agradece mentalmente a seus criados muito eficientes, monta no cavalo e esporeia, sai em disparada... Somente quando está a certa distancia, olha para trás... Pode ver em uma das varandas um ponto vinho, tem certeza que é Katerina pois estava vestida com um vestido vinho de lã... Seu coraçao aperta, entristecido.

*****

Anne sobe as escadas as pressas para avisar a nora sobre o ocorrido, quando Katerina recebe a notícia da fuga, corre até a varanda do quarto de lady Anne, a unica que tem a visão para a estrada dos fundos. Abre as portas e sai na varanda, vê a poeira levantada por um cavalo em galope... Mesmo magoada, fica inconsolável por não poder ter se despedido... Bem, provavelmente ele não deve ter se importado já que a julga como uma mulher adúltera.

Victory e Neill param de ler o livro que compartilham assim que um dos valetes entra na sala intima:

__Mr Hoggan, se esconda, o inspetor de justiça está aqui com vinte soldados, estão revistando o castelo.

__Ai meu Deus!_ Victory olha ao redor.

Neill levanta sem saber onde pode se esconder, Victory o segura pela mão:

__Venha até meu quarto,.

__Mas...

__Se esconda no meu baú, é grande o suficiente e meus vestidos estão a maioria na capital, tem espaço. Vou cobri-lo com vestidos, caso eles olhem, não o verão.

Seguem apressados até o quarto, Neill percebe que sua energia está voltando, não fica trêmulo pelo esforço... Entram no quarto, Victory abre o baú, tiram os vestido, Neill entra, ela o encara, preocupada ao ver seu rosto se contorcer de dor por causa de algum ferimento que não está 100% cicatrizado... O cobre com os vestido, deixa o baú aberto para conseguir respirar... Em seguida, finge estar organizando, chamando Odete para ajuda-la.

Depois de os soldados revistarem tudo, finalmente vão embora, não antes sem ouvir o velho lorde os amaldiçoar pelo atrevimento.

Lorde Milward só não vai preso por desacato a autoridade por já estar avançado na idade. Somente quando os homens já estão a uma boa distância do castelo, Neill se sente seguro a sair do baú. É preciso dois criados para ajudá-lo a sair e se movimentar pois ficou muito tempo em uma mesma posição, completamente desconfortável.

Victory ordena prepararem um chá quente com ervas relaxantes, todos estão precisados depois de tanta tensão...

Tarde da noite, um forte nevoeiro começa a cair, Katerina fica a imaginar Harry no meio da estrada, ao relento... Dorme chorando baixinho, preocupada, ao mesmo tempo em que a lembrança de ele ter duvidado de seu amor, de seu caráter, continua a machucá-la.

Já é madrugada quando Harry para em uma pousada, sem condições de continuar a viagem por causa do nevoeiro. Entra e pede um quarto, fingindo seu melhor sotaque da Nova Inglaterra. Deita vestido, sem conseguir relaxar, afinal, se tiver que fugir precisa estar preparado. Nos poucos periodos que cochila, seus sonhos são povoados pelo rosto de Katerina, a mágoa nos olhos castanhos... No meio da noite acorda assustado com essa imagem na cabeça... Como não percebeu antes? Aquele olhar de mágoa é o suficiente para provar o quanto ela é inocente!

CAPÍTULO 56

O sol de final de tarde reflete fixamente no teto da cabana de caça, Harry se dirige a entrada exausto, percebe alguns cavalos amarrados na madeira do lado de fora... Ao entrar, encontra general Cowel, alguns conselheiros do rei, que não recorda o nome e Ned. Todos tem uma expressão grave e estão aguardando a chegada de outros integrantes da equipe para iniciar uma reunião.

___ Boa tarde_ Cumprimenta, meio impaciente pelo desconforte de estar rodeado de quase estranhos.

___ Milward! Que ótimo que chegaste, já estávamos conformados com tua ausência nessa reunião de ultima hora.

__Senhores, é um prazer revê-los. Infelizmente alguém entregou meu paradeiro e tive que voltar antes do combinado.

__Pelo menos isso valeu para estares presente_ Ned fala, percebendo o mau humor do amigo.

__O que está acontecendo?_ Harry pergunta, sentando na mesa e servindo para si uma boa dose de rum.

__Temos que nos organizar para o caso da missão de Grease não dar certo. É preciso termos um plano C_ Cowell estende a caneca, Harry enche:

__Entendo. Pensar em todas as possibilidades é o mais correto. Mas creio que George é esperto demais para ser pego_ Opina sob a concordancia dos demais. Passa os dedos nos cabelos um tanto rebeldes, faz menção de beber, a porta abre e Malik entra com outros dois homens que nem se atenta, se coloca de pé imediatamente, o sangue subindo na cabeça em ebulição vulcânica:

___ Maldito desgraçado!_ Solta por entre os dentes, o olhar violento.

__Mas o que?..._ Cowell o encara chocado.

Malik fica tenso, entendendo de imediato que foi descoberto o beijo que deu em Katerina.

__Eih meu amigo, se acalmo_ Ned impede o amigo de passar, olha para Malik, confuso.

Harry fica encurralado entre a mesa, Ned e um dos conselheiros.

Malik respira fundo:

__Eu sinto muito meu irmão.

__NÃO ME CHAME DE IRMÃO!

Malik trava o maxilar, o gênio ruim explode:

__EU NÃO CONSEGUI EVITAR, MILWARD! LUTEI CONTRA, MAS QUANDO VI JÁ ERA TARDE!

__NÃO VAI TENTAR SE DEFENDER?

__NÃO TENHO COMO ME DEFENDER, ESTOU APAIXONADO E A BEIJEI, MAS ELA É DIGNA E TE AMA DEMAIS!

Harry sente a vista escurecer em um borrão que mais lembra gotas de sangue seco, dá um pulo por cima da mesa, cego de ódio, atravessando-a com uma habilidade surpreendente e quebrando a distância entre sua presa, o agarra pelo casaco de cashmere, levantando o braço direito e desferindo um soco de direita diretamente na face do outro.

Malik é pego completamente de surpresa, dá dois passos para trás meio desnorteado, mal começa a se recobrar, sente o corpo pesado contra ele.

Se atracam caindo no chão, uma luta selvagem com golpes secos, a confusão se instala dentro do comodo.

Malik consegue se safar dos braços fortes, o empurra com um chute no estomago, assiste Harry cair pesadamente no chão, levanta com dificuldade, o rosto começando a inchar por causa dos golpes... Cambaleia até a porta.

Harry recupera o ar e se coloca de pé, avança outra vez, cabelos nos olhos, lábios cortados sangrando no canto, um inchaço crescendo no maxilar... Os olhos verdes brilham de fúria... É interceptado pelos outros homens, que tentam contê-lo:

__FICA LONGE DA MINHA MULHER, SE EU AO MENOS DESCONFIAR DE SUA PROXIMIDADE, SERÁS UM HOMEM MORTO! FUI CLARO?_ Grita furioso.

__Transparente_ Malik ajeita a postura altiva do principe que é_ Só quero que saiba que sei que o que fiz foi errado, mas eu...

__CALE-SE! SOME DA MINHA FRENTE ANTES QUE EU FAÇA UMA BESTEIRA!_ Harry tenta se desvencilhar dos homens que o seguram.

Cowell olha para o príncipe:

__Malik, vá embora, depois lhe informamos o que decidimos.

O moreno afirma com a cabeça, passa a mão no nariz, o sangue continua escorrendo, tira um lenço do bolso e pressiona, sai sem olhar para trás.

Harry fixa o olhar ameaçador na porta, contendo o desejo de ir atrás e terminar o que começou, passa a mão na boca limpando o sangue, Ned coloca as mãos nos quadris, impaciente, Cowell encara, severo:

__ Pensei que tinhas controlado seu destempero, rapaz, mas vejo que continua grave. Resolva seus assuntos pessoais em outro momento, agora vamos ao que interessa_ Assiste o mais jovem arrumar a postura, encarando-o de cima, arrogante, mantém o olhar, fazendo valer sua autoridade.

Harry vira de costas, passando as mãos no cabelo ainda mais rebeldes, engolindo a própria arrogância, ciente da hierarquia de seu trabalho.

Cowell se dá por satisfeito e finalmente inicia a reunião...

Harry tenta prestar atenção mas a única coisa que se mantem constante em sua mente é o fato de ter certeza da inocência de Katerina, e de precisar de alguma maneira vê-la e se desculpar.

*****

Katerina entra na sala, aliviada por finalmente sua sogra estar sozinha, assim ninguém irá interrompê-la.

Lady Anne levanta o olhar:

__Algum problema, minha querida?

__Sim.

__O que houve?

__ Vim informá-la de que mandei a criada arrumar meu baú. Vou voltar para a casa de meus pais.

__O que? Mas Katerina, o que houve, como...?

__Seu filho duvida da paternidade de nosso filho. Nunca me senti tão humilhada em toda minha vida e não vou me submeter a isso. Vou me divorciar de Harry.

__Não! Minha querida, não faça nada em um momento de raiva!

__Ele duvidou de minha integridade! Eu aguentei muita coisa, isso não vou admitir! Confiei nele com minha alma sabendo o quanto foi mulherengo antes e ele me pergunta se esse filho é dele, sabe se lá por qual motivo! Não, não aceito! De qualquer maneira só estou lhe informando, minha sogra, minha decisão já está tomada. Partirei ainda hoje.

__Pense melhor, Katerina...

__Não tenho duvidas nenhuma de minha decisão, milady.

__Oh, meu Deus, isso é um pesadelo!

__Sinto muito desapontá-la_ Katerina abaixa a cabeça.

Lady Anne levanta e se aproxima, a abraça.

__Não faça nada ainda. Espere Harry voltar para que possam conversar, talvez tenha sido um mal entendido!

__Não foi. Ele falou com todas as letras, perguntou se esse filho é dele_ Katerina reprime a vontade de chorar.

__Por favor, Katerina, Harry te ama tanto!

__Se ele me amasse, confiaria. Como confio nele.

Lady Anne a olha tristonha...

__Victory está com Mr Hoggan?_ Katerina encerra o assunto.

__Sim, estão tomando o chá. E tu, já se alimentou? Quase não comeu nada no almoço.

__Não estou com fome.

__ Precisas te alimentar, querida.

__Eu sei, mas no momento não sinto fome. Me dê licença, vou me despedir dos dois.

Lady Anne afirma com a cabeça, observa a nora se retirar, senta no sofá lentamente, pensativa... Pela primeira vez a dúvida de que tudo irá acabar bem se instala.

Victory e Neil observam os flocos de neve cobrirem o chão da varanda até sumir de vista. Não é muita neve, a tempestade foi muito forte e a estrada está atê transitável...

Conversam sobre os últimos acontecimentos, Neil se sente ansioso para receber boas notícias, se preocupa com seus pais, imaginando como eles devem estar enlouquecendo sem noticias suas. Victory tenta acalmá-lo, também preocupada, teme que o noivo não seja paciente e tome alguma decisão errada que acabe prejudicando-o... Felizmente a cada dia a saúde dele revigora, já quase não manca, os ferimentos estão todos cicatrizados apesar de ainda sentir dores nas feridas mais profundas...

__Eu quero muito vê-los, eles devem estar sofrendo muito sem saber de meu paradeiro, sem saber se estou vivo..._ Neil respira fundo, frustrado.

__Eu posso mandar uma mensagem, convidando-os para virem aqui, mas...

__Essa mensagem pode ser interceptada, podem desconfiar.

__Exato.

__Assim que me sentir melhor vou dar um jeito de ir vê-los e dizer que estou bem.

__Oh não, já não basta eu sofrer com Harry se colocando em perigo, agora terei que suportar a ti também!

__Harry e eu trabalhamos com a mesma coisa.

__Não quero que continues com isso. Vamos nos casar e não pretendo ficar viúve cedo e não vou saber lidar com a insegurança, se estás bem ou não.

__Vic...

__Não, não vou aceitar nenhum argumento contrário. Estou me casando para viver com meu marido, não para ele ser mandado em alguma missão sem saber se volta com vida_ Victory o encara determinada.

__ És muito pequena para ser tão decidida_ Neil sorri divertido.

__Pois acostume-se, estou decidida a fazê-lo desistir dessa profissão... Se é que isso pode ser chamado de profissão.

__É tanto assim teu medo de me perder?

__Sim. Eu não fiquei tanto tempo focada em fazê-lo sobreviver para depois ires cometer as mesmas loucuras_ Victory sorri docemente_ Farias isso por mim?

__ Farei. Tens minha palavra de que vou pedir baixa. Vai ser bom ter um pouco de sossego, irei administrar o escritório de meu pai como ele sempre quis.

__ Hum. Enganas direitinho, todos pensam que és um fanfarrão desocupado quando na verdade estás lutando pelo país.

__Faz parte da imagem que tenho que passar... Ninguém leva a sério aquele rapaz despreocupado e bom vivant.

__ É. Nem eu te levava a sério.

Neil ri com tamanha sinceridade, ela segura a trança e fica brincando com as pontas do cabelo timidamente, a olha com intensidade:

__ És muito linda. Literalmente um anjo.

Victory levanta o olhar e encontra os olhos azuis, tão azuis que chega a lhe faltar o ar de tão lindos! Sente a mão máscula segura-la no queixo, delicadamente, a boca macia a beija, fecha os olhos receptiva, acariciando-o no rosto.

Ouvem a batidinha na porta, se afastam, quase pegos no flagra. Victory levanta, toca os lábios:

__Eu... Eu vou ver quem é_ Entra no quarto, encontra o olhar de reprovação de Odete, ignora e abre a porta. Encontra o olhar triste de sua cunhada a quem tinha se apegado muito nos últimos meses:

__Vic, vim me despedir.

__Despedir?

Neil entra da varanda, olha para a futura cunhada, confuso.

Katerina relata rapidamente o ocorrido, deixando Victory horrorizada com a desconfiança do irmão. Neil se abstém de comentar, mas sabe que o amigo cometeu um grave erro.

O casal acompanha uma entristecida katerina até as grandes portas com saída para o pátio.

Lady Anne observa os criados saírem com o baú, katerina a abraça outra vez, abraça Victory, Neil a cumprimenta com uma mesura, respeitoso, e a observa sair andando em direção á carruagem.

Assim que embarca com a ajuda de um criado, o cocheiro coloca a carruagem em movimento... Katerina engole o choro, passa a mão na barriga proeminente incerta sobre seu futuro.

*****

Um mês depois.

O mês de Fevereiro iniciou com ótimas notícias! Finalmente o caso foi finalizado e as provas da inocência de Harry e Neil foram divulgadas perante toda a corte, a missão foi um sucesso e os culpados, presos e condenados por traição, uma carta chegou há mais de uma semana, nela consta os nomes dos envolvidos. Somente George não voltou, ainda ficará mais um mês ou dois espiando para se certificar de que realmente está tudo nos conformes.

A estrada de Milward House está quase intransitável por causa do inverno difícil mas Harry não se incomoda, quer chegar em casa o mais rápido possível! Finalmente viverá sua vida em paz. Já pediu dispensa de seus deveres com a pátria para se concentrar aos cuidados com sua família.

Chega nos grandes portões euforico, não teve contato com ninguém desde o dia que fugiu as pressas, a saudade é como uma tocha no peito. Em minutos os criados entram em polvorosa com a notícia da chegada do jovem lord, lady Anne vem pelo corredor em lagrimas, aliviada por ver o filho bem e inteiro, se abraçam apertado por vários segundos. Logo Victory aparece correndo, também se joga nos braços do irmão, Neil vem atrás sorrindo contente, certo de que, se Harry voltou, é porque as notícias são boas.

Em minutos a alegria de Harry começa a ir embora ao perceber que Katerina não se deu o trabalho de vir recebê-lo... Por sinal continua magoada por tudo o que foi dito naquele dia... Agora terá que pedir perdão por suas palavras estúpidas.

Não faz perguntas por puro orgulho, senta na sala e conta as novidades para todos, esperançoso de que a qualquer momento ela entre pelas portas. Explica a Neil que, logo que recebeu as notícias, fez questão de contar a verdade aos pais do amigo, que esperam ansiosos pela volta do único filho. Sorri quando, de imediato, Neil começa a fazer planos para voltar para a casa e convida á todos para visita-lo e as apresentações formais para sua família acontecerem.

Lady Anne não concorda... O melhor a fazer é marcar um jantar para oficializar o noivado. Todos concordam...

E nada de Katerina aparecer... Harry não aguenta mais a espera:

__Vejo que Katerina continua aborrecida comigo, não veio me receber.

Os três o encaram mudos, sem saber o que dizer, lady Anne é quem toma a palavra.

__Filho... Nós temos um problema.

__Que problema? Meu filho está bem?_ Harry fica preocupado.

__Sim, esta ótimo, fui vê-la ontém, Katerina está muito saudável.

__Foi vê-la?_ Harry franze o cenho, estranhando.

__Sim. Katerina voltou para a casa dos pais, faz cerca de um mês. Ela contou sobre o desentendimento que tiveram e...

Harry fica em pé:

__ Como?

__Filho, acalme-se...

__Eu vou buscá-la agora!

__Harry, por favor..._ Lady Anne tenta fazê-lo raciocinar_ Não adianta chegar assim, nervoso, só vai piorar as coisas.

__Mãe, ela é minha mulher, como assim, voltou para a casa dos pais?

__Ela disse que vai pedir o divórcio.

__Não! Eu não vou conceder, juiz nenhum vai conceder, ela espera um filho meu!

__Ela foi embora porque duvidaste disto_ Victory critica.

__Eu sei que fui um idiota, não estava raciocinando direito, mas ela não pode... FRANCIS! _Harry grita a beira do desespero_A senhora não podia tê-la deixado ir!_ Caminha de um lado para o outro como se estivesse perdido.

__Eu ia amarrar ela aqui? Parece que tu não conhece tua esposa!

__Ela vai voltar comigo, imediatamente.

__Sim, milord?_Francis aparece na entrada da sala.

__Arrume o coche para mim, vou à Mullingar House.

__Sim, Milord_ Francis faz uma mesura e sai.

__ Filho, estás visivelmente exausto, tome um banho descance, resolva isso depois!

__Eu vou agora, mãe!

__Essa tua teimosia vai te causar ainda mais problemas_ Lady Anne desiste, respira fundo, impaciente.

Neil e Victory assistem a tudo compassivos...

Harry nega com a cabeça, inconformado, um rapaz vem avisar que o coche esta pronto, vira e beija a testa de sua mãe:

__Mãe, eu sei o que estou fazendo.

__Filho...

__Desista, mamãe, não vê que ele parece uma porta?

Harry lança um olhar gélido em direção da irmã. Victory cruza os braços com desdem, Neil o encara:

__Não vá fazer besteira, Edwards.

Harry acena com a cabeça e sai apressado.

CAPÍTULO 57

Katerina olha pela porta da sala, um nevoeiro cai de leve, um frio congelante... Se sente exausta, são quase 8 meses, falta pouco para o bebe vir ao mundo, não vê a hora de ver o rostinho, de sentir o corpinho quente junto ao seu...

De repente, uma pequena confusão no corredor lhe chama a atenção, olha para a entrada da sala, a voz de Harry se destaca, forte e grave, o tom deixa claro o misto de desespero e fúria:

__Onde está minha mulher?

__Lord Milward! Bem vindo! Lady katerina estava na sala até minutos atrás_ A governanta soa nervosamente, uma tentativa vã de acalmá-lo.

Katerina vira e levanta a barra do vestido, anda em direção ao outro corredor, fugindo do confronto minutos antes de Harry entrar na sala. Os olhos verdes procuram, ansiosos:

__Katerina?!

Não responde. Continua em direção a seu quarto, decidida a não atendê-lo. Seu coração continua ferido desde a ultima vez que o viu.

Os Mullingar aparecem apressados, surpresos:

__Oh, que bom que estás de volta, Milward_ Lorde Mullingar tenta apaziguar os ãnimos.

__ Vim buscar minha esposa. Onde está?

__ Acalme-se sim? Vamos conversar_ Lorde Mullingar estende a mão para o sofá.

Harry trava o maxilar, agoniado, faz menção de sentar mas Albert para em sua frente encarando-o:

__Não haverá conversa. Deixe-a em paz.

__ Retire-se do meu caminho_ Harry ordena.

__ Tens o descaramento de vir aqui depois do que fizeste?! É muito atrevimento!

__ Saia da minha frente!_ Harry fala por entre os dentes.

__ Não_ Albert levanta o queixo aristrocátlco.

__Filho, deixe-o, eles precisam conversar_ Lorde Mullingar continua a acalmá-los.

__Mas papai..._ Albert reclama.

Harry o empurra pelos ombros jogando-o contra a parede, fazendo-o se desequilibrar, Miranda entra e assiste a cena boquiaberta:

__ Eu... Vou chamá-la. Sente-se.

Harry ajeita o casaco, pronto para derrubar qualquer porta se preciso for, vê sua sogra sumir pelo corredor, senta no sofá, os ombros tensos.

__ Deseja beber algo?_ Lorde Mullingar oferece.

Harry nega com a cabeça, Albert também ajeita o casaco:

__ É uma vergonha expor Katerina a isso. Uma vergonha!_ Sai da sala a passos largos.

Harry ajeita os cabelos, olha para a porta... Nem sinal de Katerina... O medo de perdê-la lhe congela até os ossos.

Miranda encontra Katerina andando no quarto, de um lado para o outro, o rosto cheio de angustia. Se olham por alguns segundos:

__ Vá falar com teu marido.

Katerina respira fundo, subitamente decidida a recebe-lo:

__ Vou. Vou terminar com isso agora!_ O coração começa a pular no peito... Mas irá se mostrar o mais distante possível... Não importa que depois irá esvair-se em lágrimas.

Miranda observa a jovem insuportável e um tanto arredondada voltar para o corredor, a segue.

A grande porta abre, dando passagem a mulher mais linda na face da terra, Harry levanta imediatamente, desejando beijá-la até perder o ar. Como sentiu saudades da delicadeza desses traços, dos olhos castanhos e tão meigos... Porém eles o encaram frios e distantes.

__ Sir_ Katerina faz uma breve mesura.

Harry corresponde automaticamente.

__ Vou deixa-los a sós_ Lorde Mullingar levanta.

__ Mandarei servir o chá_ Lady Mullingar se retira, seguida pelo marido, um criado fecha as grandes portas.

Katerina caminha até o sofá há alguns metros dele e senta, mantendo a postura impecávelmente ereta.

Harry senta, ainda mais tenso. Por algum motivo sente a coragem abandoná-lo... Engole a seco:

__ Como estás?

__ Bem. E tu?

__ Surpreso por não encontrá-la em casa_ É quase uma tortura manter a calma, seu corpo todo grita por estar contendo tantas emoções dentro de si_ Pode me explicar por qual motivo MINHA esposa não encontrava-se em NOSSO lar?

__ Não tenho o que explicar. Nossa última conversa é explicativa por si só. Saiba que já enviei uma carta ao reverendo para saber quais medidas tomar quanto a nossa situação_ Katerina cruza as mãos com força, aparentando uma serenidade que não existe.

__ Não há medidas alguma! Voltarás para casa imediatamente. Venha, mandarei buscar seu baú depois.

__ Não irei voltar.

__ Vai sim, e será agora! Não tente me enfrentar!

Katerina força um sorriso debochado:

__ Por favor, não me faça rir! Quero o divórcio.

Harry sente a bilis amargar sua boca, seu rosto contorce de indignação:

__DIVÓRCIO? ESTÁS MALUCA? NEM POR CIMA DO MEU CADÁVER!_ Explode descontrolado, levantando-se do sofá.

Katerina não move um músculo, o olhar congelante o impede de se aproximar. Trava os dentes revoltado... Não sabe como reagir a tanta frieza, seu orgulho o impede de demonstrar o temor em que está mergulhado.

Caminha até a mesinha com várias garrafas de bebidas, segura um cálice e começa a servir uma dose de licor, desejando algo muito mais forte para beber:

__ Irás comigo. Tens um filho meu em seu ventre. Ficarás comigo até que essa criança nasça, depois decides o que fazer de sua vida_ Tampa a garrafa de vidro e vira o cálice de uma só vez.

Katerina o encara ofendida... Então é isso? Só se importa com a criança? Levanta, impassível:

__ Creio que esta conversação terminou. Passar bem_ Vira e sai, deixando a porta aberta.

Harry fecha os olhos, quase esmiuçando o cálice na mão... Deixa na mesinha e a segue, a vê Katerina entrar numa antessala, para na entrada, notando um altar com os santos que foi ensinado a adorar desde pequeno... A olha, despindo-se da arrogância:

__Kat...

__ Deixe-me em paz_ Katerina d um passo para continuar seu caminho, sente a mão quente segurar a sua, a aspereza é um contraste com sua maciez. O encara.

__Me perdõe. Eu estava errado. Eu sei que tive uma atitude imperdoável ao duvidar de..._ Se interrompe. Nega com a cabeça_ Perdão. Fui um idiota.

__ Foi mesmo.

__ Por favor, volte para casa.

__ Tu duvidaste de minha integridade, de meu caráter. Como teve coragem?

__ Não tenho justificativa pelos meus atos.

__E agora demonstra que tudo o que lhe importa é teu filho!

Harry enfia as mãos nos cabelos, arrependido:

__ Minha nossa, eu... Não estás vendo que estou tentando consertar? Não estava raciociando direito! Eu desejei pedir perdão naquele dia, mas fui obrigado a continuar a fugir. Estou arrependido!

Katerina desvencilha a mão, cruza os braços.

__Eu estou livre agora. Finalmente o tormento acabou, foi provado minha inocência, agora posso viver em paz. Mas não terei paz sem ti, carinõ.

__ Não tens ideia de como sofri nesse mês...

__Não faço, mas sei que foi pior ou igual meu sofrimento por sentir culpa por ter duvidado de ti e não poder vir me desculpar.

__Não, não se compara. Senti-me muito mal. Ainda sinto.

__Eu sei..._ Harry se aproxima, percebe que elá dá um passo para tras_ Kat, me perdoe_ Inclina o rosto sem beijá-la, sem tocá-la, acariciando o narizinho com o próprio nariz. A beija na face, segurando pelas mãos.

Katerina já não se esquiva, os olhos fechados:

__De onde tiraste essa ideia de que esse filho pudesse não ser seu?

__ Dei ouvidos à comentários maldosos, que sua mãe fez.

__Minha mãe?! Confiaste na palavra dela ao invés da minha!_ Katerina franze o cenho, indignada.

__ Eu... Te perguntei porque fiquei enciumado de Malik ter te beijado, naquele momento não raciocinei, a pergunta saiu naturalmente... Mas depois cheguei a conclusão de que és inocente. Na verdade, sempre soube.

katerina respira fundo:

__Estou cansada dessa mulher tentando atrapalhar minha vida!

__ Esqueça isso. Venha para casa comigo?_ A olha carente.

Katerina levanta o olhar, sentindo ele acarícia-la com as costas dos dedos:

__Vem?

__Porque sempre consegues o que quer de mim?_ Katerina questiona baixinho.

__Porque tu sempre, sempre consegues o que quer de mim. Somos assim, um com o outro_ Harry sorri de leve.

__Eu devia fazê-lo sofrer pelo menos mais uns dias, só para me vingar.

__Não, por favor, já sofri o suficiente! Chegar em casa e não te encontrar lá foi um dos piores sentimentos que já senti! Juro!

Se olham com carinho, Harry se inclina:

__Estou louco de saudade_ A envolve pela cintura.

__Eu também_ Katerina oferece os lábios, recebendo o beijo delicado no início, aos poucos tornando apaixonado até chegar em um nível explosivo de sentimentos, sem limites.

Harry a abraça com possessividade, a beija no pescoço, intimamente trêmulo pelo medo de perdê-la. Katerina corresponde as caricias com a mesma intensidade, desliza as mãos pelos ombros largos:

__Vamos para casa_ Concorda baixinho. O sorriso satisfeito estampado no rosto dele a enche de ternura, acaricia a barriga volumosa, surpreso por estar tão crescida.

__Gracas a Deus se resolveram!_Lorde Mulkingar aparece, aliviado por perceber a paz reinar no ambiente.

__Sim_ Katerina sorri contente.

__ Sim_ Harry encara a sogra, que entra logo após o marido_ Haja o que houver, nada pode destruir o que sentimos. Nossa família vai vencer sempre_ Olha para a esposa com adoração_ Vamos, ainda hoje mando virem buscar seu baú.

Katerina afirma com a cabeça, entrelaçando os dedos com o marido, cheia de contentamento. Caminham lado a lado em direção a saída.

Miranda Mullingar tem que usar de todo o autocontrole para não gritar de ódio... Porque eles sempre tem que se entender? O que eles tem que sempre ficam juntos no final?...

Mas lady Mullingar não é a mais descontente com isso... Albert observa, de longe, o casal subir na charrete... Não consegue acreditar em seus olhos... Agora que conseguiria se beneficiar, seu troféu desliza por seus dedos! Tem planos para Katerina e se ela voltar a ficar sob a proteção de dos Milward, não terá como manter sua palavra perante seus companheiros de jogo.

*****

Em Milward Castle, Katerina é recebida com festa pela sogra, cunhada e cunhado. Lady Anne so falta chorar de alivio.

Em seguida, o casal vai a ala exclusiva, visitar o velho lorde, porém o pobre está muito debilitado, já não a reconhece, assim como não reconhece mais a ninguem a não ser em algum momento de lucidez... O desgosto pelo escândalo com o nome dos Milward acabou por fazê-lo adoecer ainda mais.

Depois do jantar Neill informa que partirá na manhã seguinte, de volta para Londres e em seguida para a Irlanda. Irá rever seus pais e combinar o dia que as famílias oficializarão o noivado.

Tarde da noite, deitados na cama, Harry e Katerina se acariciam depois de fazer amor, conversam baixinho, o fogo da lareira ilumina o ambiente.

Harry suspira, a beija, carinhoso:

__ Sinceramente, não sei o que seria de mim sem ti.

__ Para mim também, seria horrível. Já estava morrendo de saudade, mesmo muito magoada.

Se olham com ternura, Kat o beija no queixo. Harry fecha os olhos, a abraça:

__Não quero nunca mais ficar tanto tempo sem estar contigo.

__Não podes viajar até que eu esteja boa para acompanhá-lo.

__ Não vou voltar para o mar. Deixei Ned administrando o barco, meu avô está muito doente, tenho que enfrentar as responsabilidades do condado de uma vez por todas.

Katerina afirma com a cabeça, se acomoda no peitoral, Harry a envolve pelos ombros, deslizando pela cintura, puxando-a para mais perto, fecham os olhos... Ficam escutando o estalar de madeira queimando.

__ No final, acabarás sentindo falta do mar_ Katerina volta ao assunto.

__Sim... Mas não posso continuar navegando, leva muito tempo e não poderia levá-la direto, não seria bom para o bebê e não quero ficar longe, portanto não vou mais.

Katerina afirma com a cabeça, deposita um beijinho no peitoral tatuado, fazendo-o sorrir de leve. Harry a acaricia no braço, voltam a ficar em silêncio.

Ouvir as batidas do coração dele a relaxa como se fosse uma canção de ninar... Suspira, fechando os olhos. Logo adormecem.

Os dias passam em uma velocidade absurda enquanto Katerina e Harry aproveitam a calmaria em seu relacionamento, sem dramas ou inseguranças, felizes por pela primeira vez estarem juntos sem preocupações.

Porém na pratica, há sim preocupações... Harry enfrenta a crise financeira, já que há meses seu avô não teve condições de cuidar dos negócios. Os advogados e contadores não souberam lidar muito bem com o fato de não seguirem ordens e acabaram tomando algumas decisões erradas quanto a alguns assuntos... Está abarrotado de trabalho, contas para colocar em dia, papéis para assinar, decisões á tomar, não tem tempo para mais nada, somente correndo atrás do prejuízo.

Katerina nota seu distanciamento, mas entende que é porque está preocupado em colocar os negócios em dia e mesmo sentindo a falta de atenção, tenta ser compreensiva. É dificil... Logo começa a incomodar-se com a postura cada dia mais autoritária de Harry, tenta dizer a si mesma que ele está impaciente, estressado, faz o possível manter a harmonia, mas chega a um ponto que começa a afastar-se pois não quer brigar e piorar as coisas.

O jantar de noivado de Victory e Neill foi marcado para fevereiro, porém dois dias antes de viajarem para Londres onde o jantar seria realizado, uma notícia desagradável os surpreende... O velho Lorde Milward vem a falecer.

Todos já sabiam que isso iria acontecer a qualquer momento, mas a notícia os deixa muito abalados. Harry manda uma mensagem para o cunhado explicando os motivos de adiar e relatando o falecimento.

Neill decide viajar para Milward Castle e mostrar apoio á família da futura noiva.

O enterro acontece na tarde seguinte, no cemitério da família que fica em uma colina perto da capela da propriedade. Nessa mesma tarde, Katerina sente-se muito mal, preocupando a todos... O bebe começa a dar sinais de que sua chegada se aproxima, apesar de ser um pouco cedo.

Com o susto, Harry volta a se mostrar muito atencioso, Katerina fica radiante, percebendo que apesar de elecestar distante, ainda é o mesmo Harry, carinhoso, prestativo e apaixonado de sempre.

No dia 12 de março, Katerina e lady Anne saem para fazer compras e organizar os últimos detalhes do enxoval do bebê. Kat sente todo o peso da gestação, os pés iinchados nos sapatos, o mal estar que o peso lhe causa. Ao terminarem as compras, voltam calmamente em direção ao coche que as espera. Estão ao lado do transporte quando vêem Lord Dawton vindo sorridente:

__Mas que prazer revê-las, lady Anne, lady Katerina... Cada vez mais encantadora!

__Lord Dawton, boa tarde_ Katerina tenta não ser muito seca. A maneira que ele segura sua mão e beija por cima da luva a incomoda.

__Lord Dawton, também é um prazer revê-lo_ Lady Anne responde educada_ Não repare, mas já estamos voltando para casa, Katerina está muito cansada.

__Oh, eu entendo, claro que entendo. Lady Katerina, revê-la iluminou meu dia. Milady está linda!

Katerina fica sem graça com o elogio, puxa a mão, Lord Dawton faz uma mesura:

__Boa tarde, senhoras.

__Boa tarde_ Katerina e Anne respondem.

Um criado as ajuda a subir no coche, que começa a movimentar em seguida.

Nessa mesma noite, o jantar oferecido pelos Hoggan acontece e finalmente Neill e Victory formalizam o noivado. Enquanto comentam sobre a data do casamento, Harry decide que será depois de junho, quando Victory completar 18 anos. Como sempre, todos aceitam sua decisão sem questionar... Katerina tenta disfarçar o incomodo com a situação, beberica o suco, pensativa...

A cada dia Harry se parece cada vez mais com o velho lorde. Não aceita a opinião de ninguém a não ser a dele. Esse traço da personalidade do marido vem piorando substancialmente ultimamente. Na verdade, quem tem que decidir a bendita data do casamento, são os noivos!

Uma guerra interior se instala, tenta controlar-se para não desafiá-lo na frente de todos.

Durante o trajeto de volta para a mansão, Harry nota a quietude da esposa. Não entende o por quê do mal humor... Katerina está dispersa ultimamente, até distante as vezes, mas não consegue uma oportunidade para perguntar o motivo.

Na verdade desde que voltou para a casa, quando foi buscá-la na casa dos pais, ela não é a mesma... Fica pensativa demais, as vezes perdida no próprio mundo... Não sente segurança em perguntar o que pode estar acontecendo, tem medo da resposta.

Chegando em casa, Katerina aceita sua ajuda para descer do coche, em seguida vai em direção à porta sem olhá-lo... Está contrariada? Se pergunta o que pode ter feito? Depois de ajudar a sua mãe e Victory, despede-se e vai para o quarto. Está exausto e precisa dormir uma boa noite de sono.

Para sua surpresa, Katerina não está no quarto... Abre a porta do quarto adjacente, vê a criada ajudando-a a se despir. Respira fundo... Não poderá adiar essa conversa mais nenhum minuto:

__ Nos dê licença_ Ordena á criada_Deixe que eu termino de ajudar Milady.

__Não, fique_ Katerina fala para Camile, suave.

Harry levanta uma sobrancelha, impaciente. Vai até a porta e abre, olha para Camile, autoritário.

Katerina sente o sangue subir:

__Ela vai ficar, retire-se de meu quarto por favor, preciso de privacidade.

Harry se irrita com o tom agressivo:

__O que há de errado contigo?

__Não há nada errado, só quero dormir, estou cansada.

Camile não se move, fiel a sua senhora, recebe um olhar ameaçador de milorde, engole a seco, aguardando ser dispensada.

Katerina empina o queixo orgulhosa:

__ Sir, espere no outro aposento quando eu terminar eu lhe procuro.

Harry solta a porta com um estrondo, anda até a porta compartilhada, abre e sai do quarto.

Katerina se mantém em silêncio até estar devidamente vestida com a camisola, Camile arruma seu vestido cuidadosamente no baú.

__Obrigada, Camile, boa noite.

__Boa noite, Milady_ Camile se retira. Mal fecha a porta, Harry entra no quarto.

__Como ousa me enfrentar na frente dos criados?

__Como TU ousa dar ordens a minha criada pessoal como se tivesse mais autoridade sobre ela do que eu.

__Porque tenho?!

__Não, não tem, nem todos nessa casa tem que te obedecer como ovelhinhas, estás insuportável!

__Eu estou insuportável?!

__Sim, estás! E isso está me incomodando.

__Katerina...

__Manda e desmanda em tudo como se fosse o dono do mundo, mas já parou para pensar por um minuto que o mundo não gira ao seu redor?

__Do que estás falando?

__A data do casamento de tua irmã, por exemplo, são eles quem tem que decidir! Não Tu!

__Ah, é isso? Achas que é certo ela se casar tão repentinamente?

__Não tenho que achar nada, eles se amam e serão obrigados a aguardar o dia que tu acha ser o mais conveniente para se casarem! Que absurdo!

__ Tudo tem um tempo, Katerina, não quero ouvir comentários maldosos por causa de correria!

__Eles se amam!

__ Mas não é o adequado...

__Ai, cale-se, não me venha com essa ladainha de "o adequado"! Estou cansada desse seu argumento, "O adequado, comporte-se adequadamente". Pare! Esse não é o Harry que conheci!

__Não ouse se dirigir a mim dessa maneira, Katerina!_ Harry fala por entre os dentes, passa uma mão no cabelo tentando se manter calmo_ O Harry que conheceste era um moleque irresponsável sem regras, perdido no mundo. Agora é diferente, tenho muitas responsabilidades, faço parte desse mundo agora e querendo ou não, tenho que me comportar devidamente.

__Que decepção!

__ Querias que eu me comportasse como? Tenho contas a dar para as pessoas ao meu redor, acho que não tens muita noção da diferença que é estar presente em reunião de negócios, saber que tantas pessoas, tantas famílias dependem de ti, que se fizeres algo errado alguém pode sofrer as consequências, como passar fome por falta de pagamento, por exenplo. Fui obrigado a amadurecer!

__ Estás te comportando exatamente como teu avô! Autoritário! Prepotente!

__Só estou tentando dar o meu melhor.

__Não! Estás sendo injusto e...

__Injusto? Que injustiça cometi?

Katerina sente um mal estar, vira de costas:

__Chega dessa discussão, nunca irás assumir que estás errado.

__Porque não estou.

Katerina trava o maxilar, respira fundo:

__ Me dê licença, quero dormir.

__Não comece. Irás dormir comigo, em nossa cama.

__Vou dormir onde bem entender, pelo menos nisso tenho direito de decidir, saia.

Harry a encara incorformado. Caminha até a cama e arranca o cobertor, os lençóis, sob o olhar chocado dela, empurra o colchão e joga de lado:

__Pronto, agora irás dormir na NOSSA cama.

__Ora seu, seu...INSUPORTÁVEL! SOME DA MINHA FRENTE! NÃO SOU TUA CRIADA, NÃO SEREI OBRIGADA A NADA! SAIA DO MEU QUARTO! INFELIZ!

__PARA DE SER CRIANÇA, KATERINA.

__EU NÃO VOU DORMIR CONTIGO, NÃO QUERO OLHAR EM TUA CARA!

AH, VAI SIM! DEVES...

__SE DISSERES QUE LHE DEVO OBEDIÊNCIA VOU LHE SOCAR O NARIZ!_ Katerina move o punho no ar, enfurecida.

__KATERINA!

__BASTA, CANSEI DESSA TUA ARROGÂNCIA! VOU FAZER O QUE QUISER, NA HORA QUE QUISER E COMO QUISER, CANSEI DE ABAIXAR A CABEÇA E FINGIR QUE NÃO ME INCOMODO EM VER O TRATAMENTO QUE ME DISPENSAS!

__QUE TRATAMENTO? TENHO TENTADO TE TRATAR DA MELHOR MANEIRA POSSÍVEL.

__NÃO, NÃO TEM! TU ORDENAS E EU, IDIOTA OBEDEÇO PARA NÃO ENTRAR EM ATRITO, DEIXEI DE LADO QUEM SOU PARA CONVIVER BEM CONTIGO, MAS AGORA CHEGA! PARA MIM BASTA!

__ TU NÃO DÁ VALOR A NADA DO QUE ESTOU FAZENDO POR NOSSA FAMÍLIA, POR NÓS!

__DOU SIM, TANTO QUE TENHO SUPORTADO ESSA SITUAÇÃO, CHEGUEI A IGNORAR O FATO DE TE OUVIR DIZER QUE NÃO SOU IMPORTANTE, QUE NOSSO FILHO É O UNICO QUE TE IMPORTA!

___JESUS CRISTO, QUANDO EU DISSE ISSO?

__QUANDO FOSTE ME BUSCAR NA CASA DOS MEUS PAIS, EU IGNOREI PORQUE SOU UMA ESTÚPIDA, ESTAVA DOENTE DE SAUDADES, MAS DOEU EM MIM OUVIR ISSO!

__MENTIRA, EU NUNCA DISSE ISSO!

__DESGRAÇADO, NÃO ME CHAME DE MENTIROSA, COMO OUSA?_katerina anda até ele, encarando-o de perto_ " TU CARREGAS UM FILHO MEU EM SEU VENTRE, VAI FICAR COMIGO ATÉ QUE ELE NASÇA, DEPOIS DECIDES O QUE FARÁS DE TUA VIDA". NÃO TE LEMBRAS DE TUAS PRÓPRIAS PALAVRAS?

Harry a encara chocado, enfia uma mão nos cabelos, confuso:

__Eu... Estava nervoso e magoado por não ter te encontrado em casa...

__ DANE-SE, NÃO QUERO SABER O QUE ESTAVAS SENTINDO, NÃO TIVESTE MÍNIMA CONSIDERAÇÃO COMIGO, E DESDE ENTÃO CONTINUA COM A MESMA ATITUDE!

__KATERINA, PELO AMOR DE DEUS, QUE ATITUDE? EU NÃO FIZ NADA!

__EU AGUENTEI DEMAIS, DEVIA TER CORTADO NO PRIMEIRO MINUTO, TU PODES SER PREPOTENTE COM QUALQUER PESSOA, CLARO QUE ME INCOMODO MAS TOLERO, AGORA COMIGO NÃO! EU EXIJO RESPEITO!

__ EU NUNCA TE DESRESPEITEI!

__AH CLARO, SUAS PALAVRAS NAQUELE DIA FORAM SUPER RESPEITOSAS, ISSO QUE FIZESTE COM MINHA CAMA FOI SUPER RESPEITOSO, ADMIRÁVEL! FORA OUTRAS COISAS QUE VENHO AGUENTANDO NESSES ULTIMOS MESES!

Harry a olha irritado, se aproxima do colchão e ajeita na cama violentamente, agarra as roupas de cama, joga em cima com brutalidade:

__Pronto, faça o que quiser...__

Abre a porta e sai, batendo com força.

Katerina olha para a porta, magoada e furiosa ao mesmo tempo:

__BASTARDO, TUDO O QUE EU QUERIA ERA UM PEDIDO DE DESCULPAS!_ Agarra a lamparina e joga contra a porta, assistindo o objeto espatifar, tudo fica escuro... Olha para o nada trêmula, lágrimas nos olhos, olha para a cama revirada, coloca as mãos no rosto não conseguindo evitar que as lágrimas deslizem... Sente outro desconforto na barriga, o bebê parece agitado!

Uma batidinha e a porta abre, Victory aparece com um olhar preocupado. Se abraçam:

__Vem dormir em meu quarto, Kat..._ Vic fala carinhosa.

__Vou, seu irmão destruiu o meu_Desaba, magoada.

Lady Anne aparece, olhando para a nora compassiva:

__Acalme-se minha querida, estás sensível por causa da gestação. Tente entender que Harold está muito estressado com tudo.

Katerina não responde... É logico que lady Anne iria tentar justificar o comportamento desnecessário do filho.

Anne a beija no rosto, Katerina entra no quarto de Victory, se deita, as lagrimas escorrendo silenciosamente.

Harry arruma a cama bruto, deita e fica ollhando para o teto,engolindo o choro, remoendo a discussão... Levanta de supetão, sentindo-se como bicho enjaulado, passa as mãos nos cabelos, irritado... Não vai conseguir dormir.

Veste-se rapidamente e sai, decidido a ir ao clube, espairecer um pouco.

CAPÍTULO 58

Albert observa seus companheiros de jogo, uma nuvem de embriaguez o mantém pouco lúcido... Já não o deixam mais participar por não estar raciocinando direito, Lorde Dawton se aproxima, falando baixinho:

__Vá para casa, Mullingar, tua situação é vergonhosa. Não vou mais bancar teu vício até que tenha nas minhas mãos o que combinamos.

__Eu vou cumfrir minha falavra, milorgi_ Albert fala enrolado.

__Vai? Como? Ela continua muito bem casada com Milward.

__Eu sei, eu sei, mas fou cumfrir minha falavra.

__Não minta, rapaz, me deves uma fortuna, acabará pagando com a vida!

__Não, não sir! Me dê mais um mês, ela ainza essá gessanxi! Zefois que ganhar o bebê, eu fromeso que vou cumfrir o combinazo.

__Espero que cumpra mesmo. Eu a vi hoje, linda como um anjo, mesmo grávida e um tanto inchada, não vejo a hora de tê-la para mim sem aquela deformidade no corpo. Eu definitivamente a quero. Ela será minha, tu ajudando ou não.

__Eu vou ajuzar, sens minha falavra.

__Muito bem... Mas não espere que eu continue te bancando, o que gastaste nos ultimos meses já paga pelos seus serviços.

Albert afirma com a cabeça, vê seu cunhado, o Conde Milward entrar na porta e se dirigir até o bar, pedindo uma bebida... Agarra o braço de Dawton:

__Ali essá seu ofonenxe. Lorze Milward.

Dawton olha com despeito para o conde... É jovem, bem apessoado... Não teria chances se fosse tentar conquistar Katerina, o rapaz tem, definitivamente, tudo o que encanta as mulheres. Levanta e agarra Albert pelo ombro, saem despercebidamente... Não podiam despertar nenhuma suspeita e não deixará Albert naquele estado ali, ele pode dar com as línguas nos dentes.

Harry volta para casa já altas horas da madrugada, um estado de embriaguêz severa, mal se mantendo montado no cavalo. Francis percebe o estado de seu senhor, o ajuda a desmontar e o guia com a ajuda do filho para o quarto. O deixa na cama em sono profundo... Praticamente na mesmo momento, Katerina desperta sentindo dores horríveis, a cama molhada com uma mistura de líquido e sangue.

Victory levanta de um pulo, meio desesperada, corre até o quarto de sua mae, bate na porta:

__Mãe! Abre! É urgente!

Anne abre quase de imediato...

__Mãe, Katerina está com dores, toda molhada e sangrando...

__Meu Deus! Ela está parindo o bebê!

__Mas não é tempo ainda!

__Eu sei!

Anne toca o sininho, corre para o quarto ao lado, encontra katerina se contorcendo na cama:

__Minha nossa, isso doi demais!

__Aguente querida, vou mandar chamar uma parteira.

__Aaaaai!_ Katerina levanta a cabeça do travesseiro, agarrando o lençol, uma criada aparece, lady Anne se vira:

__ Beth, procure Lissandre, te lembras onde ela mora?

__Sim, milady.

__Diga que é urgente.

A criada sai andando apressada, lady Anne acaricia o rosto de Katerina:

__Vai dar tudo certo, minha querida, tudo certo...

__Mas não está na hora ainda!_ Victory repete.

__Meu bebê não pode nascer agora!_Katerina ofega de dor.

__Vamos rezar para que ele venha com saúde_ Lady Anne tenta se mostrar calma apesar da explosão de insegurança... Fica imaginando onde Harry possa estar nesse momento.

Horas mais tarde.

Harry acorda um pouco desorientado, uma neblina na memória... Lembra basicamente de ter voltado para casa quase caindo do cavalo e depois subiu as escadas com muita dificuldade com a ajuda de alguém... Levanta a cabeça, percebe que está vestido e calçado em cima da cama, senta e passa a mão no rosto, uma careta preenche seu rosto, sua cabeça parece que vai explodir! O sol já está alto, ouve barulhos estranhos, gemidos... Gemidos? Se concentra, reconhece a voz de Katerina, levanta de um pulo, dois passos largos, abre a porta e depara com duas criadas, uma leva lençóis sujos de sangue, outra vem com bacia com água, uma película leve de fumaça indica que o líquido está quente, ouve os gemidos de dor mais claramente:

__O... O que está acontecendo?

Camile para de frente com o quarto de lady Victory, segurando a bacia, olha para milorde:

__Milady entrou em trabalho de parto.

Harry sente o corpo gelar:

__Como? Não é a hora ainda! Desde quando?

__Depois lhe informo milord, estão precisando dessa água com urgência.

Harry anda até a porta, Camile abre, dando um vislumbre do quarto, vê uma mulher sentada na beira da cama, Katerina deitada, não consegue ver-lhe o rosto. Faz menção de entrar, sua mãe aparece na porta:

__Acordou? Até que enfim!_ A voz soa como repreensão.

__Mãe, como ela está?

__ Bem e tu não podes entrar.

__Mas eu quero vê-la!

__Não, Harry, aqui não é lugar para homens.

__Mãe, eu quero vê-la, me dê licença!_Harry força a passagem.

__ Estás fedendo, vá se banhar, pelo menos para aparecer apresentável!

Harry olha para a cama outra vez, ouve os gemidos de Katerina ficarem mais intensos, começa a se desesperar.

Anne o empurra para fora:

__ Licença, filho.

Harry vê a porta fechar em sua face, vira e volta para seu quarto, toca o sino. Alec aparece:

__ Pois não, Milord.

__ Prepare um banho para mim imediatamente, pode ser com água fria mesmo.

__Sim, milord_ Alec faz uma mesura e faz menção de se retirar...

__ Espere! Envie também, uma mensagem para Mullingar House avisando as novas.

Alec afirma com a cabeça e se retira.

Harry cobre o rosto com as mãos querendo cobrir os ouvidos por não aguentar ouvir Katerina sofrer e não poder fazer nada.

Quase uma hora depois, Harry aparece de frente com a porta do quarto, dá uma batidinha... Já se banhou, fez a barba, o cabelo bem penteado... Anne atende, deixa-o entrar. Dois passos adentro, Katerina levanta a cabeça, observando-o se aproximar, o rosto delicado demonstra irritação:

__Não! Sai daqui!_ A mágoa por ele demorar tanto para vir vê-la a dilacera quase tanto quanto a dor que está sentindo há mais de oito horas.

__Kat..._ Harry começa.

__Mande ele SAIR!_ Katerina se altera com mais uma contração vindo com força total_ SAAAAI!

Harry sente uma dor sem fim no peito pela rejeição.

Anne encara o filho, preocupada:

__Filho, vá por favor.

__Mas...

__Nada de mas, ela está sofrendo há mais de 8 horas, não vamos deixá-la ainda mais perturbada.

Harry vira e sai cabisbaixo, ouve a porta fechar atrás de si, encosta na parede e cobre o rosto com as mãos, não consegue raciocinar... A única coisa que tem certeza é que ainda é cedo para o bebê vir ao mundo.

As próximas horas são desesperadoras, Harry não sente vontade de se alimentar, não sai do corredor um só minuto, frustrado por ser o unico que não tem acesso ao quarto... Victory também está dentro do quarto, nem ao menos lhe faz companhia, dando algum apoio emocional. Perde a conta de quantas vezes as criadas saem com lençois sujos de sangue, com bacias com água também sujas de sangue, voltam com lençóis limpos e bacias com água fervente limpa.

As horas vão se arrastando, se vê tomado pelo pavor, os gemidos de Katerina só pioram, não aguenta ouvi-la lamentar a dor! Senta no chão e encolhe as pernas, apóia os braços no joelho e a nuca na parede, esperando e esperando e esperando...

Quando é tarde da noite, já está a ponto de explodir de desespero, afinal, ninguém lhe informa de nada, sua mãe e Victory continuam no quarto, no momento um silêncio predomina. Ouve Katerina urrando ao fazer força, silêncio outra vez, separados por segundos. Os minutos não passam, pode ouvi-la chorar baixinho as vezes e voltar a fazer força outra vez, as vezes e só lamentos com a voz cansada.

Depois de quase uma hora nessa situação, um chorinho de bebê um tanto fraquinho preenche o quarto. Harry encosta a nuca na parede sorrindo emocionado, agradecendo por esse milagre.

Katerina delira de leve tentando fugir da dor, faz força mais uma vez... Há horas a parteira diz que está acabando mas nada de acabar, sua sogra e cunhada tem os olhos vermelhos de tanto chorar por vê-la sofrer.

Mais uma tentativa, sente um ardor na virilha e ouve o chorinho fraco que logo para, levanta a cabeça querendo ver o bebe, a ajudante da parteira leva para longe, a olha rapidamente:

__ É uma menina.

Katerina sorri e deita a cabeça no travesseiro exausta.

Lady Anne e Victory se aproximam da bebê, a parteira e a ajudante trocam olhares preocupadas... Se percebe que a neném respira com dificuldade. Terminam de limpá-la e trazem para Katerina, que a segura nos braços:

__ Ela está bem? É saudável?

__ Milady, não vamos mentir, sua bebê está com problemas na respiração por ter vindo antes do tempo. Aproveite bastante, pois não sabemos se ela irá sobreviver.

Katerina olha para a bebezinha, os cabelos castanhos muito lisinhos, os olhinhos fechados, se percebe a respiração rápida e irregular. Levanta o olhar para Anne, querendo chorar, Victory não suporta a situação, sai do quarto chorando.

Harry a intercepta:

__O que está havendo? Já nasceu, não é? Eu ouvi!

__Nasceu. É uma menina mas não sabemos se irá sobreviver.

__Como não??

__Harry, ela está com a respiração irregular, não consegue puxar oxigênio o suficiente.

Harry não se conforma:

__Não, ela é forte igual a mãe, igual ao pai, vai sobreviver sim!_ Abre a porta, as mulheres terminam de arrumar Katerina, que ficará de observação nas próximas horas.

Katerina observa a bebê em seus braços muito fraquinha, pequenina e debilitada, passa as mãos nos cabelinhos gravando o rostinho na memória, seu coração não aceita a possibilidade de perdê-la. Não quer esquecer aquele rostinho nunca mais.

A porta abre, vê Harry entrar, o olha com desprezo:

__Não te quero aqui.

__Kat...

__Se algo acontecer à minha filha será culpa tua!

__O que? Como...?

__Eu entrei em trabalho de parto por tua culpa, por ter passado nervoso. Sai daqui.

__Katerina_ Lady Anne tenta argumentar, Katerina encara a sogra:

__Mande esse homem sair.

Harry engole a seco, magoado, vira e sai, ainda mais chocado por tanta frieza.

Lady Anne se aproxima:

__Ele é o pai, precisa ver a filha. Deixe-me levar até ele.

Katerina olha para a bebê olha para Lady Anne, que se inclina, segurando o pequeno embrulho de cobertores, caminha até a porta e sai.

Kat abaixa a cabeça e deixa as lágrimas deslizarem, chorando baixinho. O temor de perder a filha a deixa ainda mais sem forças.

A parteira e sua ajudante tentaram acalmá-la, mas não há nada que a acalme.

Após estar higienizada, deita olhando o vazio, espera lady Anne voltar com a bebê... Acaba dormindo, não aguentando o cansaço.

Harry observa sua mãe sair com o pequeno embrulho nos braços, se aproxima, olha para o rostinho da bebezinha, inchadinha, percebe que ela realmente tem dificuldade para respirar, sente lágrimas subirem aos olhos, uma sensação de culpa por tudo. Segura a bebê com alguma dificuldade, sem prática para segurar alguém tão pequeno e delicado, sua mãe tenta confortá-lo, parece conformada com o pior... Caminha lentamente em direção à seu quarto e senta na cama, fica vários minutos olhando cada detalhe do pequeno serzinho em seus braços, aos poucos vai se acalmando, ainda com um fio de esperança que ela possa sobreviver.

Algum tempo depois, levanta e volta para o quarto de Victory, os criados preparam o banho de Katerina. Se aproxima e senta na beira da cama, coloca a bebê deitada com muito cuidado, observa a expressão de extremo cansaço de sua esposa, ainda pálida, os cabelos um desgrenhados... Acaricia os fios rebeldes, inclinando-se, e a beija delicadamente... Fica observando-a adormecida, assim como a bebê. Gostaria de esperá-la despertar, então escolheriam um nome para a pequena... Ainda não tinham entrado em um consenso.

Camile se aproxima:

__Milord, vou acordar milady para ajudá-la a se banhar...

__ Uhm... Acho melhor eu sair, não quero aborrecê-la agora.

Camile afirma com a cabeça.

Harry olha para a bebê mais uma vez, acaricia a cabecinha, o coração doendo ao vê-la respirar com tanta dificuldade, levanta e sai do quarto.

Katerina desperta com a voz doce de Camile chamando-a, olha para os lados procurando a bebê, a encontra a seu lado, segura a mãozinha, sorri carinhosa:

__ Olááá...

__ Venha, milady, vou ajudá-la no seu banho, logo, logo esse anjinho vai querer mamar.

Katerina levanta com muita dificuldade mesmo sendo ajudada, anda devagarinho até a banheira, entra, Camile a ajuda a se banhar, lavando seus cabelos, tirando o excesso de sangue de sua pele, ao finalizar, a ajuda a levantar, a veste com uma camisola enquanto outras criadas preparam a cama.

Katerina respira fundo, se inclina e segura a bebê:

__Vou para o quarto onde fica o berço.

__ Eu a acompanho_ Camile concorda.

As duas saem para o corredor, caminham até o quarto principal, entram... Não há ninguém ali.

Katerina senta na cama, retira o seio e oferece para a filha, que pega com alguma dificuldade, mama com mais dificuldade ainda, não conseguindo ingerir direito por causa da falta de ar. Ver a luta da filha pela vida a entristece, volta a chorar silenciosamente, já contando com a perda...

De repente, em poucos minutos, percebe que conforme ela mama, a respiração vai se tornando regular, o peitinho já não sobe e desce rapidamente como antes, se enche de esperanças:

__Diga a milorde que dormirei aqui. Arrume o quarto adjacente para ele ficar.

Camile afirma com a cabeça e se retira, Kat acaricia a cabecinha:

__Angel_ Sorri carinhosa_ Esse nome soa perfeito.

Percebe que a bebê adormeceu, levanta e a deixa no bercinho, volta para a cama e cai em sono profundo.

*****

Albert perambula muito próximo à mansão dos Milward, já recebeu a notícia em seu quarto de hospedaria, de que lady Milward, a jovem futura condessa teve o bebê, uma linda menina... Ordenou a um dos criados da casa para avisá-lo quando acontecesse, fingindo uma preocupação de irmão, o rapaz lhe avisou algumas horas atrás sobre o nascimento.

Dawton lhe passou todo o plano na manhã desse dia, agora o colocará em prática.

Para sua felicidade, quando chega no portão, reconhece o coche de seus pais desatrelado, sua mãe com certeza lhe ajudará. Esconde um pacote no canto da entrada.

Harry fica acordado até mais tarde para receber o sogro e a sogra, Albert chega logo em seguida a eles, como é de madrugada e não querem incomodar Katerina, se recolhem para dormir. Harry percebe a exaustão tomar conta de seu corpo, entra no quarto, agradece ao ver a cama, perfeitamente organizada, tira a roupa e deita, adormecendo quase imediatamente.

Albert para de frente ao quarto em que sua mãe está hospedada, dá uma batidinha na porta sinalizando que aguarda ali fora. Sua mãe já esta ciente de que iria procurá-la pois a avisou discretamente pouco depois que se encontraram.

Assim que todos dormiram, foi lá fora pegar o embrulho, entrou de volta na mansão e foi direto para os aposentos onde seus pais estão hospedados.

Miranda Mullingar não demora a atender, abre a porta e sai do quarto, fechando atrás de si, o olhar interrogativo.

__Mamãe, por. favor, entre comigo no quarto de katerina? Preciso de sua ajuda para trocar os bebês. Prometo que depois te explico_Albert sussurra.

__Como assim, trocar os bebês meu filho?_ Lady Mulingar também sussurra.

__ Depois lhe explicarei tudo, mas por hora, Katerina precisa pensar que a bebê morreu.

__ Para que?!

__ Para que sim, vou entregar a menina a outra pessoa que tem interesse em manter Katerina cativa. A unica maneira de conseguir é tendo posse da filha dela.

Miranda Mullingar não entende muito bem o filho mas sabendo que isso iria machucar Katerina, aceita.

Os dois andam pelos corredores da mansão com a ajuda de uma única vela para iluminar o caminho, entram no quarto onde Katerina dorme, ela está na cama inerte.

Se aproximam do berço. Albert tira do embrulho outro bebê sem vida.

Miranda olha horrorizada:

__ Onde conseguiste isso?_ Sussurra.

__ No povoado. Assim que soube que katerina tinha ganhado uma menina, fui até lá procurando por natimortos, não é difícil de encontrar esse tipo de coisa por lá_ Albert sussurra no ouvido da mãe.

__Que horror!

Miranda Mullingar segura a bebê com vida no colo, reconhece traços de Katerina na criança, assim como traços de Harry, torce o nariz, despeitada, a enrola no próprio xale para mantê-la aquecida.

Albert coloca a outra bebê no berço, arrumando-a entre o cobertor, distante, sem emoção. Essa criança faleceu há algumas horas, ouviu os rumores sobre o falecimento pouco depois de saber do nascimento de sua sobrinha. Um plano nasceu em sua mente, decidiu arriscar.

Ao chegar na casa enlutada, os pais até estranharam seu pedido, mas ao oferecer dinheiro pelo corpo, aceitaram de imediato, a quantia foi irresistivel demais e qualquer dinheiro é válido para essas famílias pobres.

Albert vira e sai, seguido por sua mãe, andam até o pátio deserto. São duas da manhã e todos continuam dormindo. Se despede de sua mãe, prometendo mais uma vez explicar tudo à ela depois e some no meio da neblina com a sobrinha nos braços.

Miranda volta apressada para seu quarto, procura algum traço de consciência pesada mas não encontra, afinal, é só uma mãe ajudando o filho, e a criaturinha irá morrer logo mesmo, a pobre mal consegue respirar!

Deita na cama e sem nenhuma dor na consciência, logo adormece.

Katerina acorda e percebe que já amanheceu, senta na cama de supetão, estranhando o fato de Angel ainda não ter chorado nem pedido para mamar. Levanta da cama e vai até o berço, se inclina para pegar a bebê enrolada no cobertor, percebe algo estranho, seu coração falha algumas batidas... Afasta o cobertor de uma vez e percebe que está morta, o grito de desespero parece estar preso na garganta, desaba em lágrimas, o coração parece definhar no peito, sangrando... Por quê? Sua pequena Angel... Porquê?

Levanta o corpinho, tentando trazê-la de volta mas... Está gelada, a cor da pele meio acinzentada... Não aguenta a dor, a deita com carinho no berço, acaricia a cabecinha...

De repente se dá conta de que... Está diferente... Os traços de Harry não estão ali... Essa criança não é sua bebê! Os cabelos castanhos, o rostinho, é diferente!

O grito engasgado toma força, inundando o quarto de canto a canto.

Harry abre a porta assustado:

__Kat?

__ESSA.... ESSA. N... N.. NÃO É... NÃO É MINHA BEBÊ!

Harry percebe o corpinho inerte no berço, engole a seco, desejando gritar de dor, mas sabe que precisa se manter forte por Katerina.

__Carinõ, eu sinto muito...

__NÃO É! NÃO É NOSSA BEBÊ, NÃO É!_ katerina gesticula, apontando para o berço desesperada.

Harry percebe os maneirismos desequilibrados, os olhos castanhos aterrorizados, sente o coração em pedaços... Acabou de perder a filha, não quer perder sua katerina!

__ Carinõ!

__ NÃO!!!_ Katerina grita, avança no berço, querendo se livrar da pequena imagem, Harry a segura pelos ombros:

__Amor, por favor, seja forte!

Anne e Victory entram no quarto, Katerina se desvencilha dos braços do marido:

__Não é minha bebe...NÃO É MINHA BEBÊ! TIREM ISSO DAQUI, TIREM DAQUI!!_ Katerina grita deseperada, tremendo-se a ponto de um araque de nervos.

__ Kat, reage!_ Harry começa a se desesperar com aquela atitude.

Victory se aproxima e percebe o bebê acinzentado, morto, solta um gritinho agudo, doloroso, cobre o rosto com as mãos. Anne se aproxima e a abraça, tentando se manter firme.

Katerina corre para a porta, sai, parecendo sem rumo:

__ONDE ESTÁ? ONDE ESTÁ?

Lady Mullingar vem da ala amarela, curiosa para assistir a cena dramática, Katerina a vê, o odio a invade, avança:

___ TU! FOSTE TU, ONDE ESTÁ?_katerina a estapeia, a soca selvagemente.

Miranda tenta se defender com os braços:

__ MENINA, O QUE É ISSO, ESTÁS LOUCA?

__ MINHA FILHA, EU QUERO MINHA FILHA!

__MEU DEUS, KATERINA!_ Oliver Mullingar se mete no meio tentando conter a filha.

Harry intervém, tentando segurá-la, mas ela está tomada pelo ódio, pelo desespero, acaba batendo no próprio pai com o intuito de acertar lady Mullingar.

Harry a agarra, Katerina se debate, esperneia, uma bagunça de cachos no rosto ruborizado pelo esforço, deixando-a ainda mais assustadora. A arrasta dali, tentando acalmá-la:

__Katerina, por favor!_ A imobiliza.

Katerina se vê presa contra o corpo forte, ofega exausta:

__Harry, aquilo não é nossa filha, eu gravei cada detalhe do rostinho dela, trocaram...!

__ Isso é um absurdo, se contenha, recém nascidos são todos iguais!

__NÃO, NÃO SÃO, NÃO ENTENDES? ACREDITE EM MIM, POR FAVOR! ACRED..._ katerina sente a cabeça girar, tudo fica escuro.

Harry percebe ela desfalecer em seus braços, a suspende no colo e a leva de volta ao quarto:

__CHAMEM UM MÉDICO!

No quarto, a deixa deitada na cama, observa o rosto delicado, pálido igual um papel, já não tem no rosto nenhum traço do rubor anterior. A segura no pulso e checa os batimentos cardíacos, estão agitados apesar de estar desacordada.

Levanta e olha para a mãe e irmã, que o seguiram todo o tempo, olha de relance para a filha no berço, o rostinho angelical acinzentado sem nenhum sinal de vida... Morde o lábio inferior, o coração apertado, se deixa cair sentado na cama, os braços apoiados nas bordas do berço, desabando e escondendo o choro inconsolável... Segunda vez que lhe foi tirada a doçura de ser pai, e dessa vez é o maior culpado.

CAPÍTULO 59

Já se passaram horas desde os acontecimentos, lady Mullingar tem hematomas no rosto, pescoço e braços mas mesmo assim, sua expressão demonstra muita satisfação. Pela primeira vez se sente vingada por tudo o que aturou... Albert voltou há algum tempo e explicou todos os porquês. Mesmo sabendo que é errado, se diverte com o futuro cruel que espera katerina... Todo sofrimento é pouco para aquela desgraçada.

No momento espera ansiosa o desenrolar dos acontecimentos.

Harry fixa o olhar lá fora da janela, no nada. O dia nublado serve como um mísero conforto ao seu estado de espírito... Acabou de dispensar o médico e, do alto de sua covardia, já deu ordens para enterrarem a bebê... Não iria suportar estar presente e não quer que Katerina acorde e tenha outra crise.

A desconfiança de que Katerina tenha perdido a razão ao não suportar a perda da filha permanece, espera de coração que esteja errado, não consegue imaginar a própria existência se Katerina se perder na loucura.

Sente Neill parar a seu lado, presente como um amigo fiel... Tinha chegado depois do almoço e se mantém atencioso, prestativo, querendo ajudar de alguma maneira nem que seja dando apoio emocional.

Suspira, olha para Katerina, incorformado... A culpa terrível por tudo o que aconteceu está o dilacerando... Se não tivessem discutido, ela não teria se alterarado e entrado em trabalho de parto antes do tempo... Caminha até a cadeira, senta, velando o sono dela, um vazio o incomoda. Queria tanto acordar e perceber que foi só um pesadelo!

Katerina desperta devagar, olha para o teto, aos poucos vai raciocinando, senta na cama.

__Harry, nossa bebê...

__Eu sinto muito amor.

__Não! Não sinta! Aquela não é...

__Pare Katerina. Aceite os fatos, era nossa filha sim e ela não está mais entre nós.

__Não! Não era, confie em mim! Minha mãe deve ter trocado as crianças para me atingir!

__ Amor, reage, não piore as coisas.

__ QUEM PRECISA REAGIR ÉS TU! PORQUE NÃO CONFIAS EM MIM? OUÇA O QUE ESTOU FALANDO!

__Se acalme. Isso não faz sentido, não tem como...

Katerina pula da cama:

__ NÃO SEI COMO AQUELA BRUXA FEZ, MAS ELA FEZ HARRY! ELA TROCOU OS BEBÊS!

Harry a encara, impotente, concluindo que também perdeu a esposa. Está agindo como louca.

Katerina se aproxima dele:

__ Confie em mim, por favor?

__ Carinõ... Estás em negação! E assumo, a culpa é minha.

__ É mesmo, a culpa é sua! Fiquei nervosa e Angel veio mais cedo! Fora sua ausência enquanto eu sofria!

__ TU NÃO PERMITIU, KATERINA!

__ CLARO, DEPOIS DE EU JÁ TER SOFRIDO POR HORAS?! EU NÃO PRECISAVA MAIS DE SUA PRESENÇA! ÉS O CULPADO POR TUDO, MAS NOSSA FILHA ESTÁ VIVA! EU SINTO ISSO, EU SEI DISSO!

Harry a encara sem saber o que dizer, sem saber como agir... Ela enlouqueceu! Perdeu a razão! Não suporta ficar no quarto, sai pela porta, caminhando pelo corredor, desce as escadas, corre em direção a saída... Precisa sumir dali! Mas não tem pra onde fugir! A realidade o estapeia na face... Está perdendo tudo o que ama!

Senta nos degraus da entrada da mansão, derrotado, sem se importar com os olhares dos criados, fica ali, mergulhado no desespero silencioso.

Katerina observa Neill seguir Harry porta afora, olha ao redor do quarto, sem saber o que fazer... Caminha de um lado para o outro, presa em seus pensamentos... Como fará para acreditarem? Onde estará sua bebê? Olha para a porta... Precisa fazer alguma coisa!

Sai do quarto o mais rápido que seu estado lhe permite, cruza o corredor e desce as escadas, ouve vozes... Vai até a sala, olha para Miranda:

Maldita, onde está minha filha?

__ Estás louca menina? Não tenho ideia do q...

__ Eu vou te matar_ Katerina rosna por entre os dentes, pulando para cima do sofá onde a madrasta está sentada, a agarra pelo pescoço, sufocando-a com toda força que lhe resta.

Tudo se torna uma confusão, a gritaria de lady Anne implorando que pare, Victory chocada, gritando por ajuda, Lorde Mullingar e Albert tentando afastar a luta. Os criados correm e agarram Katerina, retirando-a de cima de lady Mullingar, a seguram pelos braços e pernas, Katerina grita e se debate selvagemente.

Harry entra correndo, encontrando Neill no meio do corredor, vindo afobado, correm até a confusão... A imagem que vê o deixa chocado, paralizado. Os criados levam Katerina enquanto ela parece uma onça selvagem enfurecida.

Miranda Mullingar tosse muito enquanto recobra o folego:

__ Minha nossa senhora, Katerina terá que ser internada, está fora de si! Se ela continuar violenta não vejo outra saída.

Harry esconde o rosto com as mãos, se nega a pensar nessa hipótese. Precisa de uma bebida forte!

Se afasta do amigo, precisa ficar sozinho... Praticamente se arrasta até o escritório, procurando anestesiar os sentimentos, bebe até sua mente apagar completamente...

****

Três dias se foram, o vazio do lado de fora da janela aumenta a tristeza que Katerina mergulhou. Seus seios doem, explodindo de tão cheios de leite e a varanda parece pouco aconchegante nesse momento... Se obriga a esvaziar os seios fazendo movimento com as mão e pedindo a Deus que não pare de produzi-lo, para quando Angel voltar... Sua fé está acabando... Há três dias sua bebezinha desapareceu.

Aquela bruxa foi embora há mais de 36 horas e não falou nada sobre o sequestro, mas sabe que ela está envolvida.

Todos da casa a olham como se fosse uma débil mental por continuar afirmando sua certeza que Angel vive, Harry a evita, não o vê todos esses dias e isso também doi como ferida aberta. Se ao menos ele confiasse em suas palavras...

Puxa a trança para frente e fica enrolando nos dedos os cachos da ponta, respira fundo cansada... Mesmo querendo se manter positiva, é obrigada a pensar na possibilidade de Angel não estar mais viva, pois não nasceu saudável e está longe de seus cuidados... Evita pensar no pior mas lhe parece que o pior é inevitável.

Harry continua se escondendo no escritório, colocando a papelada em dia, tentando manter a mente ocupada, mas não consegue se concentrar, só pensa em Katerina 24 horas por dia, sem paz, a sensação de que é um covarde continua, não consegue enfrentá-la, o sentimento de culpa só piora conforme o tempo passa... Tem ciência de que não pode continuar assim, precisa ter uma séria conversa com a esposa, por mais que tenha medo de encontrar ódio nos olhos tão queridos.

Deixa a pasta em cima da mesa, aperta os olhos com as mãos, preocupado... Já percebeu sussurros e cochichos de criados comentando sobre a saúde mental de Katerina, finge não ver, evitando arranjar mais problemas, mas não pode negar o comportamento estranho de sua esposa, que fica vagando pela casa, sozinha, sem conversar com ninguém, nem mesmo com sua mãe ou com Victory. Fica isolada, como se tivesse mergulhado em um mundo só dela.

Levanta decidido a dar uma espiada nela, sai do escritório, encontrando uma criada fazendo a limpeza no corredor, pergunta onde milady está... A criada diz que a viu pela ultima vez no quarto, então vai a passos largos até lá, encontra a porta entreaberta...

Entra e caminha cuidadosamente até a varanda, a vê sentada em uma cadeira, silenciosa, como sempre. Ela levanta o olhar assim que percebe sua presença:

__Posso me sentar?_ Pergunta com cautela.

Katerina respira fundo, afirma com a cabeça, observa ele sentar a seu lado... Está abatido! As olheiras profundas, o olhar triste... Desvia o olhar, lembrando do quanto continua aborrecida com ele.

Harry cruza os braços:

__ Estás melhor?

__ Não.

Harry a olha:

__Kat. Me perdõe.

__Eu não sei o que dizer. Só queria esquecer tudo, queria acordar e começar uma nova vida longe desse pesadelo.

__ Esquecer de mim?

__ De tudo.

Harry abaixa a cabeça:

__Eu não quero esquecer. Eu te amo, és a pessoa mais importante em minha vida. Não me castigue assim, carinõ_ Sente a própria voz embargar_ Eu sei que sou o culpado por tudo o que aconteceu, isso está me destruindo. Não vou conseguir conviver com seu ódio.

__ Eu não te odeio, Harry.

__ Então me perdõe. Vamos recomeçar, somos jovens, podemos ter muitos filhos, eu sei que essa perda é difícil, eu como pai estou sentindo, imagina tu, que a carregou...

__ Angel.

__ Nossa Angel_ Harry soa carinhoso, descruza o braço e estende a mão tocando a dela.

__ Angel está viva.

__ Kat, pelo amor de Deus, pare de ficar em negação, aceite, é doloroso mas vamos superar isso!

Katerina levanta do banquinho e se afasta, apoiando as mãos no parapeito:

__ Tu não confias em mim.

__ Confio, carinõ! Confio em ti com minha vida, mas isso é um absurdo!

__ Me deixe sozinha.

Harry sente o coração pesar:

__Vamos tentar de novo, vamos recomeçar.

__ Eu não tenho nada a recomeçar! Não há um fim!

Harry a observa, sem esperança.

Katerina se irrita:

__Sai do meu quarto, se veio me perturbar com suas dúvidas, então sai.

Harry levanta desanimado, se dirige para a porta, a olha carente... Ela continua de costas, irredutível... Sai e fecha a porta.

***

No mesmo final de tarde, Albert chega com a desculpa de querer ver a irmã, a encontra sozinha, nos aposentos, pensativa...

Katerina fica surpresa com a visita e com a atitude do irmão... Está atencioso, parece genuinamente preocupado. Conversam por vários minutos.

Em certo momento, Albert a olha intensamente:

__Kat... Eu não aquento mais guardar esse segredo.

__ O que?

__ Estás certa, os bebês foram trocados.

Katerina congela, sente que vai vomitar ao mesmo tempo que o desespero volta:

__ Jesus, Albert, por favor!

__ Acalme-se, vou te contar tudo.

Katerina afirma compulsivamente com a cabeça, agarra as mãos do irmão como se ele fosse sua única salvação.

Albert continua:

__ Mamãe me contou o que fez. Ela doou a criança para uma família rica que não tem condições de saúde para ter filhos.

Katerina trava os dentes:

__Eu sabia! Sabia que tinha o dedo daquela mulher no meio!_ Se enche de ódio_ Albert pelo amor de Deus, me ajude a ter minha filha de volta!

__Venha comigo, eu te levo até essa família. Não era pra eu ter te contado, mas não aguento te ver sofrer assim.

__ Jura que vai me ajudar?_ Katerina se empolga.

__Sim.

__Vamos agora então! Vou conseguir minha Angie de volta! Vou contar tudo a eles, eles vão devolvê-la para mim!

__ Vou te ajudar no que precisar. Venha. Mamãe que me desculpe, mas não posso conviver com esse segredo, é muito cruel_ Albert fala cheio de falsidades.

Katerina segura o chale e joga sobre os ombros, saem do quarto, percorrendo silenciosamente e apressadamente o caminho até o pátio.

Ninguém os vê. Entram no coche de aluguel que trouxe Albert, que segue em direção á estrada.

Depois de quase 30 minutos, chegam em frente a uma casa muito elegante, Albert a ajuda a descer, passam pelos criados, que o recebem sem questionar... Katerina estranha de imediato a falta de reação dos criados e a entrada livre do irmão, o encara, desconfiada:

__ Eles te conhecem? Nem precisamos nos apresentar...

Albert a segura pelo cotovelo e continua guiando-a para dentro, Katerina puxa o braço tentando se soltar:

__ Albert, me responda!

__ Cala a boca!_ Albert responde impaciente, a agarra pelo pulso puxando-a sem delicadeza pelo corredor.

Katerina sente o coração acelerado, percebendo algo muito errado, se esforça para se soltar:

__Me solta! Me solta, Albert!

Entram em uma sala luxuosa, Katerina paraliza ao reconhecer Dawton sentado em uma poltrona, lendo jornal. O homem a olha, satisfeito:

__ Seja bem vinda, milady.

__ Mas o que é isso?_ Katerina olha para Albert_ Porque me trouxeste na casa desse homem?

__ Obrigado, Albert, pode ir. Sua dívida está paga.

Albert se retira evitando olhá-la, Katerina o observa, incrédula, sua expressão muda para decepção, logo sendo tomada pelo horror:

__ O que está havendo? Porque me trouxeste aqui?

Albert engole a seco, continua a andar, ignorando o desespero da irmã, some porta afora a passos largos. Há mais uma tarefa que precisa cumprir.

Lord Dawton se levanta:

__ Sente-se minha querida.

__ Eu vou embora_ Katerina se vira.

__ Eu não faria isso se fosse tu. Tenho algo comigo que é de teu interesse mas só vou entregar se seguires minhas ordens.

__ Ordens? Que ordens? Estás maluco? Acha que vou te obedecer? Não seja ridículo!

__ Se quiser ver tua filha outra vez, sim.

katerina sente as pernas amolecerem, o coração bate tão rápido que lhe falta o ar:

__ Onde está minha filha? Seu pulha!_ Avança no homem desejando esganá-lo com as próprias mãos.

Dawton a segura nos pulsos, percebe ela tentar chutá-lo, levanta uma mão e a estapeia com força.

Katerina sente o mundo girar, a face dolorida, cai sentada no sofá. Levanta o olhar, o ódio explode pelos póros.

Dawton a olha altivo:

__ Farás o que eu quiser, como eu quiser, se realmente se preocupa com a saúde daquela criança.

__ O que me garante que o senhor está com ela?

Dawton anda até a mesinha, toca o sininho, em segundos, uma criada entra na sala.

__ Milorde?

__ Mande a ama de leite trazer a criança.

__ Sim, milorde_A criada se retira.

Katerina arruma a postura no sofá, Lord Dawton senta na poltrona outra vez:

__ Iremos viajar para a Nova Inglaterra, começar uma nova vida por lá, eu como teu marido e tu como minha esposa. Irás obedecer minhas ordens sem questionar, não pensarei duas vezes em castigar essa criança caso fizeres qualquer coisa que me contrarie.

__ Eu não posso acreditar! O senhor me dá nojo!

__ Te acostumarás, quem sabe até irás gostar. Mulher precisa ser domada para ser feliz.

__ Podre, és podre!_ Katerina responde enojada.

__ Cale-se, senão o castigo começará agora!

Katerina emudece.

__ Se fizeres o que quero, tu e tua filha serão tratadas como rainhas, se não... Ela pagará as consequências. Porque contra ti não farei nada, a quero para mim, irei colocar minha semente em ti, depois que estiver prenha não terás pra onde fugir.

Katerina levanta, pronta para responder com agressividade, uma mulher entra com um bebê nos braços, enrolado em um xale amarelinho... Engole a seco, aproximando-se, a mulher mostra a bebê... Sente outra vez os joelhos bambearem ao reconhecer o rostinho delicado, os cabelinhos castanhos arrepiadinhos, estende os braços para segura-la com lágrimas nos olhos, a moça faz menção de entregar:

__Não!_ Lord Dawton fala autoritário_ Pode ir.

A moça olha para Katerina com compaixão, vira e sai levando Angel com ela.

Katerina olha para o homem desprezível:

__ Eu posso fazer isso, será por minha filha. Não exija de mim mais do que isso.

__ Ótimo. Comece escrevendo uma carta para teu marido, onde dirá que está apaixonada por mim e que fugiu comigo.

Kat sente o estomago embrulhar, Lord Dawton levanta:

__ Siga me.

Katerina o segue pelo corredor, param de frente a uma porta, abre, é um escritória. Dawton dá passagem, Katerina entra, observa ele pegar papel, tinta e a pena, entrega para ela:

__ Escreva o que eu ditar.

Katerina senta na cadeira e começa a escrever...

__"Harry, estou lhe escrevendo para lhe informar que..."

Katerina escreve, espera a continuação...

__ ..."Não o amo mais. Venho guardando esse segredo comigo há meses. Me apaixonei por Leonard Dawton, só não tomei essa decisão de seguir meu coração porque iriamos ter um bebê, mas agora não há mais nada que me mantenha presa a ti, vou viver com ele e ser feliz. Adeus."

Katerina finaliza, assina, Dawton sorri satisfeito e dobra o papel, coloca em um envelope e chama um criado:

__ Leve para a mansão dos Miward.

__ Sim, milorde.

__ Pronto. Pode ir ver sua filha_ Dawton toca o sino outra vez, uma criada atende_ Leve minha esposa até o quarto onde está a criança.

A senhora fica confusa por um segundo, olha para Katerina, afirma com a cabeça e a espera passar pela porta.

Katerina segue a criada, ansiosa para ver a filha, para segurá-la nos braços, entra no quarto, a moça que viu antes está começando a amamentá-la.

Katerina se aproxima e estende os braços:

__ Deixe que eu faço isso.

A ama de leite entrega a bebê, Katerina senta e oferece um seio. A mulher a encara, surpresa:

__ Ela é sua!

__ Sim. Pode ir, não és mais necessaria, vá amamentar seu próprio bebê_ Percebe que soou rude por ciúme, respira fundo_ Desculpe.

__ Tudo bem, meu filho estava passando fome para eu poder alimentar essa criança. Eu precisava do dinheiro desse trabalho mas não tenho condição de suportar aquele déspota.

__ Então vá, estás livre.

A moça faz uma mesura rápida e sai do quarto decidida a pedir as contas imediatamente.

Katerina observa a filha, nota que ainda respira com dificuldade, mas demonstra uma melhora notável, o rostinho mais coradinho. A pequena

Angie apóia a mãozinha em cima de seu seio, solta gemidinhos graciosos conforme faz força para chupar o leite... Uma forte emoção a invade, grossas lágrimas explodem em seu olhar... Sabia que iria segurá-la em seus braços outra vez, e agora, olhando para ela, sabe que tudo o que tiver que enfrentar vai valer a pena.

CAPÍTULO 60

Harry encara o cunhado, incrédulo e amargurado:

__ Isto é mentira!

__ Não, não é! Ela me pediu ajuda e eu a ajudei! Disse que queria ver aquele tal de Dawton, eu ainda perguntei o porque mas ela não quis me informar! Quando chegamos na propriedade dele, Katerina entrou pela casa livremente como se já tivesse ido ali várias vezes e os criados a conhecessem, eu a segui e encontrei os dois abraçados na sala. Ela me agradeceu e disse que iria ficar lá, com o homem que ama.

Harry sente que vai enlouquecer, os músculos tensos.

Albert aproveita para continuar sua estória:

__ Achas que eu mentiria sobre isso? Também fiquei chocado!

Harry levanta da cadeira, anda pelo escritório perdido:

__ Katerina enlouqueceu! Primeiro acha que nossa filha está viva, agora diz que ama esse homem?! Está louca! Louca!

Antes que possam continuar a conversa, ouvem uma batidinha na porta, Harry abre, um criado estende uma carta, segura, agradece e abre, assim que bate os olhos, reconhece a letra dela... Engole a seco enquanto passa os olhos rapidamente pelas frases, amassa o papel com força:

__Ela terá que dizer isso olhando nos meus olhos!

__Não, Harry! Irás passar por essa humilhação? Onde está teu orgulho, homem? Já não basta o escândalo que isso vai ser, o que as pessoas vão diz..._ Albert vê Milward sair do escritório, revira os olhos, levanta e o segue. Mal consegue acompanhar os passos largos do cunhado enquanto usa de todos argumentos possíveis para tentar fazê-lo mudar de ideia.

Harry vira e o encara:

__ Katerina me ama, ela nunca me deu motivos para duvidar, eu cheguei a fazer isso uma vez e estou sofrendo as consequências até hoje. Ela vai ter que dizer isso na minha frente_ Sai pela porta, apontando para o primeiro criado que vê:

__ Sele um cavalo para mim!

O criado sai correndo, Harry olha para Albert:

__ Tu vai comigo, não sei onde esse Dawton mora.

__ Olha, não quero me intro...

__ Ali um coche, venha!_ Harry ordena.

__ E... Eu que aluguei, mas..._ Albert desiste.

Os dois homens caminham apressadamente, entram no coche, que dispara rumo a estrada.

O criado se aproxima minutos depois com o cavalo selado, vê o coche ir já longe, fica confuso, olha para o cavalo e volta para o celeiro lentamente.

Katerina observa Angel mexer as perninhas deitadinha na cama, sorri com ternura, alguém bate na porta,se levanta e abre:

__ Sim?

__ Milady tem visitas_ Uma criada avisa, dando passagem para outra moça.

Katerina estranha... Entrega a bebê para a moça e segue a criada.

Ao andar pelo corredor reconhece a voz rouca, grave e furiosa de Harry em meio a uma discussão com Dawton, fica trêmula, entra na sala... Os homens se encaram ferozes, Harry vira... Quase cai em prantos ao ver o sofrimento nos olhos verdes, levanta o queixo... A vida de sua filha depende de tudo o que fará daqui para frente.

Harry se aproxima:)

__Repete olhando nos meus olhos que não me amas mais.

Katerina engole a seco, olha para Dawton, que cruza os braços, olha para Albert, desvia o olhar desgostosa, volta a olhar para Harry, tenta soar o mais segura possível:

__ Eu não te amo mais.

Harry sente como se tivesse levado um soco na boca do estômago, a encara chocado, como se esperasse que ela voltasse atrás com o que acabou de afirmar.

katerina mantem o olhar firme, fecha os punhos para esconder o tremor nas próprias mãos, observa ele afastar, andando de costas, desistente... Engole a seco... Queria tanto que ele lesse seus pensamentos!!

__Satisfeito agora?_ Dawton quebra o silêncio, fazendo chacota.

Harry o encara ameaçador, sai, seguido por Albert, que continua evitando o olhar da irmã.

Katerina desvia a atenção para Dawton, a expressão cheia de desprezo, volta apressada para o quarto.

Leonard Dawnton sorri satisfeito.

Albert observa o cunhado durante todo o trajeto de volta a Mansão dos Milward. Parece miserável! Lá no fundo, sua consciência começa a pesar... Lembra do olhar da irmã enquanto ela negava os próprios sentimentos, lembra dos ataques de desespero que ela teve por causa da bebê, tudo começa a passar por sua cabeça. Ao chegar em frente a bela mansão, observa o ex amigo descer do coche, se despede e vai embora, sentindo-se péssimo.

Lady Anne vê o filho passar pelo corredor, o segue aflita:

__ Posso saber o que houve?_Pergunta_ Procuramos Katerina pela casa toda, nada. Tu também desaparece sem explicações.

__ Mãe, me deixa sozinho.

__ Filho?

__ Aquele era lord Albert?_ Victory entra, segurando um chapeuzinho na mão, seguida de perto pelo noiva, ambos afogueados pelo passeio que fizeram.

Harry afirma com a cabeça indo em direção ao escritório, todos o seguem.

__ Filho, por favor?_Lady Anne fica realmente preocupada_ Onde está Kat....

__ Ela foi embora, mãe. Decidiu viver com outro homem. Eu poderia obrigá-la a voltar, mas não quero ela comigo por obrigação.

__Meu Deus, ela enlouqueceu?_ Victory cobre a boca com uma mão, olha para Neill, que permanece em silêncio.

__ Ela mesma disse que ama aquele Dawton. Olhando em meus olhos!_ Harry aponta para a própria face.

__ Isso é ridículo, katerina mal suporta a proximidade daquele homem! Minha nossa senhora, essa casa esta uma bagunça!_ Lady Anne se irrita.

__ Mal suporta? É para os braços dele que ela foi, por livre e espontânea vontade.

__ Não, não é possível!_ Victory não se conforma_ Tem alguma coisa errada! O que ela disse? Como saiu daqui sem percebermos?

__ Albert a ajudou. Ele veio visitá-la e ela pediu ajuda_ Harry entra no escritório_ Por favor, eu realmente quero ficar sozinho.

__ Ela não deve estar boa da cabeça, não podes permitir que faça isso!_ lady Anne argumenta.

Harry olha para o teto:

__ O que queres que eu faça? Que a amarre aqui?

__ Se for preciso! Ela não está bem, temos que ajudá-la a voltar a razão!

Victory confirma as palavras da mãe veemente, aperta as mãos, aflita.

Harry abaixa a cabeça:

__ Eu não sei, ela me pareceu muito segura_ Nega com a cabeça_ Me dê licença_ Fecha a porta.

Lady Anne, Victory e Neill olham para a porta, trocam um olhar:

__ O que está acontecendo com nossa família_ Lady Anne desabafa, com a voz embargada.

Victory respira fundo desalentada, Neill a segura pela mão, beijando delicado:

__ Se algo estiver errado, nós vamos descobrir. Te prometo. Vou tentar falar com ele, podem nos deixar a sós por um momento?

Lady Anne e Victory afirmam com a cabeça:

__ Obrigada_ Vic acaricia o braço do noivo e se retira, abraçando sua mãe, tentando confortá-la.

Neill gira a maçaneta, sentindo-a ceder, abre a grande porta e entra.

Horas mais tarde.

Harry continua largado na cadeira de frente com a mesa, tomando mais uma dose de uisque, sem brilho no olhar... Ouve a voz do amigo, sentado na cadeira do outro lado da mesa... Conversam calmamente por um bom tempo... A mágoa é tão profunda que bloqueia seu raciocinio, seu coração, machucado demais, não digere os últimos acontecimentos, tanto que se nega a pronunciar o nome de Kat... Dela.

__ Tens certeza que ela estava falando consciente?_ Neill tenta ajudar o amigo_ Muito bem, vamos raciocinar juntos, digamos que ela esteja sã... E se ela está mentindo por algum motivo?

__ Não, não inventa. Ela mentiria porque? O que a faria mentir? Eu não vou me iludir. Ela foi direta, sincera.

__ Meu amigo, nós somos experientes demais para reconhecer algumas situação estranha. E pra mim não há nada mais estranho do que essa atitude de lady Katerina. Não havia dúvidas sobre os sentimentos dela por ti! Ou havia?

__ Não, mas como te contei, os problemas que tive, nossa discussão... Ultimamente as coisas não estavam bem entre nós e...

__Isso não quer dizer que ela deixaria de te amar. Se não está mentindo, está mentalmente confusa, é sua obrigação falar com ela outra vez e tentar decifrar isso

__ É tudo uma bagunça, minha cabeça está uma bagunça!

__ O que te faz pensar que a cabeça dela também não esteja? As atitudes dela deixaram claro que há algum problema, não podes levar aquelas palavras com 100% de certeza. Já pensou? Esse homem pode estar manipulando-a, tirando proveito desse desequilíbrio dela.

__ Só há uma maneira de saber. Irei invadir aquela casa essa madrugada, vou procurá-la e tentar falar com ela. Não é muito grande, não deve ser difícil chegar nos aposentos principais.

__ É disso que estou falando!_Neill sorri vitorioso_ Faça isso, eu te ajudo.

Harry nega com a cabeça:

__Não, vou sozinho, não vou te colocar em apuros caso algo dê errado.

__ Harry...

__ Não, meu caro, Victory não me perdoaria se acontecesse algo contigo. Já tenho culpa demais sobre meus ombros.

__ Bem, pelo menos irás tentar. Sei que não vai dar nada errado, sempre foste ótimo em se infiltrar em lugares sem ser visto, não é a toa que és chamado de Blackghost.

Harry sorri de leve, só esse irlândes boa gente mesmo para fazê-lo se sentir um pouco melhor, apesar de tudo.

__ Bem, agora vou ver minha noiva.

__ Vá, Victory deve ter ficado irritada por eu tomar tua atenção.

__ Ao contrario, ela apoiou eu vir conversar contigo.

__ Obrigada, meu irmão.

__ Conte comigo sempre.

Os dois se levantam e dão a volta na mesa, se abraçam, cumplices... Se afastam, Harry sorri:

__ Obrigado pela conversa, me acalmou bastante. Irei pensar um pouco mais em tudo...

__ Sim, repasse os detalhes de quando a viu, talvez encontrarás alguma resposta_ Neill sai e fecha a porta.

Harry volta a sentar, beberica sua bebida e começa a relembrar cada detalhe desde que a viu entrar na sala...

Katerina olhou para Dawton e Albert antes de falar... Franze o cenho, se inclina para frente lembrando os olhos castanhos com uma expressão rápida de desprezo ao olhar para Dawton, depois desgostosos ao olhar para Albert, lembra das mãos trêmulas, ela fechando os punhos para disfarçar, nos olhos castanhos um vislumbre de dor antes de proferir as palavras... Arruma a postura na cadeira surpreso... Como sendo tão bem treinado em descobrir quando as pessoas estão mentindo, não percebeu nada disso antes? Katerina não queria dizer o que disse! Sente o coração acelerar... Sim, há algo errado! E irá descobrir!

Comeca a desconfiar de Albert... Se Katerina foi até a casa de Dawton, foi porque Albert ajudou, então... Deseja ir atrás do cunhado tirar satisfações, mas se ele estiver envolvido, só ouvirá mais mentiras. Decide aguardar. Só tera que ser paciente até a madrugada.

3 HORAS DA MANHÃ.

Harry caminha inclinado, se escondendo nas sombras, de frente com a casa de lord Dawton. Observa a pouca iluminação, somente uma lamparina próximo a porta de entrada, não tem portões na frente, somente um pequeno jardim e o caminho de pedregulhos que leva até a porta.

Alguns criados fazem a ronda, sabe que aquilo não aconteceria se Dawton não estivesse escondendo algo, sua desconfiança de que Katerina está ali obrigada aumenta a cada segundo.

Se afasta e embrenha na mata ao lado, dá a volta ao redor do muro e para de frente com a entrada de serviço. Ali não há ninguém, provavelmente somente o cavalariço.

Abre o portão de madeira e entra sorrateiramente, anda até a porta dos fundos observando o celeiro algumas vezes, não pode ser visto de maneira alguma... Gira a maçaneta e entra, encosta a porta e sai explorando a casa deixando os olhos se acostumarem com a escuridão. Felizmente é lua cheia, a luz da lua que entra pelas janelas ilumina o caminho.

Sai para o corredor e segue em frente, passa por algumas salas até chegar na sala de estar principal, olha para a entrada onde Katerina apareceu na tarde anterior, segue por ali, virando a direita já se percebe duas colunas e algumas portas... Imagina que ali devem ser os quarto. Se esconde nas sombras da parede observando... Gostaria de saber qual daqueles quartos é o de Katerina, terá que olhar um por um...

Ouve passos vindo em direção a ele, se esconde em uma bifurcação perto de uma das colunas, observa um criado passar e ficar de frente com a porta de um quarto como se estivesse vigiando aquela entrada. É a responta que precisava.

O criado pendura no gancho a lamparina que está segurando, Harry olha ao redor procurando uma maneira de chamar atenção do homem para que saia dali, mas nem é necessário, o homem anda pelo corredor indo até a janela e olha para fora observando a noite.

Harry sai do esconderijo e vai silenciosamente atrás do homem, coloca o braço em volta do pescoço, imobilizando-o e pressionando a veia com força até ele perder a consciência. O homem se debate um pouco, mas logo desmaia, deixa-o no chão e coloca a mão no pescoço para se certificar que ainda está vivo, confirma e o arrasta até onde estava escondido antes, deixa ali, volta para a porta e abre, o quarto é levemente iluminado pela lua e pela claridade do corredor, anda silenciosamente até a cama, vê katerina deitada, tem um bebê ao seu lado. Estranha, se aproxima mais:

__ Kat?_ Sussurra.

Katerina abre os olhos assustada, olha para ele, Harry coloca o dedo indicador nos lábios em sinal de silêncio:

__ Venha.

Katerina acha que esta sonhando, um tanto desnorteada, sente a febre corroer seu corpo, tudo dói. O fato de ter se esforçado tanto desde que deu a luz, estão dando seus resultados.

Essa tarde começou a sangrar muito antes de tomar um banho, então a cozinheira, que é experiente em fazer partos, fez um chá para conter o sangramento e massageou sua barriga, expelindo um pouco de coágulo. Então tomou banho e se deitou, a cozinheira disse para ficar em completo repouso pois corre um risco de ter uma recaída do resguardo.

Sabe que exagerou... Desde que a bebê nasceu, não repousou nada, sua mente preocupada com tudo o que aconteceu, agora está com febre e se sentindo muito mal.

Ouve a voz gostosa de Harry chamar seu nome, acha que está sonhando, mas sente a mão dele em seu braço, abre os olhos e encontra o rosto querido muito próximo, ele faz sinal de silêncio:

__ Venha.

__ Harry, como que... O q...?!_ Fala em um fio de voz.

__Vim te buscar_ Harry se abaixa e dá um selinho nela.

Katerina sente a fraqueza em seu corpo, segura a mão do marido:

__ Não vou conseguir te acompanhar, estou adoecida.

Harry já percebeu a quentura que emana dela, coloca a mão na testa pelando.

__ Eu te carrego.

__ Não! Leve Angie, depois vem me buscar, ela é mais importante.

Harry olha para o bebé na cama, franze o cenho... Então Dawton está usando esse bebê para manter Katerina ali, e ela, com a cabeça fraca, acreditou que aquela criança fosse sua filha.

__ Kat, esse bebê não é...

__ Carinõ, confia em mim ao menos uma vez! Leve Angie, deixe-a em segurança, depois venha me buscar, eu não tenho condições de ir agora, levar nós duas será muito mais difícil do que levar uma de nós. Leve-a. Por favor.

__Eu vou te levar, essa criança não é Angel, Kat, raciocine.

__ Eu não vou sem ela.

__ Katerina, por favor!

__ Leve-a.

__ Como ela é nossa filha se nossa filha...

__ Não morreu! Minha mãe e Albert trocaram os bebês e trouxeram Angie para Dawton, ele está me chantageando

__ Isso é...

__ É horrível.

Harry não sabe o que fazer, olha para Katerina desesperado. Precisa levá-la dali! Olha para a bebê, Katerina a segura nos braços e estende:

__ Se realmente me ama, vai confiar em mim e fazer o que estou pedindo.

Harry segura a bebê, observa o rostinho delicado e rosadinho, os cabelinhos arrepiadinhos, a reconhece... Gravou aquele rostinho na memória e só não percebeu a diferença do outro bebê porque evitou olhar diretamente, pois estava sofrendo demais com a perda. Agora percebe que se tivesse olhado com atenção, teria notado a diferença. Sorri com ternura, olha para Katerina com lagrimas nos olhos:

__ É nossa Angie!

__ Eu disse que ela não estava morta_ Kat sorri.

Harry pisca pesado reprimindo as lágrimas, Kat acaricia a testinha da filha, olha para Harry:

__ Leve-a.

__ Eu venho te buscar.

__ Sem ela aqui eu posso enfrentar aquele... Poderei fugir. Com ela não teria essa oportunidade, seria muito mais difícil. Tome cuidado.

__ Me promete que irás ficar firme, que não vai desanimar. Vou deixá-la em casa e volto. Aguente firme.

__ Venha com um coche, não estou em condições de montar.

__ Farei isso.

__ Vá, antes que alguém te flagre.

Harry se aproxima, se beijam, katerina acaricia a cabecinha da filha outra vez, Harry a observa preocupado. Está muito quente, os olhos brilhantes, febris.

Katerina o acaricia no rosto:

__ Eu te amo.

Harry engole a seco, encosta a testa na dela, a voz sai embargada quando fala:

__ Pensei que nunca mais ouviria tu dizer isso.

Katerina sorri chorando, voltam a se beijar, interrompe cobrindo os lábios dele com a ponta dos dedos:

__ Vá!

Harry afirma com a cabeça e levanta, despe o casaco e envolve a bebê, desaparece porta afora, passa rapidamente pelo local onde o criado continua desacordado, voltando o caminho que fez.

Sai pela porta dos fundos, dá a volta pelo celeiro, escondendo-se e protegendo contra o peito a pequena, que agora tem os olhinhos abertos como se prestasse atenção no que está acontecendo.

Continua até o portão, sai para a rua e entra na mata até seu cavalo, monta cuidadosamente e põe o cavalo a um trote rápido, mas não exagerado para não correr o risco de machucar a preciosa carga.

Quase 45 minutos depois chega em casa, exausto por manter sempre a mesma postura, desmonta com cuidado, Francis vem pegar o cavalo, o encara com estranheza, olha para o pequeno embrulho de cobertas que o patrão tem nos braços.

Harry caminha a passos largos para dentro, sem dar maiores explicações:

__Deixe o coche disponivel, vou utilizá-lo.

Francis afirma com a cabeça e corre obedecer a ordem.

Harry entra na mansão:

__ MÃE_ Anda apressado pelo corredor, começa a subir as escadas_MÃE! VIC!

As duas abrem a porta do quarto quase ao mesmo tempo, Harry para de frente com Lady Anne:

__ Cuide bem dela, depois eu explico.

__ Quem é?

__ Tua neta_ Harry sorri, dá um beijinho na testinha pequenina e macia, vira e volta correndo pelo caminho.

Lady Anne e Victory olham para a bebezinha fofa, trocam olhares preocupadas... Só faltava Harry também ter enlouquecido...

***

Harry é recebido pelo ar gelado da madrugada, vê dois criados terminando de atrelar os cavalos no coche, se aproxima e ajuda para ser mais rápido, Francis levanta:

__ Pronto, Milorde, vou acompanhá-lo.

__ Não, eu vou guiar. Mande um recado para Mr Hoggan, diga para ele pedir ajuda e me encontrar na casa de lorde Dawton_ Sobe na guia do coche e esporeia os cavalos, saindo em disparada.

CAPÍTULO 61

Katerina não consegue dormir... Harry saiu há alguns minutos e seu coração ainda bate forte... Senta na cama com alguma dificuldade, sente sangrar um pouco, apesar de estar bem melhor do que antes. Olha para a porta determinada, vai se vestir e ficar preparada para...

Dawton entra, furioso, a porta bate contra a parede, Katerina levanta assustada. Ele a encara, aparentemente fica mais calmo. Anda até a cama, percebe que a bebê não está por perto:

__ Onde está a criança?

__ Bem longe daqui_ Katerina responde altiva.

__ Então é verdade! Um dos meus criados foi atacado. Quem esteve aqui e a levou?_ Dawton volta a ficar furioso.

__Não te interessa, ela está segura. Não tenho mais que lhe ser obediente_ Katerina tenta não demonstrar fraqueza_ E exijo que me liberte imediatamente!

Dawton ri:

__ Nunca terás tua liberdade, vai ter que se conformar com teu destino.

__Nunca, prefiro a morte.

Dawton para de rir, se aproxima:

__ Preferes o que eu quiser_ Vira para o criado parado na porta_ Dê ordens para arrumarem um coche, vamos partir já.

O criado sai apressado, Katerina agarra a própria saia:

__ Vai me levar aonde?

__ Vamos pegar o barco para a América.

__ Não!

__ Sim, cale essa boca antes que eu a cale para ti.

__ Terás que me arrastar, daqui eu não saio!

__ Achas que não farei isso?

Katerina ergue o queixo, orgulhosa, sem responder, Dawton chega bem próximo dela:

__Abaixe essa cabeça, não tente me enfrentar que será pior!

__Não tente o senhor me submeter, está perdendo teu tempo.

Dawton trava os dentes, anda até a lareira e tira um contorno de borracha de um enfeite, vira em dois improvisando um cinto:

__Isso será só o inicio, para aprenderes a me obedecer.

Katerina o observa, trêmula, tenta disfarçar o temor. Dawton se aproxima:

___ Ultima chance, irás com tuas próprias pernas ou terei que obrigá-la?

___ Já disse que prefiro a morte do que me submeter_ Katerina responde com ódio.

___ Não serás a primeira mulher que domestico, minha querida.

Katerina trava os dentes, assustada... Mas o que pode fazer? Obedecê-lo não irá, Harry não demorará à chegar!

Dawton levanta o braço, desce a borracha com força acertando-a nas pernas, Katerina se dobra pra frente sentindo dor, grita de raiva, tenta se safar procurando algum objeto para alvejá-lo, vira de costas indo em direção ao vaso na mesa, um erro enorme... Outro golpe lhe acerta nas costas, o ar lhe falta, as pernas cedem por causa da fraqueza, cai no chão sendo golpeada no tronco e pernas duas, três, quatro vezes, usa os braços para se defender... A dor é tão forte que permite que a consciência vá embora para conseguir suportar.

Dawton para quando a vê inerte, percebe que ela está acordada mas os gemidos soam fracos. Joga a borracha no canto:

__Assim está bem melhor.

Uma criada abre a porta, paraliza ao ver a cena... Começa a tremer de medo. Trabalha há um bom tempo com lorde Dawton, sabe o quanto as duas outras mulheres dele sofreram e morreram por maus tratos. Fala trêmula:

__O coche já está pronto, milorde, sua bagagem já foi carregada.

__Ótimo, chame algum criado para levar milady, partiremos imediatamente_ Dawton sai do quarto e vai para a biblioteca, abre o cofre tirando uma alta quantia em dinheiro e jóias de suas falecidas esposas, guarda em sacos de pano.

Quando chega no pátio, vê o criado colocar katerina dentro do coche, entra, fecha a porta. O cocheiro guia o mais rápido que pode.

Harry chega em frente a casa de lorde Dawton pouco antes de amanhecer, desce do coche, é recebido pelo mordomo, vai entrando sem pedir permissão:

___ Vim buscar lady Katerina.

___ Perdão sir, mas milady e milorde partiram há algum tempo.

___ Partiram? Para onde?_ Harry fala incrédulo.

__ Não sei lhe informar, sir_ O mordomo omite, afinal, deve fidelidade a seu senhor.

Harry olha para o homem querendo chacoalhá-lo, anda a passos largos até os quartos, abre o quarto onde katerina estava hospedada, tem uma pequena confusão de objetos mas nem sinal dela. Olha para o mordomo que o seguiu:

__Para onde eles foram, tens que me dizer, ela é minha esposa! Eu preciso...

__ Não sei lhe informar, sir.

Harry passa as mãos nos cabelos, desamparado, volta pelo corredor... Existe uma pessoa que poderá lhe informar sobre tudo. Está na hora de fazer um pequeno interrogatório para seu cunhado.

Encontra Neill no meio do caminho que leva a pensão onde Albert está hospedado. Junto dele estão Ned e George, que chegou da França há alguns dias.

Sobem as escadas da pensão de três em três degraus, param de frente com a porta do quarto de Albert, o qual tinha sido informado pelo recepcionista. Bate algumas vezes com força... Segundos depois, Albert atende, completamente bêbado:

__Oi?_ Albert se apoia no batente para não cair nos braços do cunhado.

Harry o agarra pela camisa com violência, arrastando-o até uma cadeira e obrigando-o a sentar. Albert olha para ele aterrorizado.

Neill anda até a cama, agarra o lençol e rasga um pedaço, entrega para amarrar Albert pelas mãos. George para de frente, cruzando os braços ameaçador, Neill para ao lado, imitando a George, Ned fica na porta vigiando.

Albert começa a chorar:

__Por favor, Harry, por favor, não faz nada comigo, eu sei que errei mas eu não tinha dinheiro para pagar minha dívida, eu perdi tudo, tinha que oferecer alguma coisa!

__E ai entregaste tua irmã?!_ Harry para de frente com ele olhando-o com desprezo, sem acreditar que o maldito entregou Katerina por causa do vício.

__ Eu não tive escolha.

__ Não minta, há sempre uma escolha, o que você fez...

__ Foi horrível, eu sei! Não estou conseguindo lidar com minha consciência.

__ E ainda colocou um bebê em perigo!

__ Eu precisava da criança, senão Katerina não iria me ouvir, eu entreguei a criança para Dawton, ele precisava ter um álibi para manter Katerina com ele. Mas tenho certeza que ele não faria mal a um bebê.

__ Tens certeza? Minha filha ficou sem o cuidado da mãe por dias, esse homem é um crápula e tu és pior do que ele, teve coragem de usar um bebê morto para enganar a todos! És doente, Albert!

__Eu... Eu... Harry, não me machuque.

Harry o agarra pelo pescoço, fala por entre os dentes:

__Minha vontade é te estrangular até que seus olhos saltem!

__Não faça isso, eu posso ajudar, eu vou falar tudo, tudo!

Harry vai apertando com força, friamente, sentindo-o debater, o instinto assassino impulsionando-o... Fecha os olhos e se obriga a soltá-lo.

Albert tosse muito.

Harry o olha de cima:

__Só quero saber uma coisa. Quais são os planos de Dawton?

Albert recuperar o ar:

__Ele pretende levá-la para a América onde começarão uma nova vida.

__ Ele sumiu com Katerina, não estão mais naquela casa, sabe onde pode ter ido?

__ Provavelmente para algum esconderijo até chegar a hora de viajar pois já comprou as passagens para partir no Singapure as onze.

Harry não conhece o barco, nem o dono, mas não seria difícil encontrar, o nome é fácil de mentalizar:

__ Ned, toque o sino e chame as autoridades, alguém aqui tem contas a pagar com a justiça.

Ned desce rapidamente, encontra uma criada:

__ Moça, lorde Milward ordenou que a senhorita vá chamar os soldados. Seu hóspede é um criminoso.

__ Sim senhor_ A moça sai correndo, assustada.

Ned volta a subir para o quarto, encontra Harry, George e Neill terminando de amarrar direito o prisioneiro, evitando assim qualquer fuga.

__ Fique aqui vigiando até que ele esteja nas mãos da justiça, nós vamos tentar descobrir algo nas docas_ Harry fala enquanto sai no corredor.

__Sim, capitão_ Ned responde por força do hábito, fazendo o amigo sorrir de leve.

__Não, tu és o capitão agora meu amigo.

Ned sorri orgulhoso, Harry desce seguido por Neill e George, retiram os cavalos do coche e montam, saem a disparada em direção as docas.

katerina se encolhe um pouco mais no canto do coche, seu corpo lateja de dor pela surra que recebeu, lágrimas presas na garganta... Pelo menos não aumentou outra vez seu sangramento... O ar da maresia está por todo o lado, provavelmente estão percorrendo algum caminho perto das docas.

Dawton olha pela janela em silêncio, quem o vê daquele jeito, não imagina a crueldade que é capaz.

Katerina coloca a mão no ventre, a cólica horrível, a fraqueza da febre aumentou, só queria deitar e dormir um pouquinho!

O coche para, a porta abre, Dawton desce:

__ Venha.

Katerina levanta com dificuldade, desce, olha ao redor, as ruas muito movimentadas, como sempre. Dawton tira o paletó e joga em seus ombros escondendo a camisola delicada que veste. Pertence a falecida esposa dele.

O dia já clareou, Dawton a segura no antebraço e anda apressado, Katerina manca tentando acompanhá-lo, as pernas fracas e feridas mal a sustentam.

Dawton não se importa, impondo o ritmo dos passos, encontra Singapure:

__ A que horas vão partir?_ Fala para um dos marujos.

__Logo, sir, estamos esperando mais alguns passageiros, partiremos até as onze da manhã, como o combinado.

Dawton respira fundo, são 08:37, ainda vai demorar um tempo.

__Então me dê a chave da cabine, eu e minha esposa vamos esperar lá.

O marujo vira, ignorando o estado lastimável da senhora a sua frente:

__CAPITÃO! UM PASSAGEIRO CHEGOU.

Um homem barbudo desce e conversa com Dawton, lhe entrega a chave, Katerina sente desejo de pedir ajuda, mas sabe que é só uma mulher, os homens não a ouvirão, além do mais não tem energia para fazer qualquer coisa, a cabeça gira. Ouve os dois conversando como se estivesse à metros deles, não ao lado.

Dawton a leva até a cabine, Katerina se deixa levar aérea, entram, Dawton a solta:

__ Fique aqui, ainda tenho que resolver alguns assuntos_ Sai e tranca a porta por fora.

Katerina anda automanicamente até a cama e deita, aperta os olhos por causa do corpo dolorido, imediatamente sua consciência apaga.

Leonard Dawton sai de uma loja de munição e volta para o cais as 09:57 da manhã, o barco partirá em uma hora. Segura o embrulho com a pistola que tem nas mãos, anda pelas ruas das docas apressado, passa pelo monte de barcos no porto... Dois cais antes de onde Singapure está atracado tem um barco chamado Spirit, reconhece Milward com mais alguns homens descendo a rampa da entrada, se esconde para não ser visto... Se eles estão ali, provavelmente irão descobri-lo logo, não pode ficar por ali, precisa pegar Katerina e se esconder até poder embarcar com segurança em outro barco. Se apressa em direção ao Singapure.

Harry desce a rampa, Geofrey acabou de trazer a notícia que Singapure continua atracado dois cais depois desse, arruma a pistola na calça, escondendo por baixo do casaco, a sensação da bainha da faca em sua bota lhe causa adrenalina, como se estivesse na ativa outra vez:

__ Vamos esperar de tocaia, ele vai ter que embarcar uma hora

__ Dizem que já tem passageiros_ Geofrey fala.

__Talvez ele já esteja lá_ Harry passa uma mão no cabelo_ Obrigada, Geofrey.

__Por nada cap... Milorde.

Harry sorri e coloca a mão no ombro do rapazote, amigável, Geofrey sorri contente:

__ Eu vou com o senhor.

__ Não, fique, não sei como será o confronto e não quero que ninguém se machuque.

Geofrey respira fundo desanimado, afirma com a cabeça, obediente.

Harry sai andando pelo cais, Neill e George se despedem do rapazote e o seguem, também armados. Tinham ido no spirit alertar a todos para o caso de ter que fazer uma perseguição a alto mar, felizmente Singapure ainda está atracado.

Katerina está em um sono conturbado na cabine, seu subconsciente avisa sobre a febre alta que chega a uma temperatura perigosa. O suor escorre por seu rosto, assim como o sangramento voltou. Ouve Dawton abrir a porta da cabine e ir até a cama. A acorda sem delicadeza:

__ Levante-se, temos que sair daqui.

Katerina abre os olhos meio aérea, a dor do corpo a pega em cheio.

__ LEVANTE-SE!

__ O q...__ Katerina não raciocina direito, ele a segura pelo antebraço e a puxa violentamente da cama, Katerina trava os dentes para não gemer de dor, a cólica se torna insuportável! Ele a guia cabine afora, tenta acompanhá-lo da melhor maneira possível, trocando as pernas, abatida, descem a rampa e andam pelo cais se dirigindo à estradinha de pedras.

Não aguenta se manter em pé, suas pernas cedem, se deixa cair sentada na chão.

Dawton para, a encara:

__ Levanta mulher, não seja mole.

__ Vá se danar, estou com dores!__ Katerina coloca a mão no ventre.

Dawtom olha ao redor, há alguns coches e charretes de aluguel a alguma distância, se abaixa e a obriga a levantar:

___ Vamos, não posso carregá-la, minhas costas não aguentam.

Katerina levanta com alguma dificuldade, muitas pessoas assistem a cena pois está desfilando de camisola para todos os lados... Não quer nem pensar no quanto aquela situação é humilhante! Volta a andar, mancando bastante, um pouco curvada para frente por causa da dor, se irrita pelo fato de que só por ser mulher, ninguém faz menção de ajudá-la. Como é horrivel a regra de que o marido tem plenos poderes sobre sua mulher! Mesmo que gritasse aos quatro ventos que aquele crápula não é seu marido, ninguém acreditaria.

Quando chegam próximo a uma charrete, ele fala com o condutor:

__ Está disponível?

O condutor afirma com a cabeça, Dawton a segura pela cintura para ajudá-la a subir, Katerina segura no apoio das mãos, faz menção de subir, olha para o lado e vê Harry não muito longe dali, se desespera, olha para Dawton e o chuta no peito porém não tem força o suficiente para derrubá-lo.

Dawton dá um passo para trás, a olha com ódio e a empurra para cima fazendo-a cair de mal jeito, sobe rapidamente:

__ Vamos, vamos!_ Ordena para o cocheiro, que observa a tudo chocado.

Katerina tenta se jogar de cima do coche, Dawton a agarra pela camisola, se debate:

__HARRY!_ katerina se debruça na lateral da charrete, sente Dawton puxá-la pelos cabelos.

__Vamos, corra com isso! _ Ordena outra vez para o condutor, que coloca a charrete em movimento.

__Não, moço, eu estou sendo sequestrada! Me ajud..._ Katerina sente o tapa estalar em seu rosto, um monte de estrelinhas começam a piscar no canto de seus olhos.

__Cala a boca!_ Dawton a joga no assento_ Mais rapido, vamos!_ Ordena.

Katerina sente a face queimar, olha para Dawton com nojo, se debruça outra vez:

__HARRY!_ Grita com toda a força de seus pulmões, percebe ele virar antes de subir no cais... Ele a viu! Levanta o braço tentando acenar, Dawton volta a agarrá-la pelos cabelos empurrando-a contra o banco, o guia puxa os arreios dos cavalos:

__ Sir, isso não está certo, não se deve tratar uma dama dessa maneira!

__ Não se intrometa!

__ Desça de minha charrete_ O homem tenta parar os cavalos, Dawton agarra o chicote que está ao lado do condutor acerta a traseira de um dos cavalos, que sai em disparada, tira a pistola do saco e ameaça o homem_ Pula!

__O qu..._ O Homem olha para a pistola assustado.

Dawton segura as rédeas e o empurra:

__ Pula!

O homem olha para a pistola, se joga, Dawton senta no lugar e esporeia os cavalos.

Katerina assiste a tudo chocada, agarrada no descanso de braço do assento para não cair, observa o homem rolar no chão depois sentar gritando, segurando uma perna quebrada. Olha para Dawton, sua cabeça começa a girar, se concentra em ficar consciente... Sabe que Harry está vindo, ele a viu!

Dawton entra em uma estrada aleatória fugindo do centro onde pode ter algum trânsito, qualquer caminho que facilite a fuga é válido...

CAPÍTULO 62

Harry, Neill e George avistam Singapure a alguns metros, estão prontos para entrar no cais e invadir o barco quando a impressão de ouvir a voz de Katerina chama sua atenção... Paraliza e olha ao redor, não encontra nada, o local movimentado, pessoas pra lá e pra cá, muito barulho de vozes, animais, cavalos passando... Continua andando.

__Harry, eu acho que..._ George começa a falar, ouvem outra vez, agora muito mais claro... katerina está gritando!

Viram na direção do grito, a vê debruçada em uma charrete, ela movimenta um braço querendo que a vejam, está longe! A charrete começar a movimentar e Katerina some de suas vistas...

Harry olha ao redor rapidamente, corre até um cavalo parado na entrada de uma peixaria, monta. Um homem sai correndo de dentro da peixaria:

__ EI! GUARDAS! ROUBO!!!

__ Desculpe!_ Harry esporeia o cavalo e sai galopando atrás da charrete derrubando varias caixas enquanto força o cavalo a saltá-las para cortar o caminho, algumas pessoas gritam e correm conforme passa bem no meio da confusão de transeuntes.

A charrete está logo a frente, entra em outra rua, mais vazia e livre, se afastando cada vez mais.

George e Neill também procuram uma montaria, acabam correndo até uma charrete de aluguel, o condutor está em pé ao lado, arrumando as rédeas, vai começar a subir, ambos chegam correndo, George empurra o homem pelos ombros agarrando-o pelo casaco com as duas mãos:

__ Dá licença, sir_ Sobe.

Neill olha para o homem com compaixao, retira o relógio rapidamente e entrega. O relógio pela com a charrete, está bem paga.

__ Desculpe_ Neill também sobe.

George esporeia os cavalos, logo a charrete está em disparada seguindo a poeira levantada pelo cavalo de Harry.

Dawton olha rapidamente para trás, vê de relance que está sendo seguido, olha para Katerina, que continua agarrada no acento sacolejando com os movimentos bruscos, o rosto contorcido pelas dores, tentando se manter segura... Olha para frente e se concentra em manter os cavalos em ritmo.

Harry inclina o tronco, forçando a velocidade no cavalo, sabe que o animal está sofrendo e isso dói em si, mas precisa alcançá-la! A charrete está a vários metros na frente, já percebeu George e Neill logo atrás... Se concentra novamente na charrete, seu coração dispara ao perceber que a roda direita faz movimentos estranhos. Vai ceder! Se Dawton continuar a correr daquele jeito vai quebrar e poderá ser fatal para Katerina... Não há tempo para alcançá-los!

Passa pelo homem gritando de dor por causa da perna quebrada, mesmo se compadecendo continua...

De repente, vai diminuindo a velocidade do cavalo, seu corpo esfriando, a cabeça começando a criar uma ideia. Terá que arriscar.

Neill e George o alcançam ficam lado a lado na mesma velocidade, Harry olha rapidamente:

__ Corre e alcance a charrete, eu vou eliminá-lo.

__ Não é seguro para milady!_ Louis nega com a cabeça.

__ Ela é inteligente, assim que ver ele cair vai dominar os cavalos. Katerina é uma ótima amazona. A roda da charrete está cedendo!

Olham para a charrete vários metros a frente, percebem a roda bambear.

George afirma com a cabeça e coloca mais velocidade, ficando no canto da estrada dando ampla visão para o amigo, que para o cavalo e saca a pistola... Fica em pé nos estribos, mirando, concentrando:

__ Carinõ, fica quietinha, não quero te acertar. Quietinha, amor_ Fala baixinho.

Mira na cabeça de Dawton, que e o lugar que mais tem visibilidade, fecha um olho aguardando o momento certo... Dispara.

katerina segura firme no apoio para o braço, lagrimas deslizam por seus olhos, os dentes travados... Seus ossos parecem estar sendo despedaçados, um a um... Se tivesse qualquer coisa para alvejá-lo na cabeça, iria tomar as rédeas dos cavalos e diminuir a velocidade... Ouve um disparo, inclina no banco, protegendo-se, amedrontada. Segundos depois Dawton cai no banco da frente inerte. Arregala os olhos, levanta com um pouco de dificuldade, os cavalos galopam sem controle, se joga para frente desesperada, caindo de barriga no banco, agarra as rédeas tirando das mãos de Dawton, puxa com força... Os cavalos relincham, vão diminuindo a velocidade, enrola as rédeas nos antebraços e puxa outra vez, fecha os olhos ignorando a própria dor...

Os cavalos diminuem quase parando, a roda solta e a charrete vira, quase fica presa nas rédeas, percebe que vai se machucar, solta e cai no chão, rolando algumas vezes em meio a poeira.

Harry percebe que conseguiu acertar mesmo com a distância, volta a esporear o cavalo, vê os cabelos avermelhados aparecerem a sua visão, ela está fazendo exatamente o que imaginou... Sorri orgulhoso da mulher valente que tanto ama. Coloca mais velocidade no cavalo, se aproximando cada vez mais, percebe os cavalos da charrete diminuírem, quando estão em uma velocidade baixa, a roda acaba cedendo... Arregala os olhos, horrorizado ao assistir Katerina cair rolando e sumir no meio de tanta poeira.

George e Neill param e descem para procurá-la...

A distância parece eterna, Harry se aproxima e puxa as rédeas do cavalo, desmonta indo em direção onde a viu pela ultima vez, o medo o congela... Os minutos parecem infinitos até que finalmente vê George trazendo-a nos braços, corre até ele e sorri ao perceber ela estender o braço em sua direção.

Katerina vê o rosto que tanto ama com uma expressão de extrema preocupação, estende o braço, tudo o que deseja é estar nos braços dele, carinhosos e protetores.

Harry a toma, se abraçam apertado como se pudessem se fundir em um só, a enche de beijos reprimindo o desejo de chorar como criança. Katerina se desmancha em lágrimas, finalmente segura...

George e Neill observam o momento como meros expectadores, o mundo para, assistindo o casal apaixonado trocar beijos desesperados, urgentes. Alívio sem fim.

*****

Pouco mais tarde, Katerina repousa na cama após o doutor examiná-la e constar que apesar de tudo, está tudo bem. Precisa somente descansar e relaxar para se recuperar. O oficial de justiça acabou de sair do quarto após pegar seu depoimento.

Depois de toda a confusão, chegou em casa, tomou um bom banho, tirando a poeira do corpo, Camile a ajudou enquanto Victory segurava Angie, encantada com a sobrinha. Ficaram horrorizadas com as marcas vermelhas e arroxeadas que tem pelo corpo por causa da surra que levou daquele homem. Enfim, não quer mais falar sobre esse assunto traumático.

Nesse momento, sua bebê está ao seu lado, dormindo serenamente depois de encher a barriguinha. Sorri cheia de carinho, seus olhos pesam, o elixir que bebeu para baixar a febre começa a fazer efeito. Fecha os olhos e adormece ouvindo de longe a voz rouca e grave de seu marido conversando do lado de fora, na sala intima.

Após o oficial de justiça ir embora, Harry entra no quarto, decidido a velar o sono da esposa.

Fez questão de chamar os guardas quando tudo acabou, pediu à George e Neill para acompanharem o condutor com a perna quebrada até o hospital. O homem foi o primeiro a dar depoimento depois de ter sido atendido. Neill, Ned e George tambem deporam, Katerina e por fim, seu depoimento foi colhido.

Para sua satisfação, Liam está na Inglaterra e apesar de também ter dado baixa no grupo de espionagem, continua sendo seu advogado. Foi alegado legítima defesa.

O oficial tomou depoimentos de sua mãe e irmã, também de alguns criados, todos se mostraram bastante chocados com toda a história de troca de bebês, sequestro, violência...

Foi muito difícil ouvir sobre as agressões que Katerina sofreu, se sente culpado por não ter acreditado nela desde o início. O sangue ferve em suas veias, ódio no coração... É revoltante saber que ela sofreu tanto na mão daquele monstro.

A paz parece finalmente se instalar, está uma penumbra agradável no quarto e Katerina dorme profundamente. Vê a bebezinha mexer os bracinhos e perninhas, dando alguns resmunguinhos adoráveis, sorri e se aproxima, senta na outra ponta da cama, deita se apoiando no antebraço e segura a mãozinha dando um beijinho nos dedinhos... A respiração da pequena demonstra pouca irregularidade, parece estar cada vez mais saudável.

Katerina acorda assustada, olha para o lado, encontra os olhis verdes fitando-a com carinho... Em seguida observam seus braços, os vários vergões... Percebe a fúria presente... Respira fundo, tentando acalma-lo, sorri:

__ Está ai a muito tempo?

__ Não, acabei de entrar_ Harry levanta e apoia o peso em uma mão, se aproxima e a beija delicadamente nos lábios_ Conseguiu dormir?

__ Sim. Nem percebi escurecer!

__ Uhm. Já quase não tem febre. Sente muita dor?

__Não, está fraquinha.

Harry se inclina, a acaricia com o nariz, Katerina fica com um meio sorriso, levanta a mão e afasta os cabelos dele da testa.

Harry a olha intenso:

__ Me perdoa. Eu sei que...

__ Shiii, esqueça isso, acabou, agora vai ficar tudo bem.

__ Por minha culpa tudo isso aconteceu...

__ Não, carinõ! Tudo bem que Angie nasceu antes da hora mas olha pra ela! Está bem, saudável.

__ Eu te deixei nervosa, me comportei como um déspota egoísta. Prometo que vou mudar esse meu jeito, eu sei que sou mandão e insuportável....

__ É mesmo.

__ Mas eu vou mudar, tens minha palavra. Vou tentar ouvir mais as pessoas, vou aceitar outras opiniões, outras decisões, vou aceitar que me imponhas tuas vontades...

Sorriem divertidos, Harry levanta o indicador:

__ Só de vez em quando..

__ Uhm, tava bom demais pra ser verdade.

__ Estou brincando. É serio, não vou me comportar como o dono da verdade todo o tempo. Pensando nos últimos dois meses, devo mesmo ter passado de todos os limites, acabei confundindo o fato de todas as decisões serem minhas e me tornei um tirano.

__ Só de assumir isso já e um grande passo, fico contente por enxergares teu erro.

Harry a beija outra vez:

__ Mandei trazer seu jantar aqui, está bem? Vou te fazer companhia.

__ Não, vou descer.

__ Não, Kat, precisas repousar...

__ Estou me sentindo ótima! Camile fica com Angie enquanto janto.

__ Não sejas teimosa...

__ Disseste que não irias se impor mais a ninguém, Harold.

Harry fecha os olhos enrrugando o nariz com um biquinho em uma caretinha fofa demais para um homem daquele tamanho.

__ Er... Força do hábito. Muito bem, faça o que desejas, se quiser ficar com fome também, fique à vontade_ Harry provoca levantando um braço, gesticulando displicente.

__ Também não é para tanto.

__ Brincadeira_ Harry sorri.

__ Me dê licença, vou chamar Camile para ajudar a me vestir.

__ Está bem_ Harry olha para os vergões nos braços dela, segura o pulso com delicadeza, levantando para ver melhor.

Katerina observa os olhos verdes ficarem com uma expressão estranha, quase assustadora, quando sobem para seu rosto, a expressão muda para carinho e cuidado:

__ Sinto muito, Carinõ.

Katerina levanta o braço, agarra a camisa na altura do peitoral e puxa, ele obedece o chamado, os dois se beijam apaixonados.

Harry arruma a posição para ficar mais próximo sem machucá-la ou acabar caindo por cima da neném, se olham presos no mesmo reboliço de sensações, ele acaricia o rosto meigo, recebe a carícia de volta, a beija outra vez:

__ Vou lá.

__ Está bem.

Harry levanta, caminha até a porta, Katerina coloca os pés para fora da cama e toca a sineta, ele a olha, dá um sorrisinho, corresponde.

Harry sai e fecha a porta.

Depois do jantar, a família se une na sala, Lady Anne não cansa de paparicar a neta, Neill e Victory sentados no outro sofá, todos conversando calmamente, relaxados, aproveitando a companhia um do outro.

Neill segura a mão de Victory, olhando-se com carinho, Harry fica meio sério, enciumado, Katerina entrelaça os dedos com ele, trocam um olhar, fica com vontade de rir por causa da expressão de desagrado do marido. Ele disfarça... O beija no ombro por cima do paletó.

__Vamos subir? Estou exausta.

__Vamos. Já é tarde, não é?_ Harry joga uma indireta para o cunhado.

__Não, ainda é cedo, na verdade só eu que estou cansada mesmo_ Katerina provoca.

__ É verdade, já estou de saída_ Neill levanta.

__ Não!_ Victory reclama.

Harry olha para a irmã um tanto sério, Katerina reprime o riso:

__ Vamos, Carinõ, pegue Angie para mim? Boa noite a todos.

Neill se despede de todos, com um singelo beijo na mão da noiva, se retira. Todos se recolhem a seus respectivos aposentos, exaustos depois de um dia tão atribulado.

Yorkshire. Madrugada do dia seguinte.

Miranda Mullingar se vê obrigada a acordar e descer no meio da madrugada para receber uma visita que acabou de chegar.

Encontra Oliver ainda vestido na escada, ele a acompanha.

Entram na sala de estar, um homem levanta, outros três estão em pé.

__Pois não?_ Miranda fala pouco amigável, irritada por terem interrompido seu sonho e se perguntando porque o marido não estava em seu quarto.

__ Lady Mullingar?

__ Sim, sou eu.

__ A senhora está presa pelo crime de ser cúmplice no sequestro de sua neta.

O homem se aproxima com uma algema, Miranda olha para o marido desesperada, ele não move um músculo.

__Como assim?

__ Lorde Albert Mullingar confessou o crime e a acusou de tê-lo ajudado a forjar a morte da neta e sequetra-la para meios escusos.

__N..Não, eu sou inocente.

__Mas..mas..._ Oliver não consegue acreditar, olha para a esposa com desprezo:

__Não acredito, mulher, você é mais baixa do que pensei! Nao sei nem porque estou surpreso!

__Você não vai fazer nada?

__Não, lide com a justiça! Ja deixo claro que vou entrar com os papeis para o nosso divórcio, não a suporto mais.

__ Como? Oliver, tu não pod... MEU DEUS! ISSO NÃO PODE ESTAR ACOINTECENDO, O QUE AS PESSOAS VÃO DIZER?

__Esse não é momento para discutir isso_ O oficial de justiça fala.

__ EU SOU INOCENTE SIR, ACREDITE!

__Não terei outra oportunidade de faze-lo, sir, aguarde um momento...

__ EU NÃO QUERO OUVIR! NÃO VOU OUVIR! TENS QUE ME AJUDAR! NÃO AGUENTEI AQUELA BASTARDA IMUNDA PARA TU ME ABANDONAR AGORA! SEU VELHO ASQUEROSO!

Oliver permanece impassível:

__ De qualquer jeito nosso casamento iria acabar, ja deveria ter feito isso antes. Estou indo embora, vou refazer minha vida, iria avisa-la amanhã...

__NÃO PODES FAZER ISSO COMIGO! É MUITA HUMILHAÇÃO!

__Estou apaixonado por outra pessoa,e não vou cometer o mesmo erro de antes. Dessa vez vou ficar com a mulher que amo.

__QUE PESSOA? QUE PESSOA? QUEM E A RAMEIRA DESSA VEZ?

__Cale-se, não vou admitir que fales desse jeito, ela vale muito mais do que você e está esperando um filho meu.

__Quem? Quem é?_ Miranda fala num fio de voz, chorosa.

__Brigith.

__ESTÁS ME TROCANDO, A MIM, UMA MULHER DE CLASSE, POR UMA CAMAREIRA? MINHA PRÓPRIA CAMAREIRA?!

__Estou trocando uma mulher desonesta por uma decente, muito melhor que tu_ Oliver responde nervoso_ Podem levá-la.

__ DESGRAÇADO! EU NÃO SUPORTEI TODOS ESSES ANOS PARA ME DEIXARES ASSIM! ÉS UM IMUNDO, COMO TUA FILHA! MALDITO!

Os guardas a seguram pelo braço, levando-a, Miranda olha por sobre o ombro:

__ NÃO PODES FAZER ISSO COMIGO! EU ATUREI AQUELA ENDEMONIADA POR TI! ACEITEI CUIDAR E SER MÃE DAQUELA ENDEMONIADA PARA MANTER ESSE CASAMENTO! PARA NÃO SUJAR MEU NOME.

__Não, você fez isso para não passar pela vergonha de ter que dizer para suas "amigas" que seu casamento não era perfeito e que seu marido amou outra mulher.

Os guardas abrem o coche para criminosos...

__NÃO, EU NÃO VOU SUPORTAR ESSA HUMILHAÇÃO! POR FAVOR, SENHOR_ Miranda fala para o oficial_EU SOU INOCENTE,SOU

INOCENTE! AQUELE MOLEQUE QUE SE DIZ MEU FILHO É UM EGOISTA POR ME METER NISSO, EU SOU INOCENTE!

__Senhora, se a senhora for inocente tudo será esclarecido.

Os guardas a colocam dentro da cela móvel, Miranda cai em um choro convulsivo.

__QUE HUMILHAÇÃO! O QUE VÃO DIZER DE MIM!

O condutor coloca a cela móvel em movimento, os outro quatro homens montam seus cavalos, Oliver observa da porta com o olhar frio, sentindo-se aliviado por finalmente estar livre daquela mulher... Sente um toque no ombro, olha e vê Bright... A abraça com carinho, entrando com ela.

CAPÍTULO 63

O dia amanheceu tão lindo! Os raios solares iluminam o verde das árvores daquela primavera exuberante.

Harry está sentado em uma cadeira de balanço na varanda de Milward Castle segurando Angie em suas pernas e brincando com as mãozinhas gordinhas enquanto ela balbucia com a vozinha, olhando-o curiosa, o rostinho delicado com bochechinhas rosadas contorce as vezes, fazendo caretinhas adoráveis.

Se inclina e sente o cheirinho gostoso de bebê, ela acabou de tomar banho, está vestida com uma batinha rendada delicada, os pesinhos cobertos por botinhas de lã, os cabelinhos com uma touca no mesmo padrão das botinhas, pronta para o casamento da tia.

Um mês e alguns dias se passaram, finalmente o dia chegou!Há uma correria por todos os lados, os criados organizando a recepção, o cheiro gostoso dos alimentos para a festa vai longe!

Aguarda Katerina terminar de se vestir, já vestido com seu smoking preto, super elegante.

Katerina desce as escadas do castelo, anda pelo corredor encontrando lady Anne no meio do caminho em um vestido verde, muito elegante, um chapéu pequeno enfeita os cabelos negros presos em um penteado simples mas muito bonito.

__ Ah, que bom que estás pronta! Victory também já terminou, precisamos ir!

__ Sim, vou pegar Angie e já partimos.

__ Harry está lá fora, peça para ele buscar Victory no quarto e ajudá-la, estamos quase uma hora atrasados, é deselegante!

Katerina sorri divertida... Vic se preocupou tanto com o horário que acabará chegando muito atrasada e o pobre Neill, deve estar desesperado achando que a noiva mudou de ideia.

Anda até a varanda, encontra Harry vindo com Angie adormecida nos braços, ele paraliza olhando-a de cima abaixo, admirado, fazendo um expressão caricata de admiração. curvando os lábios e afirmando lentamente com a cabeça. Sorri achando graça, empurra a face dele, brincalhona:

__ Bobo.

Harry continua olhando-a hipnotizado:

__ Meu Deus, que mulher linda!

Katerina sorri, levemente tímida:

__ Muito obrigada. Agora fecha a boca e suba para buscar tua irmã. Tua sua mãe e eu já estamos indo. Neill deve estar uma pilha de nervos_ Recebe a bebê que o marido lhe entrega.

Harry continua admirando-a, encantado pela maneira que cabelos avermelhados estão presos para trás em uma cascata de cachos deixando o rosto completamente a mostra, delineados pelos dois brincos de gotas de rubi.

__ Harold?

Harry faz biquinho pedindo um beijo, o beija rapidamente.

__ Rápido carinõ!

Harry arruma a postura:

__ Minha nossa! Estou indo! Nos vemos lá_ A beija outra vez e se afasta enquanto fala_ Neill deve estar quase em prantos com esse atraso. Do jeito que é, daqui a pouco vem ele mesmo buscar a noiva_ Sorri divertido, vira e começa a andar de costas_ Comporte-se viu, não vou estar lá por um tempo, portanto, não olhe para os lados_ Brinca.

Katerina revira os olhos, fingindo impaciência, vira em direção ao pátio:

__Toque a sineta pra mim e peça para Camile vir com a bolsa de Angie_ Olha para ele outra vez antes de sair para a varanda.

Harry afirma com a cabeça:

__ Está bem.

Katerina sorri, percebe os olhos verdes mudarem, um brilho intenso neles.

Harry dá uma piscadinha charmoso... Queria levá-la para o quarto e despi-la lentamente, beijando cada pedacinho da pele macia...

__ Se comporte o senhor, hum!_ Katerina finge severidade, vira sai pela porta.

Harry sorri descarado, se apressa até as escadas, subindo em direção ao quarto da noiva.

Ao chegar em frente a porta de madeira, dá uma batidinha na porta, segundos depois a criada de quarto abre e sorri:

__Aqui está, Milorde.

Harry entra e olha para a irmã... Parece um anjo celestial no vestido branco com tecidos leves e rendas no busto, a grinalda enorme cai pelas costas, fazendo uma calda. Se aproxima e a segura pelas mãos, emocionado:

___Minha irmãzinha. Estou quase mudando de ideia e te prendendo nesse quarto.

___ Irmãozinho querido, eu fugiria, não podes me impedir_ Victory brinca.

___ Katerina não é bom exemplo para ti. Pois bem, também não quero enfrentar a fúria do irlandês, ele fica com um sotaque assustador quando está bravo.

___ Me pergunto quando vou ver isso. Namoramos por meses e Neill é a pessoa mais paciente que já conheci.

___ Ele evita se alterar, mas uma vez que explode... Meu conselho é, quando isso acontecer, deixe ele desabafar. Quando terminar, tente conversar civilizadamemte, pois na hora que Neill fica nervoso, não escuta ninguém e joga em sua cara assuntos de quando nem se conheciam.

Victory ri:

___ Felizmente também sou uma pessoa paciente.

___ Sim, és um anjo, ao contrário de minha adorável esposa, que ultimamente tem soltado fogos pelas ventas.

___ Normal, são as alterações hormonais. Ela acabou de dar a luz, imagine a bagunça!

___ Sim, e logo virão certos momentos do mês...

___ Exatamente, meu irmão, isso é normal.

___ Pois é.

___ Nós mulheres somos difíceis nessa época... Estamos mesmo discutindo isso agora?

___ Estou enrolando, não quero te entregar para outro homem.

___ Pare de ser possessivo!_ Victory ri.

___ Vic. Se ele te fizer sofrer, eu...

___ Ele não fará. Neill sofreu todos esses meses se mantendo fiel a mim, nos últimos dias mal veio me visitar para não "cair em tentação" como ele mesmo disse. Ele me fará uma mulher realizada.

___ Eu sei. É um homem admirável.

___ Sim.

Harry a observa com carinho, segura o rosto delicado e dá um beijinho na testa:

__ Já que papai não está aqui, resta a mim fazer isso. Deus a abençõe.

__ Amém_ Victory sorri emocionada, ficam com os olhos cheios de lágrimas.

__ Não chore, vai ser muito feio eu chegar na igreja com os olhos vermelhos, vão me achar um molengas.

__ Mas és um molengas_ Victory sorri.

__ Eu sei, mas ninguém precisa ficar sabendo_ Harry segura a grinalda com cuidado_ Vamos, antes que eu mude de ideia.

__Como se tivesses escolha_ Victory ri.

Saem do quarto, andam pelo corredor e descem as escadas, passam pela sala, a casa está toda decorada para as festividades, deixando a noiva com um sorriso que não cabe no rosto.

***

Todos os convidados aguardam na igreja, não são muitos pois é uma cerimonia intimista. Os pais de Neill e algumas pessoas de sua família, alguns amigos, a família da noiva, alguns amigos... Katerina ignora os olhares curiosos, sabe que as pessoas sentem desejo de perguntar sobre sua mãe, mas mesmo se perguntassem, ignoraria a pergunta.

Miranda e Albert Mullingar foram condenados por sequestro, terão que cumprir pena por 40 anos em regime fechado. As pessoas comentam que sua mãe enlouqueceu e está internada em um hospício... Provavelmente viverá lá para sempre. Não sabe se é verdade mas desconfia que sim, a última vez que a viu foi no julgamento, há uns dez dias atrás, Miranda tentou avançar xingando sua mãe biológica por nomes horríveis. A impressão que teve é de que Miranda a confundiu com Katherine... Foi uma cena muito triste... Miranda foi uma bruxa e fez coisas horríveis, mas não consegue deixar de sentir pena. Agora é uma criminosa, foi presa e se tornou uma pária na sociedade e ainda foi abandonada pelo marido por uma camareira. Foi humilhação demais para uma mulher tão orgulhosa, deve ser por isso que enlouqueceu.

Já Harry foi inocentando como o esperado, o juiz aceitou a defesa de que ele, como homem, estava protegendo sua família e não teve escolha a não ser atirar em Dawton, pois se não o fizesse, Katerina e aquele homem acabariam morrendo em um grave acidente.

Já Albert passará o restante de sua juventude preso em uma masmorra e só será liberado daqui há vários anos, velho e falido... Mas não tem culpa pelo destino do irmão, ele procurou por isso.

Para de divagar ao ouvir a porta fechar, entrega a bebê para Camile e se dirige ao lado do altar, se colocando no lugar de madrinha ao lado de lady Anne, percebe que Neill está suando, muito nervoso... Uma freira puxa o coral, todos olham para a porta abrindo...

Harry e Victory entram lentamente, apesar do véu da grinalda cobrir o rosto, a transparência expõe o sorriso emocionado, com lágrimas nos olhos.

Katerina lembra de quando entrou naquela mesma capela, no dia do próprio casamento, numa situação completamente diferente...Também tinha lágrimas nos olhos, mas por outro motivo. Lembra de Harry no altar olhando-a embasbacado... Reprime as lembranças... Apesar de achar que aquele dia seria o dia mais infeliz de sua vida, foi o contrário, aquele dia se uniu a seu unico e verdadeiro amor.

Harry procura Katerina com o olhar... Sim, está sendo invadido pelas lembranças do próprio casamento, se lembra de ter ficado sem ar quando a viu entrar, linda igual uma ninfa na igreja, ainda não sabia mas naquele dia já a amava perdidamente... Apesar das circunstancia do casamento deles, não mudaria uma virgula, foi por tudo o que passaram que construíram o relacionamento que tem hoje.

Neill encontra Harry e Victory, se cumprimentam, Neill olha para a noiva, encantado. Harry não resiste em provocar o amigo, sorri:

__ Não desmaie, já chegamos.

__ Não brinque, estou quase a esse ponto_ Neill não sabe está brincando ou não.

__ Molengas_ Harry zoa.

__ Somos os dois, eu sou o noivo e tu que está chorando.

__ Eu não estou...

__ Os dois se comportem_ Victory sussurra.

Os dois a olham e sorriem, meio culpados, como dois meninos pegos fazendo uma travessura.

__ Desculpe_ Falam em uníssono.

Neill levanta o véu, os olhos azuis brilham de admiração, se inclina e a beija na testa.

Harry observa os dois:

__ Só quero dizer, Mr Hoggan, que se prezas por sua masculinidade, farás minha irmã muito feliz.

__ Harry!_ Victory reclama.

__ Eu farei. E sim eu prezo, muito_ Neill brinca, sem tirar os olhos da linda noiva, coloca o braço dela apoiado no próprio braço, viram em direção ao reverendo.

Harry se coloca ao lado de Katerina, que o belisca de leve por baixo do paletó:

__ És muito inconveniente_ Não tinha ouvido a conversa por causa da música, mas não é adequado ficar no meio do corredor no momento da cerimônia admoestando o noivo e sabia que era isso que ele estava fazendo.

Harry se contorce disfarçadamente:

__ Au!_Desliza a mão pelo braço de Katerina e a segura pela mão, entrelaçando os dedos. A cerimônia começa.

*****

Aplausos ao fim da cerimônia, os noivos recebem os votos de felicidades dos convidados, que vão saindo aos poucos, todos caminhando pela ruazinha de pedras que leva em direção ao salão do castelo.

O almoço é servido, farto, com pratos requintados, melhor vinho, os convidados se divertem. Os músicos tocam animados, o baile toma vida no jardim depois do almoço, os noivos jubilosos, mal contém a alegria.

Katerina e Harry dançam quase o tempo todo, não se desgrudam um minuto, andando pelo salão e conversando com os convidados, ela só se afasta para amamentar a pequena Angel.

George, Ned, Liam e Harry brincam com um Neill bastante sem graça e ruborizado, ao perceber a aproximação das mulheres, mudam de assunto, respeitosos. Katerina e Victory trocam olhares divertidos, imaginando o que conversavam, provavelmente um assunto proibido de ser discutido na frente de mulheres.

A festa continua noite adentro, certo horário, como de costume, os noivos se recolhem, aos poucos depois do jantar, os demais se recolhem aos seus leitos, cansados pelo dia agitado.

Tarde da noite, Katerina e Harry namoram na varanda a luz das estrelas, fazendo planos.

Harry contratou Liam para ele ser caseiro de Mullingar Castle, o advogado irá se mudar para a Inglaterra. Kat fica feliz pois assim irá estreitar ainda mais a amizade com eles. Apoia a cabeça no ombro de Harry:

__ Quero viajar para a Espanha, mostrar Angie para meus avós.

__ Uhm! Podemos ir, agora que a colheita acabou e já terminamos as vendas... Podemos aproveitar para viajar um poucos nesses meses livres até a próxima época de semeio.

__ Oh sim, Harry, vamos!

__ Assim já mato a saudade do mar.

Katerina sorri:

__ Eu sabia que sentias falta.

__ Sinto. Mas estou me acostumando.

__ Não sei como meus avós vão reagir com a notícia da filha ter se desencaminhado... Miranda fingia nao ser filha deles, mas pais sempre se importam.

Harry afirma com a cabeça, compassivo:

__ Quando iremos?

__ Semana que vem, assim terás tempo de deixar as coisas organizadas para nossa ausência.

__ Ótimo!

__ Meus avós vão ficar loucos pela bisneta.

__ Vão_ Harry sorri_ Meu avô também ficaria, mesmo ele amando a todos nós, sempre teve queda por meninas. Mimava muito a Victory.

Katerina fica em silêncio, Harry a beija na testa:

__ Ele era uma pessoa difícil mas tinha um bom coração.

__ Apesar de não ter muitos escrúpulos.

__ Meu Deus, como és rancorosa, ainda não o perdoou por ter nos obrigado a casar?!

__ Não é isso! Eu sou feliz por isso_Katerina sorri_ Mas não o perdôo por ter usado de artifícios desleais.

Harry a olha:

__ Eu disse que iria conquistá-la, mas ele não teve paciência.

__ Como tens tanta certeza que irias me conquistar?

__ Porque já gostavas de mim, eu só precisava reacender o pavio.

__ Convencido_ Katerina faz uma caretinha de desdém.

__ Mas não é a verdade?_ Harry reprime o riso.

__ Hum.

Harry sorri, a beija no rosto:

__ Vamos dormir, meus olhos estão pesando. Jájá nossa princesinha nos desperta com aquele chorinho gritante querendo se alimentar.

Katerina ri:

__ Não sei como ela consegue ter tanta força nos pulmões, ninguém diria que nasceu doentinha.

__ É.

Harry levanta e estende a mão, Katerina aceita, se dirigem para dentro do quarto.

Harry a vira, beijando-a cheio de fogo, Katerina sorri por cima dos lábios dele.

__ Uma perguntinha... Já estás disponível?

__ Pensei que tinhas dito "dormir"_ Katerina responde.

__ Sim, eu disse mas... Antes preciso de uma dose de exercícios relaxantes_ Harry fala safado, Katerina ri:

__ Descarado... Sim, estou disponível_ Katerina sorri satisfeita... Finalmente seu resguardo terminou nessa manhã.

__ Ora, ora, ora!_ Harry desliza a mão por dentro do decote da camisola, fazendo-a rir, voltam a se beijar, provocando um ao outro.

Harry puxa a camisola por cima dos braços dela, olha guloso para os seios muito mais volumosos do que antes, engole a seco excitado, apaixonado pelas novas formas de sua mulher. O corpo bem desenvolvido já não tem nada do virginal de antes, a adorava antes, a adora agora.

Katerina abre o laço das calças, despindo-o, se abraçam e começam a se amar ali, em pé, terminam na cama, suados e satisfeitos... Despertam as quatro da manhã com os resmunguinhos de Angie, Harry levanta, pegando-a do berço, volta para a cama, deita com a filha nos braços, suspira:

__Hora de mamar, mamãe_ Sorri terno, observa katerina oferecer o seio para a bebê, que mama gulosa, cheia de apetite fazendo-o rir_Devagar, pequena, vai engasgar desse jeito!

__Ela é tão gulosa que esquece de respirar_ Katerina ri baixinho.

A neném solta o peito e olha para Katerina como se estivesse incomodada por ela estar dando atenção para outra pessoa durante sua refeição, acabam rindo da cena:

__ Shiii, não fale mais nada senão ela não mama direito, esse é o momento dela.

Harry arregala os olhos e tampa a boca brincando:

__ Mas olha só!

Katerina nega com a cabeça com um meio sorriso, os dois ficam em silêncio até Angie soltar o peito, suadinha pelo esforço e satisfeita.

Kat levanta e a faz arrotar, o que não demora nada, a deita e a cobre, volta para a cama, deita e se aconchega nos braços do marido. Voltam a dormir.

Na manhã seguinte, os recém casado se despedem, Anne, Harry e Katerina desejam boa viagem, observam Neill ajudar Victory subir no coche, cheio de cuidados, ele sobe atrás e o coche afasta rumo a estrada.

Entram, prontos para voltar a rotina normal. Durante o almoço, Harry convida sua mãe para ir com eles à Espanha, que obviamente aceita imediatamente... Não quer ficar sozinha naquele Castelo enorme, muito menos na mansão tediosa em Londres.

A semana passa agitada, Katerina e Lady Anne organizando a viagem, Harry correndo para deixar tudo certo durante sua ausência. Liam é apresentado como administrador para os demais criados e se muda para Milward Castle com a família,

Harry, Katerina e Anne viajam para Londres, onde ele deixa uma procuração assinada com os advogados dando poderes a Liam para responder por ele enquanto está ausente. O dia da viagem chega, a casa em Londres está em polvorosa, Harry não aguenta de ansiedade de estar em alto mar outra vez, de voltar a usar seu titulo de capitão do barco.

Spirit II foi todo organizado para receber a ele, Katerina, Angie e sua mãe, que ficará na cabine ao lado, que pertencia a Ned. Seu imediato irá dormir com os outros marinheiros na cabine inferior.

Irão levar algumas mercadorias para deixar em Barcelona, entregas que estão sendo pagos para fazer.

Katerina observa Harry agitado, se dando conta de como deve ter sido difícil para ele, sendo um homem do mar, ter que firmar as estacas em terra... Talvez esse foi um dos motivos por ter ficado tão diferente e estressado na época que teve que tomar as responsabilidades para si, nunca tinha parado para pensar como ele devia estar se sentindo sufocado com tantas regras e trâmites e traquejos sociais. Vendo-o agora, sorridente, empolgado, percebe que ele não estava sendo 100% feliz por ser obrigado a deixar de lado seu amor pelo mar.

Portanto, não vai mais permitir que se afaste de Spirit II por muito tempo, terão que viajar mais vezes se isso o deixa tão feliz.

Os criados arrumam os baús, Angie está um pouquinho chorona por causa da agitação de pessoas pra lá e pra cá, Katerina tenta mantê-la calma, mas a pequena chora bastante incomodada.

Harry sai do escritório com a maleta com algum dinheiro, entrega para sua mãe e estende as mãos:

__Não, bebejinha, não chola, vem ti papai_ Fala de uma maneira extremamente dengosa.

__ Carinõ, se eu não estou conseguindo acalmá-la, achas que vai conseguir?!

__ Não me subestime, Katerina_ Harry finge severidade.

Katerina observa ele colocar Angie em pé no ombro e movimentar o corpo como em uma dança calminha, vai saindo para fora. Angie olha curiosa por cima do ombro do pai, ele segura nas costas e cabecinha para mantê-la meio ereta pois ainda é molinha para ficar em pé, o apoio da mão enorme a mantém bem segura. O segue até a porta e fica observando ele andar pelo jardim cantarolando, sorri terna, um criado se aproxima:

__ Milady, está tudo pronto.

__ Ótimo.

__ Finalmente!_ Lady Anne fala, vira indo em direção ao coche.

Katerina arruma as luvinhas na mão:

__ Carinõ, venha, já está tudo pronto.

Harry se aproxima, deita a neném nos braços, ela está quietinha agora, observando-o atenta. Sorri carinhoso e segue Katerina até o coche.

Um criado abre a porta e a ajuda a subir, Kat senta ao lado da sogra, Harry sobe atrás e entrega a bebê para a esposa. O criado fecha a porta:

__ Boa viagem, Milorde_ Deseja, sendo imitado por todos os criados que assistem a partida.

__ Obrigada_ Harry responde olhando para o velho mordomo, que se mantém ereto igual uma coluna, demonstrando uma saúde surpreendente para a idade. O criado que se mantém ao lado é o ajudante, foi contratado para ajudar o velho homem no que for possível.

Harry queria que ele se aposentasse, mas era orgulhoso demais para aceitar que não pode mais exercer sua função.

Kat e Anne dão tchauzinhos, sorrindo, o coche começa a se movimentar, o condutor conduz com calma, sem querer fazer os passageiros saltitarem muito no banco, para que não prejudique a bebê. Chegam no cais no final da tarde, Harry desce e ajuda Katerina e sua mãe descer, os marujos recolhem os três baús e o Bauzinho de Angie e levam barco adentro.

Todos embarcam, Ned se aproxima:

__ Capitão? Estamos as ordens.

Harry sorri contente, retira o casaco e a gravata pendurando em qualquer lugar do barco, desabotoa alguns botões da camisa, dobra as mangas até o cotovelo:

__ Muito bem, homens, vamos zarpar!_ Ordena firme.

Katerina observa de cima, perto da cabine. Harry anda pelo barco distribuindo ordens, os cabelos ao vento por causa da brisa marítima, ajudando no que é preciso naquele inicio de viagem... Tão perfeito! Há meses não via aquele brilho nos olhos verdes... Ali é o lugar dele.

O barco começa a afastar do porto rumo ao mar aberto, Harry sobe no timão e toma o lugar de Ned, fecha os olhos respirando fundo... Sentiu muito a falta daquela sensação maravilhosa de liberdade.

Katerina sorri observando-o, vira e anda em direção à sua cabine para colocar a bebê no berço. Um dos marimheiros que tambem é marceneiro construiu o berço e pregou no chão do barco, assim como eram pregados mesas e camas. A deixa ali dormindo e começa a organizar a cabine a seu gosto.

Já é tarde da noite, o barco navega livremente levado pelo vento nas velas. Harry ainda não sente sono, Ned está dormindo, se preparando para o plantão.

Harry passa a mão nos cabelos prendendo-o em um coque, olha para o lado e observa Katerina descer em um vestido leve, azul claro, os cabelos soltos... A brisa balança as saias dela, parece um ser mágico... Para na parte de baixo, antes de subir as escadas:

__ Já vai se deitar?

__ Não. Ainda estou sem sono.

__ Eu também. Angie está com sua mãe.

__ Vem cá_ Harry estende a mão.

Katerina sorri e sobe os cinco degrauzinhos, se aproxima, ele se inclina e a beija:

— Estás parecendo uma sereia. Veio me enfeitiçar?

— Sim_ Kat sorri divertida, o acaricia no rosto.

Harry a coloca na frente de seu corpo, segura o timão com uma mão, segura na cintura delgada com a outra, a beija no pescoço. Kat encosta a cabeça no peito dele:

— Estavas sentindo falta disso, não é?

— Sim. Mais do que imaginei.

— Vamos programar mais viagens, assim não ficarás tanto tempo longe do mar.

— Vamos fazer isso. Eu precisava respirar, estar envolvido com a sociedade Londrina é sufocante.

— Eu sei. Aqui podemos ser somente nós mesmos.

— Sem formalidade, sem afetação.

— És um rebelde_ Katerina sorri.

— Sou.

— Capitão, vim te render_ Ned avisa, no início da escadinha.

Harry e Katerina nem perceberam a aproximação do segundo imediato.

Ned sobe e toma o lugar de timoneiro.

Harry ajuda Katerina descer, andam de mãos dadas até a proa, ficando na pontinha... Alguns golfinhos passam por perto, seguindo o barco, Katerina sorri ao vê-los darem seus mergulhos charmosos, a noite clara, muito estrelada e com uma lua cheia linda facilita a visibilidade.

Ficam em silêncio, Kat vira e o abraça, encosta a cabeça no peito quente, ouvindo as batidas fortes do coração jovem, tão calmas quanto seu próprio sentimento naquele momento. Harry a olha, algumas mechas dos cabelos avermelhados esvoaçam pelo rosto delicado, afasta com os dedos, aproveitando para acariciá-la... Se olham intensamente:

— Eu te amo_ Harry fala... Não sabe porque, mas sente que esse é um daqueles momentos especiais que essas palavras precisam ser ditas.

— Eu te amo_ Katerina responde, perdida no olhar apaixonado que aquece seu coração.

Harry encosta a testa na dela, se acariciam com o nariz, olhos fechados, se beijam languidamente, colando-se um ao outro sem se preocupar se estão sendo assistidos...

Ned observa o casal de onde está, é a cena mais linda que já presenciou em sua vida. Fica feliz pelo amigo ter encontrado seu porto seguro depois de tanto tempo vagando perdido pelo mundo.

Fim.

****

Obrigada por ler. Não esqueça de deixar sua avaliação, comentários, críticas construtivas, essa escritora aqui vai ponderar e praticar, para a cada dia melhorar. Um abraço e até a próxima!!